DIE HERAUSFORDERUNG DES ALLIGATORS

DAS GEHEIMNIS VON BITTEN POINT, BUCH 4

EVE LANGLAIS

KAPITEL EINS

Vor langer Zeit liebte ein junges Mädchen einen Jungen von der falschen Seite des Sumpfes. Alle sagten ihr, sie solle sich von ihm fernhalten. *Er macht nur Ärger.* Er war ein Mercer, die Familie, über die alle mit Spott und Verachtung sprachen.

Brave Mädchen sollten sich nicht mit bösen Jungs abgeben. Sie behauptete nie, ein braves Mädchen zu sein, und niemand sagte ihr, was sie zu tun hatte. Sie traf ihre eigenen Entscheidungen, und sie entschied, dass sie ihn wollte.

Vom ersten Moment an, in dem sie Wes in der Highschool traf — eine Highschool, die sie spät besuchte, da ihre Mutter darauf bestand, dass brave Mädchen auf die katholische Schule gingen —, sah sie sofort, dass der Junge mit den langen Haaren und der Lederjacke Potenzial hatte. Zum einen stellte sich heraus, dass er völlig anders war als das, was in den Gerüchten über ihn behauptet wurde. Wes wollte Besseres für sich und seine Familie. Wes hatte Ziele und Träume, Träume, die er zwischen

Küssen unter schattigen Bäumen mit ihr teilte. Damals glaubte sie, sie würden bis ans Ende ihrer Tage glücklich zusammen sein. Sie glaubte einem Jungen, wenn er sagte, er würde sie lieben.

Jung, verliebt und unschuldig – bis zu dem Tag, an dem er sie abservierte. Zu ihrem eigenen Besten, wie er behauptete, das Sahnehäubchen auf einem bitteren Kuchen der gebrochenen Herzen – und das meinte sie wörtlich. Der Idiot brach ihr das Herz am Valentinstag, direkt nachdem er den von ihr gebackenen Cupcake gegessen hatte, auf dem »Ich liebe dich« stand.

»Du bist ohne mich besser dran«, sagte er, während Rauchschwaden aus seinen Nasenlöchern aufstiegen, da er nicht anders konnte, als nervös an seiner Zigarette zu ziehen. Eine scheußliche Angewohnheit, von der sie ihn zu befreien beabsichtigte, zusammen mit seiner Neigung, schwarze T-Shirts mit Bildern von Heavy-Metal-Bands darauf zu tragen.

»Ich verstehe nicht. Du trennst dich von mir?« Sie konnte sein Kopfnicken nicht übersehen. *»Warum?«*

»Weil.«

»Weil ist keine Antwort.«

»Wenn man ein Mercer ist, schon.«

»Du hast mir versprochen, du würdest mich für immer lieben.«

»Ich habe gelogen.«

Er liebte sie nicht. Er hatte sie nie geliebt. Alles, was sie geteilt hatten? Eine dicke, fette Lüge.

Diese Worte zerschmetterten ihr Herz in Tausende Teile. So ein trauriger Miau-Moment. Er öffnete ihr die Augen. Es war außerdem das erste Mal, dass sie sich wirklich von ihrer Latina-Wut überwältigen ließ.

Der Zorn führte dazu, dass sie sich von ihm reinigte,

indem sie jedes einzelne Foto und jeden Gegenstand verbrannte, den er ihr gegeben hatte – selbst diesen lächerlich niedlichen Stoffalligator mit der Sonnenbrille. Tage-, wochen-, selbst jahrelang danach behauptete sie, ihn zu hassen – dämliches, mieses Arschloch. Das glaubte sie mit jeder Faser ihres Körpers. Dennoch klopfte ihr Herz jedes Mal, wenn sie Wes sah oder seine Stimme hörte. Es ärgerte sie unglaublich, dass sie bei ihrem Ehemann nicht dasselbe Herzklopfen spürte. Der arme Andrew, er erweckte einfach nicht eine solche Leidenschaft.

Und sie vermisste das Kribbeln der Aufregung, des schnelle Hämmern ihres Herzens und die Hitze der Erwartung. So oft konnte Melanie nicht anders, als sich nach dem zu sehnen, was hätte sein können.

Es hätte mit uns so gut funktionieren können, wenn er uns eine Chance gegeben hätte.

Sie vergaß all ihre albernen Träume, als sie auf ihn schoss. Sie sollte vermutlich hinzufügen, dass sie auch auf ihren Mann geschossen hatte.

Aber ein paar Augenblicke zurück, zu der Stunde, bevor sie den Abzug betätigte. Sie wechselte dazwischen, auf dem Sofa zu sitzen und im Wohnzimmer auf und ab zu gehen, dessen Boden aus polierter Eiche war und etwas zu viel Holzpolitur benötigte, um schön zu bleiben. Sie kaute auf ihren Fingernägeln, nachdem sie ihrem Bruder Daryl versprochen hatte, nichts Dummes zu tun. Als würde ihr das irgendjemand glauben, der sie kannte.

Beim Klicken eines Schlüssels im Schloss stand Melanie vom Sofa auf, wobei jedes Atom in ihrem Körper zitterte. Seit sie den Anruf über die Explosion bei Bittech bekommen hatte, hatte sie sich gefragt: *War Andrew da drin, als die Bomben hochgingen?*

3

Zumindest *dachten* sie, dass es Sprengstoff gewesen war, der das medizinische Institut niedergerissen hatte. Wie sonst sollte man den lauten Knall und das Rumpeln erklären, die zur völligen Zerstörung eines Gebäudes geführt hatten, dessen Bauweise eigentlich Hurrikans standhalten sollte?

Ist mein Mann tot oder am Leben? Und wenn er am Leben war, hatte er eine Rolle in der Zerstörung gespielt?

Vor langer Zeit hätte Melanie behauptet, dass das unmöglich sei. Ihr harmloser Ehemann, mit seiner Vorliebe für Dokumentationen und eine spannende Partie Schach, würde sich nie zu einer solch abscheulichen Sache herablassen. Aber das war, bevor sie und ihre Freunde die Wahrheit hinter den Gerüchten darüber entdeckten, dass das Bittech-Institut im Untergrund eine Anlage betrieb, in der an Gestaltwandlern experimentiert wurde. Noch ernüchternder war, dass Andrew von den Tests, den Entführungen und den Monstern gewusst hatte, die unschuldige Leute in- und außerhalb der Stadt töteten. Als immer mehr von der Wahrheit ans Licht kam, schockierte es sie zu erkennen, dass sie den Mann, neben dem sie jahrelang geschlafen hatte, gar nicht kannte.

Wie konnte ich so blind sein?

Ich habe dir gesagt, du sollst dich nicht mit ihm paaren. Ihre innere Katze hatte Andrew nie gemocht. Als würde sie ihrer Katze vertrauen, nachdem sie mit Wes so falschgelegen hatte.

Die knallrote Tür, die sie so angestrichen hatte, damit sie unter den anderen in der Nullachtfünfzehn-Gegend herausstach, wurde geöffnet und Andrew trat ein.

Ihr Mann.

Möglicherweise ein Verräter für alle Gestaltwandler.

Selbst jetzt wollte sie es nicht glauben. Es zu glauben

bedeutete, ihr ganzes Leben seit der Highschool neu zu bewerten. Es bedeutete zuzugeben, dass es ein riesiger Fehler gewesen war, Andrew zu heiraten.

Falsch zu liegen bedeutete, sich das spottende »Ich habe es dir doch gesagt« ihres Bruders anzuhören. Daryl hatte ihren Mann nie gemocht.

Andrew kam herein, als hätte er noch immer das Recht dazu.

Darüber werde ich entscheiden.

Die Waffe, die sie aus dem Safe geholt hatte, fühlte sich schwer in ihren Händen an. Dennoch hob sie sie in seine Richtung. Normalerweise würde sie das Ding nicht anrühren. Waffen waren für Beute. Als Panther-Gestaltwandlerin zog sie es vor, dass ihr Raubtier sich um Probleme kümmerte, die sie bedrohten. Aber ihre Katze konnte keine Fragen stellen, also holte sie die Waffe hervor, die Andrew vor ein paar Jahren als Schutz gegen Vandalen in der Gegend gekauft hatte. Die Realität, dass er sich in einen Bären verwandeln und jedem einbrechenden Idioten den Kopf abreißen konnte, wurde nie in die Entscheidung miteinbezogen, ob sie sich eine Waffe zulegen sollten. Bedauerlicherweise mangelte es Andrew an seiner wilden Seite.

Das ist nicht das Einzige, woran es ihm mangelt, erinnerte ihre Katze sie verschlagen.

Es ging nicht immer um die Größe, aber in diesem Fall hatte Melanie die pelzigen Eier in der Hose, die Waffe samt Drohung auf ihn gerichtet zu halten. »Mach keinen weiteren Schritt.«

Trotz der Warnung hörte Andrew nicht zu und schenkte ihr nicht einmal einen Blick. Er schenkte ihr nie etwas, weder seine Aufmerksamkeit noch seine Liebe. Er ließ sie definitiv nie seinen schönen, glänzenden BMW ausleihen. Sie blieb auf dem praktischen Minivan sitzen. Sie genoss ihre kleinliche Rache, indem sie die Jungs mit ihrem Vater in seinem hübschen Wagen fahren ließ – mit Slush-Eis.

Andrew warf seinen Schlüsselbund auf den Beistelltisch und ließ seine Aktentasche fallen. Noch immer nicht hatte er sie oder die auf ihn gerichtete Waffe zur Kenntnis genommen.

»Ich habe gesagt, nicht bewegen. Oder noch besser, geh raus.«

Ja, lauf weg. Damit wir jagen können. Ihre Katze musste sich dringend wieder bewegen.

Ihre Worte erregten schließlich seine Aufmerksamkeit. Andrew hob den Blick, um sie anzusehen. Keine Überraschung. Keine Angst. Nur Verachtung, ein Ausdruck, den sie an ihm noch nie zuvor gesehen hatte. »Ist das die richtige Art, mich zu begrüßen, liebste Frau?«

»Das ist es, wenn ich mir die ganze Nacht Berichte über die Dinge angehört habe, die bei Bittech passieren.«

»Sind die Tratschtanten losgelaufen, um über mich zu lästern?« Er grinste.

»Es ist mehr als Tratsch.«

»Du hast recht. Das ist es.« Sein Lächeln war spöttisch und brachte sie aus dem Konzept. Völlig untypisch für ihn. Wer war dieser Mann?

»Du wirst es nicht leugnen.«

»Warum sollte ich das tun? Es ist wahr. Jetzt nimm das Ding runter.« Er machte einen Schritt auf sie zu.

Sie hielt ihre Hände ruhig. »Ich habe gesagt, nicht bewegen.«

Er machte sich nicht die Mühe, seine Belustigung zu verbergen. »Oder du wirst was tun, Melanie? Mich erschießen? Wir wissen beide, dass du dazu nicht den

Mumm hast. Also hör auf, meine Zeit zu verschwenden. Du musst eine Tasche packen. Schnell. Weck auch die Jungs auf. Wir müssen alle gehen.«

»Ich gehe mit dir nirgendwo hin.« Genauso wenig wie ihre Jungs.

»Tut mir leid, habe ich gesagt, du hättest eine Wahl?« Andrew ließ seine Hand hervorschnellen und packte ihr Handgelenk, wo sie die Waffe hielt. Er verfügte über mehr Kraft, als sie ihm zugetraut hätte. Er hielt sie mühelos fest.

In ihrem Kopf knurrte ihre Katze, da ihr die unerwartete Wende der Ereignisse nicht gefiel.

»Arschloch. Lass mich los. Du kannst mich nicht dazu zwingen, irgendwo hinzugehen.« Sie holte mit ihrer freien Hand nach ihm aus, aber der Mann, von dem sie dachte, ihn zu kennen, der den Anblick von Blut nicht ertragen konnte, der nicht einmal eine Spinne zerquetschen wollte, hielt sie fest. Wirklich fest.

Wann ist er so stark geworden?

»Halt deine nervige Klappe. Ich habe genug von dir gehört.« Er ohrfeigte sie mit seiner freien Hand.

Er. Hat. Mich. Geohrfeigt!

Ihr Kopf schnellte zur Seite. Sie schmeckte Blut, als sie sich mit der Kante eines Zahns die Lippe verletzte. Sie wusste nicht, was sie mehr schockierte – die Tatsache, dass Andrew sie geschlagen hatte oder dass sie sich nicht in ihre Katze verwandelte und ihm das Gesicht zerfetzte. Ihre Katze jedenfalls knurrte in ihrem Kopf.

Komm schon raus, Kätzchen. Zeig ihm, wer bösartiger ist.

Knurr! Was, aus der Katzensprache übersetzte, bedeutete: Mit Vergnügen.

Aber als sie an ihrer inneren Bestie zog, versuchte, sie herauszulocken ... nichts.

Ich kann mich nicht verwandeln!

Die Angst veranlasste sie dazu, Andrew anders zu sehen, mit einer Erinnerung daran, was in den Gerüchten behauptet wurde. »Was hast du mit mir gemacht? Mein Panther kann nicht herauskommen.«

»So gern ich auch mit deiner Muschi spielen würde«, sagte er mit einem lüsternen Blick, der einfach nur unnatürlich wirkte, »weiß ich, wozu deine Krallen fähig sind. Also habe ich dir etwas gegeben, damit du in deiner Haut bleibst.«

»Du hast mir Drogen gegeben!«, kreischte sie und kämpfte erneut, taumelte jedoch, als er sie erneut ohrfeigte. Diesmal war es ein härterer Schlag, der sie kleine Vögelchen sehen ließ.

Schnapp dir einen, damit wir sehen können, wie er schmeckt.

Blinzel.

»Schlag sie nicht.« Die tiefe, geknurrte Warnung kam von hinter Andrew.

Ihr Herz stotterte.

Wenn sie auf Wes traf, bedeutete das für gewöhnlich zu versuchen, ihr Unbehagen zu verstecken – und dem Drang zu widerstehen, ihm zwischen die Beine zu treten. Nicht dieses Mal. Sie war nie froher gewesen, den großen Mercer zu sehen.

Andrew steckt in Schwierigkeiten. Sie sang die Worte förmlich in ihrem Kopf. Trotz ihrer pochenden Wange schenkte sie Andrew ein triumphierendes Lächeln. »Ja, Andrew. Schlag mich nicht.« *Oder Wes wird dich umso härter schlagen.*

Miau. Es gab nichts Besseres als die Aussicht auf eine

Tracht Prügel, damit ihre Katze ein wenig Stolz zurückbekam.

»Du mischst dich in Dinge ein, die dich nichts angehen, Alligator«, blaffte Andrew über seine Schulter, als Wes den offenen Türrahmen ausfüllte – und sie meinte ausfüllen, wenn man die Breite seiner Schultern bedachte.

»Männer schlagen keine Frauen.« Eine trockene Aussage.

Chauvinistisch, aber sie würde es akzeptieren.

»Und Angestellte geben ihrem Chef keine Widerworte. Also denk dran, wo du stehst, Alligator, sonst bist du deinen angenehmen Job los. Ich habe dich mitgebracht, um mir zu helfen, nicht um mir zu widersprechen.«

»Dir helfen?« Melanie schaffte es, die Worte zwischen erstarrten Lippen hervorzubringen.

Als sie zu Wes blickte, bemerkte sie seine harte Miene, während sie darauf wartete, dass er Andrews Worte widerlegte. Noch besser, sie hoffte, Wes würde ihrem widerwärtigen Mann eins auf den Schädel geben. Stattdessen presste Wes die Lippen aufeinander.

Er ist nicht hier, um mich zu retten. Die Erkenntnis schmerzte mehr, als sie es hätte tun sollen.

»Wie konntest du nur?«, flüsterte sie. *Wie konnte er mich erneut hintergehen?*

Er antwortete dasselbe wie bei ihrer Trennung, als sie weinend nach dem Grund gefragt hatte.

»Weil.«

Aber Melanie war kein Mädchen mehr, und als sie mit einem Fuß heftig auf Andrews trat – *nimm das, du Mistkerl* – und ihn damit dazu zwang, ihre Hand mit der

Waffe loszulassen, gab sie zurück: »Weil ist keine Antwort.«

Es war auch keine Antwort, auf ihren Mann oder ihren Ex-Freund zu schießen – *Peng! Peng!* –, aber es fühlte sich verdammt gut an.

KAPITEL ZWEI

Sie hat auf mich geschossen!

Wes konnte es nicht glauben, und doch konnte er es Melanie nicht verübeln. Wie musste es aussehen, dass er vor ihrer Tür auftauchte, während Andrew behauptete, Wes sei zum Helfen gekommen?

Es sieht genau so aus, wie die Dinge sind. Ich arbeite für ihren Mann und wir sind beide Anwärter für den Preis »Arschloch des Jahres«. Die Tatsache, dass Wes nicht bereitwillig gehorchte, wurde nicht berücksichtigt. In Melanies Augen war er soeben zum Feind geworden.

Und sie hatte gehandelt.

Sie hatte sowohl auf ihn als auch auf Andrew geschossen.

Ein anderer Mann wäre an diesem Punkt möglicherweise durchgedreht. Hätte vermutlich auch zurückgeschlagen. Andrew war jedenfalls nicht glücklich darüber, dass sie den Mumm hatte, diese Waffe abzufeuern. Aber Wes? Verdammt, er liebte diese mutige Seite von ihr. *Das lateinamerikanische Feuer in ihr war schon immer sexy.*

Er hasste es jedoch, den Ausdruck frustrierter

Erkenntnis in ihren Augen zu sehen, als Andrew lachte, da die harmlosen Platzpatronen, die sie abgefeuert hatte, nur blaue Flecke auf der Haut hinterlassen würden.

»Dumme, dumme Melanie. Dachtest du wirklich, ich würde eine geladene Waffe hier herumliegen lassen, in dem Wissen, dass du sie gegen mich richten könntest?«

Das Verständnis darüber dämmerte in ihrem Gesicht, als sie auf die nutzlose Waffe in ihrer Hand blickte. »Du hast sie mit Platzpatronen geladen. Du wusstest, dass dieser Tag kommen würde.«

»Natürlich wusste ich das. Und es ist längst an der Zeit, dass du verstehst, dass ich nicht der Teddybär bin, für den du mich gehalten hast.« Andrews bösartiges Lächeln ähnelte nicht seinem üblichen teiggesichtigen Auftreten. Unter der Fassade des Sonderlings lauerte ein böser Mann, ein Mann, der immer schlimmer wurde.

Ein böser Mann, für den ich arbeiten muss.

Ich habe dir gesagt, wir hätten ihn fressen sollen. Sein Alligator hatte das Arschloch nie gemocht – und das begann schon, bevor Andrew mit Melanie zusammengekommen war. Aber danach hasste er ihn doppelt so sehr.

»Dann ist es alles wahr, oder nicht? Du wusstest von den Dingen, die in unserer Stadt passieren. Von dem Verschwinden, von den Todesfällen«, sagte Melanie, die einen langsamen Schritt zurück machte.

»Ich wusste davon und habe geholfen, es zu vertuschen. Faszinierend, was viel Geld und ein paar ausgesuchte Drohungen erreichen können. Wusstest du, dass die meisten Leute einen Preis haben?«

»Was war deiner?«, fragte sie Andrew.

»Niemand hat mich dafür bezahlt mitzumachen. Ich habe sofort das Potenzial gesehen, als mein Vater mich vor ein paar Jahren in das Geheimnis eingeweiht hat.«

»Du hättest Nein sagen sollen. Das Richtige tun.«

»Wer bist du, dass du entscheidest, was richtig ist?« Andrew wippte auf die Fersen zurück und breitete die Hände aus. »Wir machen innovative Dinge mit Genmanipulation. Wir vollbringen Wunder, die du dir nicht einmal annähernd vorstellen kannst.«

»Wunder wie das Echsenmonster, das diese Leute getötet hat? Was ist mit Harold? Dieses Hundeding, das du aus dem armen Sohn der Besitzerin dieser Frühstückspension gemacht hast.«

»Erfolg geht mit einigen Schwierigkeiten einher.«

»Ich würde sagen, eine psychotische fliegende Echse, die nach menschlichem Fleisch giert, ist mehr als eine Schwierigkeit.«

Und sie weiß nicht einmal die Hälfte, dachte Wes.

»Du konzentrierst dich nur auf das Negative. Du hast das Positive vergessen.«

»Ich sehe nicht, wie irgendetwas davon positiv sein kann.«

»Weil es dir an Vision mangelt. Aber du wirst es verstehen. Bald werden alle sehen, was wir getan haben.« Ein begeistertes Licht strahlte in Andrews Augen, der beängstigendste Anblick von allen.

»Sie werden sehen, dass du ein Monster bist.«

Andrew presste die Lippen aufeinander. »Genug von dem Hinauszögern und den Beleidigungen, liebste Frau. Hol die Jungs. Wir müssen los.«

Wes konnte die Worte vorhersagen, bevor sie sie mit einem triumphierenden Lächeln aussprach. »Die Jungs sind nicht hier.«

Mit zusammengekniffenen Augen blaffte Andrew: »Was hast du mit ihnen gemacht?«

»Sie vor dir beschützt«, fauchte sie.

»Vielleicht hättest du dir Gedanken darum machen sollen, dich selbst zu schützen. Pack sie.«

Der Befehl, vor dem es Wes graute, war gekommen. Einen Moment lang dachte er darüber nach, Andrew zu sagen, er solle sie verdammt noch mal selbst holen – und ihm dann eine zu verpassen, wenn er es tat.

Allerdings standen Leben auf dem Spiel, Leben, die ihm wichtig waren.

Melanie ist uns wichtig. Eine warme Erinnerung seines kalten Teils. Eine Erinnerung, die er ignorierte, als er auf sie zustürzte.

Aber sie sprang außer Reichweite. Sie war schon immer leichtfüßig gewesen, etwas, worauf er zählte.

Melanie drehte sich auf dem Absatz um und lief in das Innere ihres Hauses, was ihm einen Blick auf ihre wehenden Haare und ihren prallen Hintern bot.

Verdammt, ich liebe diesen Arsch.

Hatte geliebt. Er hatte jegliche Rechte auf diesen runden Hintern bereits vor Jahren verloren.

»Worauf zur Hölle wartest du?«, rief Andrew. »Geh ihr nach. Sie muss mir sagen, wo die Jungs sind.«

Sag Nein. Sag verdammt noch mal Nein. Er hielt die Worte zurück und tat, wie Andrew ihm befahl. Er verfolgte Melanie, vielleicht nicht so schnell, wie es ihm möglich war, vielleicht nicht so effizient. Das war eine Jagd, die er nicht gewinnen wollte.

Als er im Flur um die Ecke bog, bemerkte er vier Türen, die alle geschlossen waren. Beim Öffnen von Tür Nummer eins stieß er auf ein Gästezimmer, das in beruhigendem Blassgelb gestrichen war. Das Bett war mit einer geblümten Decke und weichen Kissen bezogen.

Keine Melanie.

Weiter zu Tür Nummer zwei. Zwei zusammenpassende Betten, perfekt für Zwillingsjungs. Die Betten waren leer, die Decken waren mit grinsenden Haien bedruckt, glatt und unberührt. An den Wänden hingen Poster von *Transformers*, *Star Wars* und sogar eines des *Dschungelbuchs*.

Auf dem Boden waren Spielzeuge verteilt – Autos, Dinosaurier und Bauklötze. Ein Zimmer für Melanies und Andrews Jungs, Jungs, die von Wes hätten sein können, wenn er es nicht verbockt und sie hätte gehen lassen.

Apropos gehen lassen, er hatte genügend Zeit in dem leeren Zimmer verbracht, um zu wissen, dass sie nicht hier entlang gekommen war.

Im Flur atmete er ein. Als Gestaltwandler, selbst in seiner menschlichen Form, blieben einige seiner Sinne verstärkt. Zum Beispiel sein Geruchssinn. Eine vielfältige Welle der Düfte kam zu ihm, aber der frischeste – und verlockendste – gehörte Melanie. Obwohl er wusste, dass sie sich nicht hinter der nächsten Tür versteckte, öffnete er sie, überwiegend weil er den ungeduldigen Tonfall von Andrew hören wollte, als dieser brüllte: »Hast du sie?«

Als er in das Badezimmer mit den weißen Fliesen, dem doppelten Waschbecken und dem Duschvorhang mit noch mehr Haien darauf blickte, konnte er mit äußerster Ehrlichkeit antworten: »Noch nicht.«

Noch eine Tür am Ende des Flurs übrig. Ihr Duft führte direkt dorthin. Er hielt einen Moment lang inne, bevor er den Knauf griff und die Tür zum großen Schlafzimmer öffnete. Das Zimmer, in dem Melanie schlief – und mit dem verdammten Arschloch Andrew Sex hatte.

Absurde Eifersucht brannte in ihm angesichts des Doppelbetts mit seiner rot-goldenen Decke und den weichen Kissen.

Reiß es in Fetzen. Sein innerer Alligator wusste, was er tun wollte. Er hatte kein Problem damit, Eifersucht einzugestehen, eine Eifersucht, zu der er nicht länger das Recht hatte.

Beim Betreten des Zimmers fiel ihm das offene Fenster auf. Eine leichte Brise versetzte die Vorhänge in Bewegung.

Als er hörte, wie der ungeduldige Andrew schließlich kam, um selbst nachzusehen, ging Wes zum Fenster und lehnte sich für einen kurzen Blick hinaus, gerade als sein Chef den Raum betrat.

»Hast du sie gefunden?«

Er entdeckte Melanie auf dem Zaun, der ihren Garten von dem daneben trennte. Sein Blick traf den ihren und sie sahen einander einen Moment lang an.

Ich sehe dich.

Ich hasse dich und werde dir die Eingeweide rausreißen, wenn du mir nahe kommst, antwortete der ihre.

Er grinste beinahe.

»Keine Spur von ihr, Boss«, sagte er, während er ihren Blick hielt. Er zwinkerte ihr langsam zu. »Sieht aus, als wäre sie entkommen. Willst du, dass ich rausgehe und nachsehe, ob ich ihre Spur aufnehmen kann?«

»Nein. Wir müssen gehen, bevor ihr Bruder oder einer seiner Freunde auftaucht. Sie ist im Großen und Ganzen nicht so wichtig.«

Vielleicht nicht für Andrew, aber in Wes' Welt bedeutete sie immer noch viel zu viel.

Und du hast sie dir durch die Finger gleiten lassen.

KAPITEL DREI

Auf dem Zaun hörte Melanie, wie Wes Andrew anlog, und auch wenn das nicht seine vielen Vergehen entschuldigte, konnte sie nicht umhin, ihm widerwillig dafür zu danken. Seine Lüge ermöglichte ihr die Flucht.

Vielleicht werde ich ihn schnell und nicht langsam töten.

Als ihre Füße auf der anderen Seite des Zaunes den Boden berührten, hielt sie inne, um zu lauschen.

Sie spitzte die Ohren, als sie Andrew zu Wes sagen hörte, er solle sich nicht die Mühe machen, sie zu verfolgen. Gut, denn in der Stimmung, in der sie sich befand, hätte sie vielleicht nach einem scharfen Werkzeug gesucht und Wes in eine Handtasche verwandelt. Blutrünstig?

Ja. Und sie empfand keine Scham. Manche Leute griffen auf Yoga zurück, wenn sie wütend waren. Andere aßen Eiscreme oder gingen ins Fitnessstudio. Wenn sie wegen Wes besonders verärgert war – was jedes Mal war, wenn sie ihn sah –, neigte sie dazu, zu *Bayous Bissen* zu gehen, um frittierte Alligatorstücke zu essen. Die nicht entwickelten, natürlich, aber das hielt sie nicht davon ab, sich zu wünschen, die saftigen Häppchen des leckeren Gerichts gehörten zu Wes. *Ich würde ihn liebend gern beißen.*

Wenn der Biss nur nicht irgendwo an einer unanständigen Stelle unterhalb der Gürtellinie wäre, während er ihre Haare hielt und ermutigend stöhnte.

Seufz.

So viele Jahre waren vergangen und sie konnte diese erotischen Erinnerungen noch immer nicht aus ihrem Kopf auslöschen.

Eine Stimme hinter ihr ließ sie beinahe aufschreien.

»Geht es dir gut?«

Bruder Daryl, der hier war, um ein Auge auf sie zu haben, während sie ihnen mit dem Plan half.

Oh ja, sie hatten einen Plan, einen Plan, der aufgrund einiger Faktoren, an die sie nicht gedacht hatten, beinahe den Bach hinuntergegangen wäre.

»Wes steckt mit Andrew unter einer Decke.«

Daryl knurrte leise, wobei er die Lippen fest aufeinandergepresst hatte. »Ich wusste es, verdammt. Ich wusste, dass es nicht sein konnte, dass er nichts Konkreteres über Bittechs Beteiligung an der Sache gesehen hat, wenn er dort arbeitet.«

»Ja, nun, er weiß es, und dass er als Handlanger aufgetaucht ist, hätte den Plan beinahe versaut. Andrew hat ihn mir hinterhergeschickt.«

»Verdammter Mistkerl! Gut, dass du schnell warst.«

»Er hat mich laufen lassen.« Selbst jetzt verstand sie es nicht. Warum war er ihr nicht gefolgt? Wes hätte sie mühelos einfangen können, und doch hatte er gezwinkert und Andrew angelogen. Sie verstand es nicht, und die Verwirrung über seine Handlungen ärgerte sie. »Habe ich sie lange genug hingehalten, dass du den Peilsender am Fahrzeug befestigen konntest?«

Daryl grinste, wobei seine weißen Zähne in der Dunkelheit schimmerten. »Scheiße ja, das habe ich getan. Jetzt lehnen wir uns zurück und sehen zu, wohin sie fahren.«

Denn Zusehen war der Sinn und Zweck darin, Melanie in ihrem Haus zu lassen. Da alle jetzt von den schändlichen Taten wussten, in die Bittech involviert war, wollten alle wissen, wohin sie mit gepackten Sachen verschwunden waren. Der neue Bittech-Standort musste gefunden – und auseinandergenommen – werden. Der Plan war, sich von Andrew direkt dorthin führen zu lassen.

»Was werdet ihr tun, wenn wir herausfinden, wohin sie umgezogen sind?«

Das blieb die Frage, auf die niemand eine Antwort hatte. Für gewöhnlich schaltete sich der Hohe Rat der Gestaltwandler ein, wenn Gestaltwandler sich schlecht verhielten. Und mit einschalten meinte Melanie, dass sie den unartigen Übeltäter auslöschten. Das Bewahren ihres Geheimnisses um jeden Preis war die Hauptregel, nach der sie alle lebten. Wer diese Regel brach, bezahlte den Preis.

Aber was geschah, wenn diejenigen, die die Regeln brachen, dies im Auftrag eines korrupten HRG taten? Welche Zuflucht gab es, wenn diejenigen, die man gewählt hatte, um sie zu beschützen, schuldig waren? Das Wissen, dass Parker, ein Ratsmann, daran beteiligt war und die Experimente an Gestaltwandlern anführte, brachte sie alle aus dem Konzept. Wenn sie dem HRG nicht trauen konnten, wer blieb dann, um sie zu retten?

Das Dilemma quälte sie, während Daryl sie zurück

zum Haus ihrer Tante Cecilia fuhr. Da ihre Tante für ein paar Wochen in den Westen gereist war, um ihre Tochter zu besuchen, hatte Melanie hier die Jungs untergebracht, zusammen mit ihrer Mutter, um sie vor Schaden zu bewahren. Es überraschte sie immer noch, dass Andrew zu ihrem Haus zurückgekommen war. Als sie den Plan ausgeheckt hatten, hatte ein Teil von ihr gedacht, dass er, wenn er schuldig war, einfach abhauen würde.

Das hatte er nicht getan. Andrew war auf der Suche nach ihr und den Jungs gekommen. Gut, dass sie sie vorzeitig weggeschickt hatte. Sie hatte nicht erwartet, dass die Dinge so schnell so verrückt werden würden, noch dass Andrew Hilfe haben würde. Selbst ihr Ass im Ärmel, die Waffe, hatte nicht geholfen, da sie mit Platzpatronen geladen war.

Er wusste, dass dieser Tag kommen würde. Er war besser vorbereitet gewesen als sie.

Es überraschte sie, dass Andrew so daran interessiert zu sein schien, sie und die Jungs mitzunehmen. Er hatte nie großes Interesse an seinen Kindern gezeigt – die nach mehreren Runden der Fruchtbarkeitsbehandlung bei Bittech gezeugt worden waren. Gemischte Gestaltwandlerkasten hatten Schwierigkeiten, sich fortzupflanzen.

Es ist mir egal, dass er ihr Vater ist. Er kriegt sie nicht in seine dreckigen Pfoten. Die Jungs würden bei ihr bleiben, egal was als Nächstes mit Andrew geschah. Sie würde sich nach einem guten Scheidungsanwalt umhören müssen.

Wir könnten Zeit und Ärger sparen, indem wir ihn einfach umbringen. Ihre Katze nahm den Verrat ihres Gefährten nicht gut auf.

Die Scheinwerfer von Daryls Wagen beleuchteten das kleine Haus am Ende der Auffahrt. Kein großes

Gebäude, mit verwitterter grüner Verkleidung und einem Vorgarten, der reichlich mit Zwergen und pinkfarbenen Flamingos ausgestattet war. Tante Cecilia liebte knallige Farben und fantasiereiche Gartendekoration.

Durch die Windschutzscheibe konnte Melanie die schief in den Angeln hängende Aluminiumtür erkennen, die sich vor der weit offen stehenden Eingangstür aus dickem Holz befand. Am beängstigendsten war der Anblick ihrer Mutter, die auf der Treppe weinte, eine Hand am Kopf, während ihr Blut zwischen den Fingern hindurchlief.

Die Haare an Melanies Körper stellten sich auf.

»Mama!« Kaum war der Wagen zum Stehen gekommen, sprangen sowohl sie als auch Daryl hinaus und liefen zu ihrer Mutter. Sie konnte nicht umhin, den verweilenden Geruch von einem Reptil wahrzunehmen. Ihr Herz raste und sie konnte die flatternde Panik nicht zurückhalten.

»Was ist passiert?«, brüllte Daryl.

»Ich habe versucht, es aufzuhalten«, jammerte ihre Mutter. »Aber das Monsterding hat mich zur Seite geschlagen, als wäre ich nichts. Dann hat er mich abgeleckt.« Ein Schaudern durchfuhr ihre Mutter, während sie das Gesicht verzog. »Und ich bin erstarrt. Ich konnte keinen einzigen Muskel bewegen, während dieses Monster die Bambinos mitgenommen hat.«

»Meine Jungs? Er hat meine Jungs mitgenommen?« Melanies Stimme wurde schriller, als sie der Schreck dessen traf, was passiert war.

»Es tut mir so leid. Ich konnte ihn nicht aufhalten. Das Echsenmonster kam und hat sie beide geholt.«

Melanie musste sich zusammenreißen, um nicht zu kreischen. Aber sie konnte nicht anders, als ihre Haare mit zwei Fäusten zu packen und fest daran zu ziehen. Sie brauchte den Schmerz, um sich zu konzentrieren, alles, um nicht daran zu denken, was ihren kostbaren Babys zustoßen könnte.

Daryl kniete sich vor ihre Mutter. »Diese Kreatur, ist sie mit ihnen weggeflogen? Weggelaufen? Weißt du, wohin sie gegangen ist? Vielleicht kann ich die Spur aufnehmen.«

Ihre Mutter schüttelte den Kopf und erklärte es. »Ich glaube, es hat nichts davon getan. Ich habe einen Motor gehört. Jemand hat das Ding hierhergefahren und es hat die Bambinos mitgenommen.« Frische Tränen und Geheul erschütterten den Körper ihrer Mutter, und obwohl Melanie selbst zittern, fluchen und schreien wollte, zog sie stattdessen den rundlichen Körper in ihre Arme und wiegte sich mit ihm. Tränen liefen ihr über die Wangen.

Dieser Mistkerl hat meine Babys geholt.

Und sie würde sie zurückbekommen.

Sie wusste nur nicht wie. Das tat niemand.

Daryl rief Caleb an, der kurz darauf mit Renny, Luke und seiner Mutter erschien. Da Constantine sich in einem Motel verkrochen hatte, wo er sich davon erholte, Aria gerettet zu haben, ließen sie ihn aus der Sache heraus.

Es machte keinen Sinn, ihn zu stören, bis es etwas gab, das sie tun konnten.

»Wohin hat das Monster sie gebracht?« Da Melanie diese Frage mindestens ein Dutzend Mal gestellt hatte, machte sich niemand die Mühe, ihr zu antworten. Andrew, Wes, das Echsenmonster, alle, die etwas mit Bittech zu tun hatten, waren verschwunden, ohne einen Hinweis oder eine Spur zu hinterlassen.

Der Peilsender, von dem sie gedacht hatten, er würde all ihre Probleme lösen und sie zu Andrew sowie den anderen Arschgeigen, die an dem Bittech-Wahnsinn beteiligt waren, führen, war ein Reinfall gewesen. Irgendwie hatte Andrew – oder Wes – es herausgefunden. Als Daryl hinterherraste, während Melanie ein Tablet auf ihrem Schoß balancierte, das eine Karte mit einer blinkenden Markierung zeigte, fanden sie den Peilsender keine zwei Kilometer außerhalb der Stadt am Straßenrand.

Ihn dort zu sehen, zusammen mit Rorys Teddybär, entlockte ihr einen dringend nötigen Schrei.

Auf den Knien weinte sie zum Himmel. Schrie vor Zorn. Angst. Kummer.

Sie heulte, bis ihr Bruder sie zwang, sich zu bewegen.

So viel zu Daryls Plan. *Meine Babys sind weg.* Und sie wusste nicht, wie sie sie finden sollte.

Nach diesem Scheitern waren sie zum Haus ihrer Mutter zurückgekehrt. Sie drehten sich mit ihren Gesprächen im Kreis, aber nichts, nichts, verdammt, brachte ihre Babys zurück!

»Ich brauche frische Luft«, murmelte sie, da sie sich kein weiteres Wort mehr anhören konnte. Sie konnten ihr nicht ewig sagen: »Keine Sorge, wir werden sie finden«, bevor sie wieder den Drang zu schreien verspürte.

Als sie durch die Haustür schlüpfen wollte, packte ihr Bruder sie am Arm. »Du solltest nicht allein rausgehen.«

»Warum nicht?« Sie gab ein schwermütiges Lachen von sich. »Wenn ich da draußen bin, werden sie vielleicht kommen und mich auch holen. Dann wäre ich wenigstens bei Rory und Tatum.«

»Wir werden sie finden, Schwesterherz. Das verspreche ich dir.«

Aber das war das eine Großer-Bruder-Versprechen, das Daryl nicht halten konnte.

Melanie verließ ihr Haus und ließ Daryl, Cynthia, Caleb und Renny zurück, um weiter Ideen zu besprechen. Die feuchte Luft des Sumpfes füllte ihre Lunge und sie hätte weinen können.

Wie sie den Geruch von zu Hause vermisste, dieses Zuhauses, in dem sie aufgewachsen war. Ihre Nullachtfünfzehn-Nachbarschaft war zwar schön, hatte aber keine bekannte oder einladende Atmosphäre. Sie hasste es, in der Vorstadt zu wohnen, selbst wenn sie ein Haus mit drei Schlafzimmern und zweieinhalb Badezimmern hatte – laut ihrer Mutter ein Zeichen, dass sie es geschafft hatte.

Sie hätte ihr umwerfendes angeschlossenes Badezimmer, ohne zu zögern, gegen eine glückliche Ehe getauscht.

Aber wenigstens habe ich meine Jungs.

Jungs, die vermisst wurden. Schluchz.

Sie setzte sich auf die Treppe und zog die Knie ans Kinn. Sie umarmte sie und wiegte sich, denn der Schmerz in ihr war nur schwer zu ertragen.

Ich habe sie als Mutter im Stich gelassen. Sie hatte sich so sehr verkalkuliert. Sie hätte sie weiter weg schicken sollen. Sie hätte mit ihnen gehen sollen.

Stattdessen, weil sie die Verdorbenheit ihres Mannes falsch eingeschätzt hatte, waren sie weg. Aber nicht tot. *Oh, bitte nicht.*

Sicherlich würde sie es wissen, wenn sie dieses irdische Leben verlassen hatten. Und wenn sie es getan hatten, könnte sie –

Das Handy in ihrer Gesäßtasche vibrierte. Das war aus mehreren Gründen seltsam. Zum einen war es weit nach Mitternacht. Zum anderen befand sich so ziemlich jeder, der sie so spät anrufen würde, im Haus hinter ihr.

Mit zitternden Händen zog sie das Handy aus ihrer Hosentasche und nahm ab, als sie den Anrufer sah.

»Du Mistkerl, wo sind die Jungs?«

»Pass auf, was du sagst, sonst wirst du sie nie wiedersehen«, drohte Andrew.

»Tut mir leid.« Die Entschuldigung hinterließ einen sauren Nachgeschmack in ihrem Mund.

»Das sollte es auch. Immerhin warst du diejenige, die versucht hat, sie zu verstecken. Nur nicht sehr gut.«

»Ich will sie sehen.«

»Das wirst du, aber nur, wenn du meine Anweisungen genau befolgst. Sie beginnen damit, niemandem zu sagen, dass ich angerufen habe.«

Das tat sie nicht, nicht, bis sie es geschafft hatte, sich weit weg zu schleichen. Dann tätigte sie einen schnellen Anruf, aber nur um zu sagen: »Ich bin losgezogen, um die Jungs zu finden.«

Das Problem dabei, mit weit geöffneten Augen in eine Falle zu tappen, war, nicht zu wissen, ob sie je würde entkommen können.

KAPITEL VIER

Wir sollten gehen.

Sein Alligator drückte sein Missfallen aus und tat das bereits, seit sie Bitten Point verlassen hatten. Wes konnte es ihm nicht verübeln.

Ich wünschte, ich könnte in der Zeit zurückgehen. Die Dinge ändern, sodass er sich nicht hier wiederfände, an diesem Ort. Gefangen in diesem Albtraum.

Wes ging in dem Raum auf und ab, den sie ihm in dem neuen und angeblich verbesserten Bittech-Institut zugewiesen hatten. Es als Institut zu bezeichnen klang jedoch zu nett. Es war eher ein verdammt qualvoller Kerker, der sich diesmal jedoch oberirdisch befand.

Das neue Gebäude war nicht einmal allzu weit vom Original entfernt, aber dieser Standort hatte wesentlich mehr Sicherheitsmaßnahmen, Schichten über Schichten und Kasernen für die Angestellten, die darin arbeiteten.

Keine Ausflüge mehr in die Stadt, kein Geplapper mehr. Keine neugierigen Einwohner mehr, die Fragen stellten.

Auf Nimmerwiedersehen, Freiheit.

Auf der anderen Seite hatte Wes seine Freiheit an dem Tag verloren, an dem er seine Entscheidung traf. *Tu, was wir sagen, sonst.*

Das »Sonst« hatte seine Entscheidung zu einem Kinderspiel gemacht. Dennoch war die bittere Pille schwer zu schlucken.

Er zog eine Packung Zigaretten aus seiner Hemdtasche und klopfte eine heraus. Er umschloss das Filterende mit den Lippen und holte ein Feuerzeug hervor. Beim Anblick eines Rauchmelders an der Wand und der Sprinkleranlage an der Decke hielt er inne.

»Verdammt.« Dämliche Anti-Rauchen-Arschlöcher. Mittlerweile konnte man in keinem der Innenräume noch eine Zigarette anzünden, ohne Schwierigkeiten zu bekommen oder einen Wasserschaden in den Tausenden zu verursachen, weil sich automatisierte Feuerlöschanlagen einschalteten.

Er verließ sein Zimmer – wenn man das zellenähnliche Quadrat mit seinem Doppelbett, Tisch, einem Stuhl und Fernseher als solches bezeichnen konnte – und ging den langweilig grau gestrichenen Korridor entlang zu dem knallroten Ausgangsschild, das am Ende leuchtete. In dem Flur in diesem zweiten Stockwerk der Angestelltenunterkunft war es zu dieser Morgenstunde ruhig, im Gegensatz zum vorherigen Abend, als die Wachmänner und Ärzte, die zu dem neuen Ort gebracht worden waren, einzogen.

Der Großteil des Tumults legte sich gegen Mitternacht, aber Wes konnte nicht einschlafen, nicht mit dem Bild von Melanie, in deren Augen der Verrat schimmerte und ihn an seinen Status als Arschloch erinnerte.

Ich habe sie verraten.

Sein Alligator schnaubte. *Du hast alle deiner Art verraten.*

Und der schlimmste Teil? Er wusste, was die Leute sagen würden. *Ich bin überhaupt nicht überrascht, dass er sich als Verräter herausgestellt hat. Er ist immerhin ein Mercer.*

Das Stigma seines Namens folgte ihm und war in diesem Fall wohlverdient.

Als er das Gebäude verließ, bemerkte Wes in der Ferne die Wachmänner, die nicht nur am Eingang patrouillierten – für den Ausweis und Daumenabdruckerkennung notwendig waren –, sondern auch die Grenze des Geländes, und nicht alle von ihnen waren menschlich.

Es schien, als bemühte sich das Bittech-Institut nicht sonderlich darum, sich zu verstecken. Wes musste sich fragen, wie lange es dauern würde, bis die Außenwelt es bemerkte.

Hoffentlich würde es eine Weile dauern, bevor ein furchtloser Mensch die drei Kilometer lange, gewundene Straße zum neuen Institut fuhr und die umherlaufenden Monster entdeckte. Er wollte gar nicht daran denken, was passieren würde, wenn die Welt herausfand, dass Monster unter ihnen lebten.

Die kühle Luft der Morgendämmerung traf ihn und er atmete tief ein, füllte seine Lunge – ein Mann, der nach einer Freiheit griff, die ihn knapp außerhalb seiner Reichweite verspottete.

Die frische, klare Luft und der endlose Himmel neckten Wes. Sie riefen ihn. *Verlasse diesen Ort. Schwimm in die Freiheit. Jage zum Spaß, nicht für andere.*

Seltsam, dass diese Stimme fürchterlich nach seiner inneren Bestie klang.

Die Freiheit, die er verloren hatte, ärgerte ihn. Die frische Luft verhöhnte ihn mit –

Der beißende Rauch stieg von dem Ende der Zigarette auf, die er anzündete, und vertrieb die qualvolle Erinnerung an das, was er nicht haben konnte. Er verdrängte das heimtückische Flüstern, das ihm sagte, er solle fliehen.

Wenn ich gehe, was wird dann passieren?

Es war nicht auszudenken, und er würde seine Entscheidungen jetzt nicht anzweifeln, nicht wenn er wusste, dass er dieselbe Entscheidung erneut treffen würde.

Reue war für Weicheier. Ein richtiger Mann brockte sich seine Suppe ein und löffelte sie verdammt noch mal aus, auch wenn sie vergiftet war.

Grr. Er warf die Zigarette weg, aber deren federleichtes Gewicht arbeitete gegen ihn. Der angezündete Stummel wurde von einem Windstoß erfasst und flog zu ihm zurück.

Verdammte Scheiße. Die weggeworfene Kippe traf auf das eine Loch im Jeansstoff, der seinen Oberschenkel bedeckte, und versengte ihn. Er schnippte sie weg, aber der Schaden war angerichtet. Ein Hauch von Rot und eine kleine Dosis Hitze, um die Haut zu verbrennen – *mmm, grillen.*

Nicht witzig, du kranker Mistkerl.

Während Wes seinen inneren Alligator zurechtwies, ohrfeigte er sich, nur um eine Stimme zu hören, von der er gedacht hatte, sie nach letzter Nacht nie wieder zu hören.

»Du schlägst den falschen Teil deines Körpers. Warum richtest du dich nicht auf und ich helfe dir, die richtige Stelle zu treffen?«

Melanie. *Was tut sie hier? Ich dachte, sie wäre entkommen.*

Er richtete sich auf und ignorierte die spottende rote Zigarette, die auf der Betonveranda schimmerte, welche das Gebäude umgab. »Was zum Teufel machst du hier?«

»Kein Hallo für eine alte Freundin?« Sie zog eine Augenbraue hoch, die dünne Linie war wahrlich aufrüttelnd, besonders als sie zusätzlich eine Hand in die Hüfte stemmte.

Melanie war klein und zierlich, hatte Kurven und eine hitzige Art, die zu ihrem wilden, welligen Haar passte. Zu Zeiten wie diesen, wenn ihr Ärger ungehindert durch sie strömte, brannte das Latina-Feuer in ihren Augen und ihren Worten.

Er schüttelte den Kopf. »Wie haben sie dich erwischt?« Und warum hatte man ihn nicht informiert? Andrew benachrichtigte ihn über den Großteil seiner Handlungen, etwas, das Wes angesichts seiner Rolle als persönlicher Wachmann brauchte. Er hatte die Stellung als Leiter des Sicherheitsdienstes bei Bittech genossen, bis er zu diesem neuen Ort gebracht worden war. Hier hing er in der Luft, nachdem irgendein Arschloch namens Larry scheinbar bereits damit beauftragt worden war, das Gelände zu sichern.

»*Was soll ich tun?*«, fragte er, als Andrew ihm in seinem alten Büro einen Karton reichte.

»*Das zu meinem Wagen bringen.*«

»*Nicht der Karton*«, Arschloch, »*ich meine, an diesem neuen Ort. Wenn dieser andere Kerl den ganzen Mist leitet, wie sieht dann meine Rolle aus?*«

»*Du wirst tun, was immer ich dir sage, sonst.*«

Scheinbar beinhaltete, das zu tun, was immer

Andrew sagte, nicht, Wes über seine Pläne für seine Frau zu informieren.

Wir könnten sie mühelos zur Witwe machen, erinnerte ihn sein durchtriebener Alligator.

Ich denke darüber nach.

Melanie verdiente Besseres.

Wie uns.

Nein. Besseres im Sinne von jemandem, der kein Arschloch war.

Während Melanie ihn herunterputzte, wobei es überwiegend darum ging, dass er ein lügender Haufen Scheiße war, den sie nicht einmal anpinkeln würde, wenn er in Flammen stünde, hörte er Worte, die ihn erstarren ließen und dazu veranlassten, ihre Litanei seiner Fehler zu unterbrechen.

»Einmal zurückspulen. Was meinst du damit, Andrew hat die Jungs entführt?«

»Oh, bitte. Spiel nicht den Unschuldigen«, fauchte sie. »Ihr habt letzte Nacht ziemlich deutlich gemacht, dass ihr dicke Freunde seid. Sag mir nicht, du weißt es nicht.«

Er schüttelte den Kopf. »Ich habe deine Jungs nicht gesehen. Bist du sicher, dass Andrew sie hat?«

Ihre braunen Augen fixierten ihn voller Verachtung. »Kennst du viele andere Kerle, die eine fliegende Echse unter ihren Angestellten haben?«

»Welche Echse?«

»Ist das wichtig?«

Das war es tatsächlich. »Dieser Mistkerl. Ich kann nicht glauben, dass er sich dazu herablassen würde, seinen Kindern solche Angst zu machen.«

»Dann kennst du Andrew nicht sehr gut«, gab sie zurück.

»Geht es den Jungs gut?«

Bei seiner Frage begann ihr Ärger zu schwanken. Ihre Augen wurden feucht und sie biss sich auf die Lippe, als diese zu zittern anfing. »Ich weiß es nicht. Ich habe keine Ahnung, wie es ihnen geht. Ich habe den Großteil der Nacht damit verbracht, in Kreisen gefahren zu werden, um jeden abzuschütteln, der mir vielleicht hätte folgen können.«

»Wer hat dich gebracht?«

»Na, ich natürlich.« Von der anderen Seite des Wagens erschien ein älterer Mann, der einen Anzug trug und dessen Haare tadellos geschnitten waren.

Wes kannte ihn. Das taten die meisten Leute. Sein Name war Parker und er saß als Ratsmitglied im HRG – ein korrupter Mistkerl, wie er im Buche stand – oh, und er war ein Mercer. Parkers Mutter hatte außerhalb der Familie geheiratet – entgegen der allgemeinen Auffassung in der Stadt, sie hätten sich untereinander gekreuzt.

Aber ein anderer Nachname konnte nicht die Tatsache verschleiern, dass die Hälfte von Parkers DNA reiner, abgrundtief schlechter Mercer war.

»Ich habe mich schon gefragt, wann ich dich wiedersehen würde, Onkel.«

Melanie blinzelte. »Onkel? Ihr seid verwandt? Ich dachte, ich hätte alle deine Onkel getroffen. Zumindest die, die nicht im Knast sitzen. Der hier ist –«

»Achtbar?«, spottete Wes. »Nur bis du ihn kennenlernst. Dann wirst du sehen, dass er genauso ist wie der Rest unserer Familie.«

Parker schlug sich eine Hand aufs Herz. »Solch Verachtung. Und auch für die Familie. Nach allem, was ich getan habe, würde ich etwas mehr Dankbarkeit erwarten.«

»Ich werde dir Dankbarkeit zeigen. Wann immer du willst, du und ich. Niemand sonst.« Das düstere Grinsen fühlte sich großartig an.

Melanie runzelte die Stirn. »Ich fange an, mich zu fühlen, als wäre ich in einer Seifenoper.«

»Ist das echte Leben nicht immer eine nie endende Pointe?« Wes stieß sich von der Wand ab. »Also, wo kommt sie unter, Onkel?«

»Was, wirst du nicht automatisch davon ausgehen, dass sie bei ihrem Mann wohnen wird?«

Er presste die Lippen aufeinander. Warum hatte sein Onkel ein spöttisches Grinsen auf den Lippen? Hatte er erraten, wie er für Melanie empfand? Er hatte angestrengt versucht, es zu verbergen.

»Bring mich zu meinen Jungs, sofort. Sie sind der einzige Grund, warum ich Andrews Erpressung nachgegeben habe. Ich will sie jetzt sehen.«

Parker verzog voller Abneigung den Mund. »Ah ja, die Bälger. Ich glaube, ich werde dich von Wes zu ihnen bringen lassen. Ich könnte Kinder nie ertragen. Laute, chaotische Dinger. Nutzlos sind sie auch, bis sie wesentlich älter sind.«

Sein Onkel verdiente wirklich eine Ohrfeige, und Melanie schien entschlossen zu sein, diese auszuführen.

Wes packte Melanie an einem Arm und hielt sie zurück, damit sie sich nicht mit ausgestreckten Krallen auf Parkers Gesicht stürzte. So wie er seinen Onkel kannte, würde das nicht gut enden.

Während sie knurrte und sich wehrte, fauchte sie: »Lass mich an ihn ran«, woraufhin er fragte: »Wo sind die Zwillinge?«

»Sag es mir sofort oder ich schwöre, ich werde dich in Fetzen reißen.« Das könnte Melanie tatsächlich tun, denn

EVE LANGLAIS

sie zog die Oberlippe zurück und gab ein Knurren von sich, ein Geräusch, das kein menschlicher Körper jemals sollte erzeugen können.

Parker schien völlig unbeeindruckt von der Tatsache zu sein, dass sie ihn, ohne zu zögern, ausweiden würde. »Oberstes Geschoss. Die neue Kinderstation. Sie sind die Ersten, die sie genießen. Aber wir hoffen, das sehr bald zu ändern.«

Einen Moment lang stand Wes völlig regungslos da, trotz der Tatsache, dass Melanie zog und zerrte, verzweifelt darauf aus, ihre Kinder zu finden. Wes konnte sich nicht rühren, da ihn Parkers unheilvolle Worte mit der Kraft eines Vorschlaghammers trafen.

Die Ersten ... was andeutete, dass es mehr Kinder geben würde, noch mehr Unschuldige, die in das kranke Spiel hineingezogen wurden, das sein Onkel und die anderen spielten.

»Das kann nicht dein Ernst sein«, murmelte er schließlich.

»Das ist es. Und du wirst mich nicht infrage stellen. Jetzt bring die Frau zu ihren Bälgern. Ich muss mich um andere Dinge kümmern.« Mit diesem Befehl stolzierte sein Onkel davon.

Wir sollten ihn auch fressen.

Nur würde ihm sein Onkel mit seinem zähen, sehnigen Kadaver vermutlich eine Magenverstimmung bescheren.

»Worauf wartest du?«, fragte Melanie, was ihn aus seiner Lähmung riss. »Bring mich zu meinen Jungs.«

»Ich warte darauf, dass du aufhörst zu zetern.«

»Ich zetere nicht. Ich beschwere mich. Laut.« Sie musterte ihn mit zusammengepressten Lippen. »Also setz dich in Bewegung oder ich werde meine Schimpftirade

34

von leicht gereizt zu riesengroßes Miststück übergehen lassen.«

Als er zum Gebäude voranging, brannte das Bedürfnis nach einer Erklärung in ihm und versuchte, sich einen Weg an seinen Lippen vorbei zu erzwingen. Er presste sie fest aufeinander. Nein, er würde keine Ausflüchte machen. Melanie verdiente Besseres als das.

Außerdem gaben echte Männer nicht zu, Fehler gemacht zu haben.

Genauso wenig wie Arschlöcher.

Die Grenze zwischen den beiden war sehr schmal.

Als sie durch die schweren, mit Metall verstärkten Türen gingen, die in das Forschungsgebäude führten, reckte Melanie den Hals und gab ein leises Pfeifen von sich. »Sieh dir die Sicherheitsmaßnahmen hier an. Kameras, Bewegungsmelder, Wachen.«

»Wärmefühler gibt es auch. Außerdem braucht man für alle Türen und Aufzüge an diesem Ort nicht nur eine Schlüsselkarte, sondern auch einen Daumenabdruck.«

Das Interessante an der Schlüsselkarte war, dass sie ständig an einer Person befestigt war. Sie hatten sie in die Armbänder eingebaut, die alle Mitarbeiter trugen. Brandon, sein Bruder, bezeichnete sie als Handschellen. Aber sie waren mehr als das. Sie waren beinahe idiotensicher, da sie nicht weitergegeben oder kopiert werden konnten. Man konnte das Armband abschneiden, aber sobald es aufhörte, lebende Haut zu berühren, war es tot – zusammen mit dem Zugang dieser Person.

Durch diese Methode und den Daumenscan, welcher auch von einem lebenden Wesen stammen musste, war es unmöglich, in das Gebäude hineinzukommen, wenn man nicht zum genehmigten Personal gehörte.

Das erklärte er ihr, während sie durch die Sicherheits-schleusen gingen.

»Was, wenn es ein Feuer oder so gibt und die Elektrik nicht mehr funktioniert? Wie würden all diese Leute rauskommen?«

»Sie kämen nicht raus.«

Melanie gab nicht nach, als er erst sein Handgelenk und dann seinen Daumen gegen den Scanner drückte. »Sicherlich gibt es irgendeine Art von Hintertür, durch die man fliehen kann. Ich meine, du kannst mich nicht davon überzeugen, dass Andrew und die anderen lieber alle sterben lassen würden, anstatt eine einfache Flucht-möglichkeit zu haben.«

Als er sie an eine Stelle vor den Aufzügen zerrte, abgeschirmt durch eine Topfpflanze, beugte er sich zu ihr hinunter und zischte: »Hör auf, so verdammt offensicht-lich damit zu sein, dass du nach einer Fluchtmöglichkeit suchst. Hier sind überall Augen und Ohren.«

»Ich zeige nur gesunde Neugier.« Ihr argloses Aussehen täuschte ihn nicht.

»Für einen Einbrecher, der sich den Laden mal ansieht«, gab er zurück.

»Du kannst mir nicht verübeln, dass ich gehen will.«

»Nein, kann ich nicht.«

Das Klingeln ließ ihn wissen, dass der Aufzug gekommen war, und er trat aus dem blinden Fleck heraus, das Gesicht eine steife Maske, die Haltung aufrecht. Niemand sollte den Aufruhr in ihm sehen.

Er betrat die Kabine mit Melanie an seiner Seite. Die Türen schlossen sich und die Kombination aus Karte und Daumen erlaubte ihm, das Obergeschoss zu wählen, Etage neun. Als er hinausging und die fröhlichen Farben bemerkte, ein Versuch bunter Wandbilder, fragte er sich, ob sie das Stockwerk einfach in »verkorkste Kinderkrippe« umbenennen sollten.

Das war es wirklich. Er hatte diese Etage noch nicht besucht, da er davon ausgegangen war, dass sich hier weitere Büros oder Labore befanden. Diese betrat er selten. Sein Interesse galt den unteren Stockwerken, wo die Experimente durchgeführt wurden.

Der C-förmige Empfang war das Kontrollzentrum für eine matronenhafte Frau Ende fünfzig mit rötlichem Gesicht und strengem Haarknoten. Sie trug einen Krankenhauskittel mit fröhlichen, lächelnden Elefanten darauf, vermutlich um ihrer finsteren Miene entgegenzusteuern.

»Sie sind für dieses Stockwerk nicht befugt«, sagte sie Krankenschwester.

»Das bin ich, genau wie sie. Das ist Mrs. Killinger, die Frau des Chefs. Soweit wir wissen, haben Sie ihre Jungs hier.«

Die Missbilligung der Schwester ließ ihre schmalen Lippen gänzlich verschwinden. »Sie sind tatsächlich hier. Kleine Teufelsbraten. Überhaupt nicht wie ihr Vater. Sie haben wohl die falsche Seite des DNA-Münzwurfs abbekommen.«

Die abfällige Bemerkung traf Melanie, aber zu seiner Überraschung brach sie nicht in einen Wutanfall aus. Reife von der Rakete, die er kannte?

Melanie hielt den Blick sittsam nach unten gerichtet. »Meine Jungs können anstrengend sein. Wenn Sie mich zu Ihnen bringen könnten, ich bin mir sicher, dass sie sich beruhigen, sobald sie mich sehen.«

Das Schnauben drückte eloquent aus, dass Schwester Zicke nicht dieser Meinung war.

Da Wes seinen Griff um Melanie noch nicht gelockert hatte, schloss er sich ihnen an. Mit jedem Schritt wurde es entsetzlicher, die bunten Blumen, die man an die Wand gemalt hatte, der Blick in Zimmer mit Glastüren, die winzigen Betten, leer und wartend. Zu viele Betten. Der Anblick der Babybetten ließ ihn stolpern. Melanie löste sich aus seinem Griff und folgte mit steinerner Miene der Krankenschwester. Er ging langsamer hinterher.

Die Schwester blieb vor einer massiven Trennwand stehen, für die das Durchziehen einer Karte, ein Daumenabdruck und ein Code notwendig waren.

»Machen Sie sich nicht die Mühe, ihn sich einzuprägen«, fauchte Schwester Zicke, als Melanie zu viel Interesse zeigte. »Er ändert sich bei jeder Schicht.«

Mit einem Klicken öffnete sich die Tür und die Schwester trat ein. Mehrere Dinge geschahen gleichzeitig. Von über der Tür fiel etwas auf die Krankenschwester herab, vom Boden aus stürzte etwas auf sie zu und inmitten des Geschreis – das die Zwillinge sehr nach teuflischen Kobolden klingen ließ, die aus der Hölle entkommen waren – begann Melanie zu lachen.

»Das sind meine braven Jungs. Kommt zu Mama.«

KAPITEL FÜNF

Erst als Melanie die kleinen, drahtigen Körper ihrer Zwillinge umarmte, ließ die flatternde Panik nach, die sie kaum hatte zurückhalten können.

Meinen Babys geht es gut.

Sie waren die Gefangenen eines kranken Mistkerls, aber körperlich unversehrt und eindeutig nicht eingeschüchtert von der tollwütigen Krankenschwester, die praktisch Schaum vor dem Mund hatte, während sie schrie: »Ihr niederträchtigen kleinen Mistkäfer. Mir ist egal, wer euer Vater ist. Ihr seid jetzt in meinem Bereich.«

Die Schwester hob eine Hand, aber bevor sie sie nutzen konnte – oder verlieren, denn Melanie würde sie ihr abreißen, wenn sie versuchte, ihre Jungs zu schlagen –, hielt Wes sie fest.

»Das würde ich wirklich nicht tun, wenn ich Sie wäre.«

Die Schwester presste die Lippen aufeinander. »Ich weiß, wer Sie sind. Sie sind Mr. Killingers Haus-Alligator. Sie machen mir keine Angst.«

Wes beugte sich zu ihr, bis sie fast Nase an Nase

waren, bevor er nett – zu nett – sagte: »Das sollte ich aber, da ich hungrig und genervt bin und mich Ihre Mätzchen daran erinnern, warum das Dasein als Vegetarier überbewertet wird.«

»Ihre Art frisst keine Menschen.« Trotz ihrer Behauptung wehrte die Krankenschwester sich gegen den eisernen Griff, den Wes um ihr Handgelenk hatte.

»*Meine Art* frisst, was immer sie verdammt noch mal will, und wir wissen, wie man keine Spuren hinterlässt. Also, *Mensch*«, faszinierend, wie viel Spott er in ein einziges Wort legen konnte, »willst du mich noch wütender machen? Nur zu. Bei meiner aktuellen Stimmung wird es nicht lange brauchen, um mich zuschnappen zu lassen.« Um seinen Punkt zu unterstreichen, ließ er lautstark seine Zähne aufeinanderprallen.

Die Schwester machte klugerweise einen Schritt zurück. Schade, denn Melanie war in ähnlicher Stimmung und hätte nichts dagegen gehabt zu sehen, wie das Miststück noch einen weiteren Kopf kleiner gemacht wurde.

Niemand bedroht meine Familie. Grr.

Mit arroganter Kopfhaltung spuckte die Krankenschwester praktisch: »Mr. Killinger und Mr. Parker werden von Ihrem Verhalten hören.«

»Nur zu. Tun Sie es. Lästern Sie über mich. Wir werden sehen, wer für sie wertvoller ist.« Er zwinkerte. »Ich weiß es bereits, also werde ich die scharfe Soße für später mitbringen.«

»Arrrrgh.« Das Kreischen der Empörung hallte noch lange nach, nachdem die Schritte der gemeinen Schwester verklungen waren.

Die Anspannung fiel von Melanie ab und sie spähte über die Köpfe ihrer Jungs hinweg zu Wes. »Danke.«

Seine Miene wurde finster. »Wage es nicht, mir zu danken. Wenn ich sie nicht in die Schranken gewiesen hätte, hättest du es getan.«

»Und vermutlich nicht so nett.« Jahre des Versuchens, sich wie die perfekte Mutter und Ehefrau zu verhalten, hatten ihre Opfer gefordert. Melanie konnte spüren, wie ihr Latina-Temperament – und ihre innere Katze – zuschlagen wollten.

»Diese Frau ist niederträchtig und sollte nicht in der Nähe von Leuten, geschweige denn Kindern sein.«

Sie löste den Blick von Wes, trotz der Versuchung, ihn wirklich in sich aufzunehmen, und konzentrierte sich auf ihre Jungs. Sie hielt sie auf Armeslänge von sich. »Lasst mich euch sehen. Wie seht ihr beiden aus?«

Sie drehte sie in die eine, dann die andere Richtung, erleichtert über ihr gleichzeitiges Augenrollen und die gemurmelte Antwort: »Uns geht es gut, Mama.«

»Darüber werde ich entscheiden«, grummelte sie, denn ihr ging es definitiv nicht gut.

Wie war ihr langweiliges Durchschnittsleben von aufwachen und die Kinder vor der Schule mit Frühstück versorgen zu dem Versuch übergegangen, ihren idiotischen, verrückten Wissenschaftler von Mann zu erschießen, nachdem er ihre Jungs entführt hatte und in einem experimentellen Labor gefangen hielt?

Da sie keine Anzeichen für Verletzungen sah, lockerte sie den Moment, indem sie sie unter den Armen kitzelte, was ihr schrilles Kichern und Kreischen einbrachte. Als sie nach Luft schnappten, umarmte sie die beiden erneut und atmete ihren Kleine-Jungen-Duft ein.

»Mama«, sagte Rory, das Gesicht an ihrer Schulter

vergraben, »wir wollen nach Hause. Uns gefällt es hier nicht.«

»Daddy ist gekommen und hat gesagt, wir müssten brav sein für die Frau. Aber ich mag sie nicht.« Die beleidigten Worte wurden mit einem funkelnden Blick in Richtung des leeren Flurs ausgesprochen.

»Keine Angst, ich werde uns hier rausholen.« Zu spät erinnerte sie sich daran, dass Wes noch immer dastand und zusah. Ihre Worte blieben nicht unwidersprochen.

»Tu nichts Dummes. Die Sicherheitsmaßnahmen hier sind absolut wahnsinnig. Du kannst keine zwei Schritte tun, ohne dass es jemand weiß.«

»Es wäre dümmer, nichts zu tun. Ich werde nicht zulassen, dass jemand meine Jungs anrührt.« In den Worten lag Nachdruck. Eher würde sie sterben.

»Niemand rührt sie an. Oder dich.«

Sie blinzelte und bat Wes beinahe darum, es zu wiederholen, aber er redete immer noch.

»Warte einfach ab, während ich ein paar Dinge regle.«

»Du willst, dass ich warte, während du ein paar Dinge regelst?« Sie verzog das Gesicht. »Als würde ich dir glauben. Vor zwei Minuten hast du gesagt, es wären überall Augen und Ohren. Jetzt soll ich dir glauben, dass du mit mir konspirierst, um zu fliehen?«

»Ich habe nicht gelogen, als ich das gesagt habe, aber ich denke, im Moment sind wir sicher. Sieh mal.«

Sie drehte sich, um der Richtung seines ausgestreckten Fingers zu folgen. Dann lachte sie.

In einer Ecke des großen Spielzimmers war die aufgehängte Kamera in eine große Kugel Knete eingehüllt, während ihr Gegenspieler am anderen Ende des Raumes in einem einzigen Durcheinander aus Drähten von der Decke baumelte.

»Habt ihr das getan?«, fragte sie die Zwillinge mit gespielt strenger Stimme.

»Nicht ich.« Das identische Grinsen entlockte ihr trotz der grässlichen Situation ein Kichern.

»Das sind meine klugen Jungs.«

»Sehr klug, genau wie ihre Mutter. Also, lass es mich erneut sagen, ich werde euch helfen. Warte wenigstens einen oder zwei Tage ab und lass mich einen Weg finden, wie du fliehen kannst.«

»Mit meinen Jungs.«

»Ja, mit deinen Jungs.«

Wes ging – mit stolzierendem Gang, den zu ignorieren sie sich zwang.

Warum ignorieren?, überlegte ihre Katze. Ihr Panther hatte ein Argument. Der Mann hatte einen netten Hintern. Sehr knabberwürdig.

Aber die Vorstellung, Zahnabdrücke auf diesen süßen Backen zu hinterlassen, lenkte sie vom wahren Problem ab, welches in der Frage bestand, ob sie auf Wes hören und abwarten sollte, ob er ihnen helfen konnte. *Ich weiß nicht, ob wir es uns leisten können, ein paar Tage zu warten.*

Man musste kein Genie sein, um zu sehen, dass dieses Spielzimmer ungewöhnliche Elemente enthielt, beginnend mit einem großen eingerahmten Spiegel, von dem sie wetten würde, dass es ein Einwegspiegel war. Leute, die die Kinder beim Spielen beobachteten, waren gruselig, aber nicht so gruselig wie die fesselnden Gurte unter den winzigen Stühlen, die um in den Boden geschraubte Tische herum platziert waren. Gitterstäbe verdeckten die Fenster, während Lüftungsschlitze, die nichts mit Luftzirkulation zu tun hatten, aus dem Boden ragten und den verweilenden Geruch von Gas ausströmten, von derselben Art, das ihr Zahnarzt benutzte, um sie zu betäuben. Sie waren also vor Kurzem getestet worden. *Warum um alles in der Welt sollten sie Gas bei Kindern anwenden?*

Und warum waren ihre Jungs hier?

Es entsetzte sie, zu erkennen, dass Andrew, ihr verdammter Vater, ihre Jungs in ein Labor geschickt hatte, zwar mit Spielzeugen und Spielen, aber trotzdem ein Ort, an dem sie Tests durchführten. An Kindern.

An verdammten Kindern! Knurr.

Ihr wurde übel. Ihre innere Katze ging mit gestellten Borsten auf und ab. Aber sie konnte ihre Aufregung nicht zeigen. Die Jungs durften nicht spüren, dass etwas nicht stimmte, auch wenn sie es bereits vermuteten.

Melanie strich Tatum die Haare aus der Stirn und hörte ihm zu, während er eine Geschichte aus einem Bilderbuch erzählte, das er gefunden hatte. So sehr es sie auch erschreckte, sie konnte nicht umhin, sich zu fragen, ob es bereits zu spät war. War bereits irgendein seltsamer chemischer Cocktail durch ihr Blut gelaufen?

Der Nachmittag verstrich schnell und ruhig. Die unhöfliche Krankenschwester, die sie getroffen hatte, tauchte nicht wieder auf. Zur Mittagszeit öffnete sich ein Schlitz in der Wand und eine Ablage mit drei Tabletts wurde ausgefahren. Sandwiches, Milch und Obst.

Sie roch gründlich daran und probierte sie auch zuerst, bevor sie ihre Jungs einen Bissen nehmen ließ. Hunger würde sie nicht stark halten.

Sporadisch versuchte sie, die Tür zu dem Raum zu öffnen, aber jedes Mal war sie verschlossen. Nachdem

Wes gegangen war, war sie zugegangen und kein Ziehen, Stoßen oder Klopfen öffnete sie.

Der Abend kam und erneut erschien Essen, diesmal eine Fleischpastete mit Kartoffelpüree und Gemüse. Es roch und schmeckte gut, aber sie bekam kaum mehr als ein paar Bissen herunter, da ihr verkrampfter Magen das Essen beinahe unmöglich machte.

Sie begann, sich zu fragen, wie lange sie würden hierbleiben müssen. Allein.

Niemand kam, um sie zu sehen. Nicht Andrew. Nicht Wes. Niemand.

Als die Nacht hereinbrach, wurde der Himmel vor dem vergitterten Fenster dunkel. Sie überlegte, ob sie auf dem kühlen Fliesenboden würden schlafen müssen.

Als sich die Tür plötzlich öffnete, erschrak sie, und ihre Jungs, die ihren plötzlichen Anstieg an Adrenalin und Angst spürten, spannten sich an.

»Es ist Zeit für die Jungs, sich auszuruhen.« Eine neue Krankenschwester, förmlich und steif in ihrem blauen Kittel, stand im Eingang. Sie streckte die Hände aus. »Kommt mit mir, bitte.«

Tatum und Rory klammerten sich stattdessen fest an Melanie. »Wir gehen nicht.«

»Wir bleiben bei Mama.«

Melanie tat nichts, um ihrem Instinkt entgegenzuwirken, besonders da sie genauso empfand. Als ihre Mutter hatte sie kein Problem damit, dass ihr Gewicht auf ihr saß oder um sie herum gewickelt war. Dieses Gewicht bedeutete, dass sie bei ihr und sicher waren.

Versuch nur, sie anzurühren, Lady.

Sie funkelte die Frau an, die dachte, sie würde Melanie von ihren Babys trennen. Sie bleckte die Zähne, als es aussah, als könnte die Schwester losstürzen und versuchen, sich einen zu schnappen.

»Was ist hier los? Wo ist Mrs. Killinger?«

Hoffnung flatterte in ihrer Brust. Das war Wes. Er war zurückgekommen.

Die Krankenschwester, deren Aufmerksamkeit vom Inneren des Raumes abgelenkt wurde, antwortete: »Sie ist hier drin und weigert sich zu kooperieren. Ich weiß, dass Mr. Killinger gesagt hat, ich solle jegliche Gewalt anwenden, die ich für nötig halte, aber ich will der Mutter der Jungen nicht vor ihnen wehtun. Ich bezweifle, dass sie danach kooperativ wären.«

»Meinen Sie?« Wes konnte seine Verachtung nicht verbergen. »Lassen Sie mich das machen.«

»Nur zu. Tun Sie nur den Subjekten nicht weh. Sie müssen morgen früh Tests absolvieren.«

Tests? Das Blut in Melanies Adern gefror und sie fragte sich, ob ihr Gesicht so geplagt aussah, wie sie sich fühlte. Wes' breite Gestalt, noch immer in der zerrissenen Jeans, die er am Morgen getragen hatte, füllte den Türrahmen aus.

Sie konnte nicht umhin zu flüstern: »Wes, was meint sie mit Tests?«

»Wir sollten nicht vor kleinen Ohren reden.«

»Warum nicht?«, fragte Rory.

Tatum zog mit gerunzelter Stirn an seinen Ohrläppchen. »Meine Ohren sind nicht klein.«

Sie umarmte sie fest. »Ich lasse sie nicht allein.«

»Das wirst du nur für eine kleine Weile tun müssen. Sie werden nicht verletzt werden. Du hast die Tussi gehört. Sie brauchen sie.« Bildete sie sich die zurückgezogene Oberlippe ein, als er die Worte der Schwester wiederholte?

Sie hielt sie nahe bei sich, während sie mühsam aufstand. Die Jungs waren so groß geworden, ihre Körper waren kräftig und schwer. Eine Hand unter ihrem Ellbogen half ihr, auf die Füße zu kommen.

»Lass mich einen nehmen.«

»Nein.« Sie drückte sie noch fester an sich, aber Rory beugte sich zur Seite, die Arme zu Wes ausgestreckt, und sagte: »Trag mich. Auf deinen Schultern, wie es Lukes Daddy macht.«

Sie konnte nur überrascht blinzeln, als ihr Sohn bereitwillig zu Wes ging. Und sie blinzelte erneut, als ihr Sohn auf seinen Schultern saß.

Es sah so ... richtig aus? Sie schloss die Augen und schüttelte es geistig ab. *Steck Wes nicht in irgendeine erbärmliche Heldenrolle. Und fang gar nicht an, daran zu denken, ihn als neuen Daddy zu nehmen.* Auch wenn er in dieser einen Sekunde, in der er ihren Sohn übernahm, mehr getan hatte als Andrew in seinem ganzen Leben.

Andrew rührte ihre Jungs selten an. Sehr selten. Nur in der Öffentlichkeit kamen die Jungs damit davon, überhaupt mit ihm zu interagieren, und das auch nur, weil Andrew es nicht vermeiden konnte. Er scherte sich mehr um den Anschein des guten Vaters, als tatsächlich zu versuchen, einer zu sein. Angesichts seiner distanzierten Ansicht des Elternseins war es für sie überraschend gewesen, dass er mit ihr darüber gesprochen hatte, es mit einem weiteren Kind zu versuchen. Während sie sich an diesem Ort umsah, wunderte sie sich wirklich über seine Absichten.

Melanie hielt ihren Sohn dicht bei sich, während sie Wes' langen Schritten durch den Flur folgte. Tagsüber machten helle Deckenleuchten den Weg fröhlich und bunt. In der dämmrigen Abendbeleuchtung zeichneten sich hinter den Blumen Schatten ab, unheilvolle dunkle Stellen, die andeuteten, dass etwas noch Böseres lauerte.

Jetzt war es kein so freundlicher Ort mehr.

Sie ließ eine Hand auf Tatums Kopf und beschleunigte ihre Schritte, um die offene Tür zu erreichen, aus der Licht auf die Schachbrettfliesen fiel. Sie folgte Wes in das Schlafzimmer. Wenn man einen kasernenähnlichen Raum mit sechs Stockbetten als solches bezeichnen konnte.

Wie reglementiert, fast schon militärartig.

Aber es gab ein paar subtile Unterschiede. Die Gestelle der Betten schienen aus modernem, cappuccinofarbenem Holz zu sein. Die Bettwäsche schimmerte weiß, während die flauschigen Decken bunter waren und die darauf gedruckten lächelnden Tiergesichter das Gefühl der Gefangenschaft linderten. Wenn auch kaum.

Ein Zimmer, das offensichtlich für Kinder geschaffen war, aber während sie sich umdrehte, konnte sie nicht umhin zu erkennen, dass dieser Raum dafür gedacht war, die Kinder von allen weggesperrt zu halten, einschließlich der Eltern.

Wessen Kinder?

Als sie zusah, wie ihre Jungs auf ein Stockbett kletterten, das mit zusammenpassenden Decken mit gefräßigen Dinosauriern ausgestattet war, zog sich ihr Herz zusammen.

Lieber Gott, dieser Mistkerl wird wirklich an seinen eigenen Kindern experimentieren.

Sie wünschte, sie könnte sagen, dass sie eine gewisse Hoffnung hegte, was Andrew anging. Irgendeine ferne Hoffnung, dass er kein so kranker Mistkerl war. Eine törichte Hoffnung. Väter steckten ihre Kinder aus keinem verdammten Grund in Kasernen hinter Schloss und Riegel.

»Und du billigst das«, flüsterte sie.

Sie konnte nicht anders, als einen Blick auf Wes zu werfen, abermals gequält von seinem guten Aussehen, das offensichtlich einen bösen Kern verbarg, den sie noch nie zuvor gesehen hatte.

Seltsam, wie sie die Tatsache, dass Wes zu wirklich Bösem fähig war, mehr ärgerte als Andrew.

Es schien auch Wes zu ärgern. Er stand völlig regungslos da, sein Gesicht eine steinerne Maske, während er sich umsah. »Ich würde das niemals billigen. Niemals irgendetwas mit Kindern. Es gibt einige Grenzen, die ich nicht überschreiten werde.« Die letzten Worte waren an eine Kamera in der Ecke des Zimmers gerichtet, wo ein rot blinkendes Licht zeigte, dass aufgenommen wurde.

Wie sie sich wünschte, sie könnte glauben, was Wes sagte. Sie wünschte, sie könnte dem Kummer in seinen Augen glauben.

Er hat mich bereits mehr als einmal betrogen. Sie würde mehr brauchen als Worte und große Alligatoraugen, um sie davon zu überzeugen, ihm wieder zu vertrauen.

»Ich kann sie nicht hierlassen«, murmelte Melanie, die angestrengt versuchte, ihre Tränen zurückzuhalten. Sie wollte stark sein, verdammt. Das war sie für gewöhnlich. Jeder, der sie kannte, beschrieb sie als Bombe, die bereit zur Explosion war.

Das bin ich. Sprengstoff. Sie explodierte bei allen, außer bei Andrew, was die meisten vermutlich überraschen würde. Die Leute sagten, man stritt am härtesten mit denjenigen, die man liebte.

Bedeutete die Tatsache, dass sie sich nie dazu hatte durchringen können, einen Mann fertigzumachen, der es einfach hinnahm und sagte, dass es ihm leidtat, dass sie Andrew nicht liebte?

Mit Wes hatte sie oft gestritten.

Aber sie war bei Andrew geblieben. Sie biss sich auf die Lippe, anstatt Andrew jedes Mal den Arsch aufzureißen, wenn er sich von ihr und den Jungs zurückzog, besonders in letzter Zeit, als seine Stimmungsschwankungen besonders heftig geworden waren. Sie konnte nicht umhin, die Unterschiede an ihrem Mann zu bemerken.

Die Veränderung seines Geruchs ... fügte ihre innere Katze hinterhältig hinzu.

Ah ja, sein Geruch. Ein wesentlicher Teil jeder Person. Der Duft, den Andrew einst getragen hatte, hatte sich verändert, von einem erdigen Moschus, gemischt mit feuchtem Fell und einem Gefühl des Waldes, zu etwas leicht Seltsamem, und wenn sie wirklich auf eine Antwort drängte, hätte sie fremdartig gesagt.

Er ist nicht mehr der Mann, der er einmal war. Zum Teufel, Andrew war nie der Mann geworden, von dem sie gehofft hatte, er würde es sein.

Vielleicht hatte sie ein unrealistisches Ideal. *Vielleicht existiert der Mann, den ich will, nicht.* Immerhin schien Wes auch nicht mit ihren Bedürfnissen umgehen zu können. *Bin ich hier das Problem?*

Törichte Gedanken, die nicht von der Tatsache ablenkten, dass ihr Mann ernsthaft einen an der Waffel hatte.

Und dass ihre Babys bedroht wurden.

»Geht ins Bett, Jungs. Mama wird euch zudecken und dann muss ich für eine Weile gehen.«

»Nein. Bleib bei uns.« Tatums Unterlippe zitterte.

»Es wird nicht lange dauern. Ihr seid hier sicher.« Die Lüge blieb ihr beinahe an der Zunge kleben. »Ich werde mit Daddy reden und ein paar Sachen herausfinden. Ich bin bald wieder da.«

Will ich überhaupt jemals wieder mit ihm reden? Mit einer Sache hatte Wes recht. Impulsiv davonzulaufen würde nichts bringen. Es würde jedenfalls nicht ihren Jungs helfen, die ihre oberste Priorität waren.

Sie zog ihren Engeln die Decke bis unter das Kinn und zitterte mit der berechtigten Wut einer Mutter, deren Junge bedroht wurden.

Wenn Andrew oder irgendjemand anderes meinen Babys wehtut, werde ich denjenigen umbringen.

Grr.

KAPITEL SECHS

Ich werde Andrew umbringen müssen.

Gut. Brich ihm die Knochen. Eine großartige Lösung von seiner Alligator-Seite, die das aufgeblasene Arschloch nie gemocht hatte.

Andrew verbarg nie die Tatsache, dass er sich für besser als Wes hielt. In seinen Augen war Wes nur ein dummer verdammter Mercer.

Ein dummer verdammter Mercer, der seine Faust so was von in das selbstgefällige Grinsen auf Andrews Gesicht schlagen wollte.

»Wo gehen wir hin?«, fragte Melanie, als er sie von dem Zimmer der Jungs zum Aufzug eskortierte.

»Zu Andrew. Er hat darum gebeten, dich zu sehen.«

»Darum gebeten, mich zu sehen?« Sie stieß ein verbittertes Lachen aus. »Wenn er mich sehen wollte, dann hätte er vielleicht seinen faulen Arsch zu dem Gefängnisblock schwingen sollen, in dem er unsere Kinder festhält.«

Mit einem Zucken seines Fingers lenkte Wes ihre Aufmerksamkeit auf die Kamera in der Ecke.

Melanie drehte sich und hob mit einem langsamen Lächeln nicht nur einen, sondern zwei Mittelfinger zum Gruß in die Höhe. »Ich hoffe, Andrew sieht zu. Ich hoffe, jeder, der zusieht, weiß, was für ein Arschloch er durch seine Arbeit hier ist.«

»So viel zur Fassade der vornehmen Dame.«

»Du solltest mittlerweile wissen, dass ich es vielleicht vortäusche, aber niemals eine Dame sein werde.«

Die Tür öffnete sich und sie traten vor, aber er wartete auf die beiden Ärzte in weißem Kittel, die plapperten, während sie in die offene Kabine gingen, bevor er den Kopf senkte, um zu flüstern: »Bei mir hast du es nie vorgetäuscht.«

Er wagte es nicht innezuhalten, um ihr Gesicht zu sehen. Er marschierte davon und überlegte, ob sie etwas erwidern würde.

Nein, aber sie reagierte. Ihr heftiger Tritt in seine Kniekehle überraschte ihn. Er stolperte.

Ihm entwich ein Lachen. »Du spielst immer noch schmutzig.«

»Es ist nicht schmutzig, deine Schwächen auszunutzen. Es ist aufschlussreich. Vergiss nicht, dass ich viele deiner Geheimnisse kenne, Wes Mercer, und ich werde sie gegen dich benutzen.«

Gut, dass sie nicht sein größtes Geheimnis von allen kannte.

Ich bin nie über sie hinweggekommen. Das würde er vermutlich nie. Sie war die eine gute Sache in seinem Leben. Die eine Sache, die nicht vom Namen Mercer verdorben war. Und er hatte sie gehen lassen.

Weil sie Besseres verdient hatte als mich. Das tat sie immer noch, aber hätte er gewusst, dass sie sich mit einem Vollidioten wie Andrew abfinden würde, wäre er vielleicht geblieben, denn er hätte sie sicherlich nicht so schlecht behandelt. Und er hätte jedes Kind geliebt, das sie bekommen hätten. *Ich hätte sie jedenfalls nie an einen solchen Ort bringen lassen.*

Ich wünschte, die Dinge hätten anders enden können. Er wünschte, er hätte andere Entscheidungen getroffen.

So wie jetzt, zum Beispiel. Andrew hatte ihn gerufen und gesagt: »Bring mir meine Frau«, und Wes hatte praktisch die Hacken zusammengeschlagen und war losgelaufen, um nach seiner Pfeife zu tanzen.

Er sollte allerdings anmerken, dass seine Eile weniger mit dem Befehl und mehr mit der Erwartung zu tun hatte, Melanie wiederzusehen. Es war verdammt entmannend, wie ein kurzer Blick auf sie seinen Tag verbessern konnte, auch wenn sie ihn weiterhin finster ansah.

Ein Gefährte sollte Kraft haben.

Sie ist nicht unsere Gefährtin.

Noch nicht.

Niemals. Denn er verdiente sie nicht.

»Wie viele Gebäude gibt es auf diesem Gelände?«

»Ungefähr ein halbes Dutzend. Vier davon sind Unterkünfte für die Angestellten. Ein anderes, das zweistöckige da drüben«, er zeigte darauf, »beherbergt ein Fitnessstudio, Erholungsräume und einen Billigladen, wo man auch Sonderbestellungen aufgeben kann.«

»Es ist ein Gefängnis«, stellte sie fest.

»Ja.« Es hatte keinen Sinn, es zu leugnen.

Als er bemerkte, dass sie nicht mit ihm Schritt hielt, drehte er sich um. Sie musterte ihn, die Augenbrauen fragend zusammengezogen.

»Du weißt, dass das hier ein verherrlichtes Gefängnis ist, und doch scheinst du damit einverstanden zu sein.«

Er rollte die Schultern. »Weniger einverstanden als resigniert. Ich muss hier sein.«

»Er bezahlt also so gut, ja?« Die Worte durchbohrten ihn mit Bitterkeit und einer Dosis Abscheu.

»Ich bin nicht wegen des Geldes hier.«

»Warum dann? Der Kerl, den ich kannte, befindet sich vielleicht manchmal am Rande des Gesetzes, aber er wäre nie in so etwas involviert.«

»Ich bin ein Mercer. Wir sind zu allem fähig.«

»Komm mir nicht mit diesem Blödsinn. Ich weiß, dass du und dein Bruder Brandon wenigstens versucht habt, euren Ruf zu ändern. Die Kette zu brechen.«

»Schlechte Gene gewinnen immer.«

»Nur, wenn man aufgibt.«

Er antwortete nicht. Stattdessen brachte er sie mit dem Durchziehen seiner Karte in ein anderes Gebäude. »Das ist die C-Residenz. Andrew hat das ganze obere Stockwerk für sich allein.« Anders als den angeheuerten Lakaien mangelte es denjenigen, die das Sagen hatten, an nichts.

»Was ist mit deinem Onkel?«

»Seine Penthouse-Suite ist im A-Gebäude, während Andrews Vater im B ist. Die Etagen darunter sind für Wissenschaftler, Personal und Wachmänner vorgesehen.«

»Alle an einem Ort. Wie praktisch.«

Wohl eher unpraktisch. Wenn so viele Leute auf einem Haufen waren, bedeutete das, Augen und Ohren überall, zusätzlich zu den zusehenden Kameras. Melanie verstand nicht ganz, wie sehr sie sich unter dem Mikroskop befanden. Sie musste aufhören, ihre Ansichten laut kundzutun.

Sobald sich die Aufzugtüren öffneten, zerrte er sie

hinein. Kurze Scans und ein Andrücken seines Fingers sorgten dafür, dass sie sich wieder schlossen, und sobald sie dies taten, sagte er mit leiser Stimme: »Hier drin gibt es keine Kameras. Und bevor du fragst, ich habe keine Ahnung warum. Du musst mir zuhören. Du darfst dich nicht weiter über Andrew und die anderen auslassen.«

»Warum nicht? Ich bin wütend, und es ist mir egal, wer es weiß.«

»Nun, es sollte dir aber nicht egal sein, besonders wenn du beabsichtigst, für deine Jungs da zu sein.«

»Ist das eine Drohung?« Ihre Augen funkelten, und er konnte die wilde Katze sehen, die hinter ihrem Blick auf und ab ging.

»Nein, es ist eine Warnung. Leute, die reden, neigen dazu, zu verschwinden.«

»Wie dein Bruder?«

»Genau wie mein Bruder. Und andere. Was denkst du, wie sie auswählen, an wem sie experimentieren? Glaub mir, wenn ich sage, dass du nicht eine von ihnen werden willst.«

Sie zog die Oberlippe zurück. »Was schlägst du also vor? Dass ich die perfekte Stepford-Ehefrau werde?«

Ihm entwich ein Prusten. »Als würde Andrew das glauben. Nein, aber ich will sagen, dass du dich ruhig verhalten musst. Hier passieren seltsame Dinge, und wenn ich seltsam sage, dann meine ich, noch verkorkster als üblich. Ich will dir bei der Flucht helfen. Dir und den Jungs. Du verdienst es nicht, in diesem Chaos fest-zusitzen.«

»Niemand verdient das.«

Der Aufzug kam ruckartig zum Stehen, aber bevor sich die Türen öffnen konnten, drückte Wes die Taste für ein anderes Stockwerk, woraufhin er sich wieder in Bewegung setzte.

»Ich stimme dir zu, dass niemand den Scheiß verdient, den Bittech ihm angetan hat, aber für manche ist es zu spät.«

»Ist es zu spät für dich? Bist du eines ihrer Experimente?«

»Noch nicht, aber nur, weil sie ihre Testpersonen gesund mögen. Anscheinend macht mich die Angewohnheit, zwei Packungen pro Tag zu rauchen, ungeeignet. Wie schade.« Sein Grinsen zeigte etwas viel Zähne, brachte aber ein zurückhaltendes Lächeln als Erwiderung ihrerseits hervor.

»Ich wusste, dass es einen Grund für deine fiese Angewohnheit geben muss. Sagen wir also, ich glaube dir, wenn du behauptest, du wirst mir helfen. Was kommt als Nächstes?«

»Du wirst es vortäuschen müssen, vermutlich für ein paar Tage –«

Sie unterbrach ihn. »Wir haben keine paar Tage. Du hast gehört, was die Krankenschwester gesagt hat. Sie fangen morgen mit den Jungs an.«

»Das sind nur Vorprüfungen. Größe, Gewicht, Bluttests und so weiter. Wir haben Zeit, bevor sie anfangen.«

»Du hast das schon mal gesehen.«

Wes konnte nicht antworten, da der Aufzug anhielt. Er öffnete sich und jemand kam herein. Er und Melanie standen stumm da, während sie in ein anderes Stockwerk fuhren. Der Fremde verließ sie mit nur einem neugierigen Blick in ihre Richtung.

Als sie wieder allein waren, drückte Wes die Taste für das Obergeschoss. »Ich habe nicht genügend Zeit, um alles zu erklären. Wir können es nicht länger hinauszögern, sonst wird Andrew misstrauisch. Vergiss nicht, was ich gesagt habe. Bleib ruhig.«

»Ich werde es versuchen.«

Und das war alles, worum er sie wirklich bitten konnte. Da ihre Jungen in Gefahr waren, war Melanie eine Mutter, die bereit war, alles zu tun, um sie zu schützen. Er hoffte nur, dass sie dadurch nicht in den unteren Etagen eingesperrt würde.

Aber wenn es passiert, werde ich einen Weg finden, um sie rauszuholen.

Ein paar Knochen brechen. Sein Alligator hatte kein Problem damit, zugunsten eines guten Zweckes ein klein wenig Gewalt zu frönen.

Die Aufzugtüren öffneten sich zu einem quadratischen Vorraum mit einer verstärkten Stahltür, die ihnen gegenüber war.

Niemand außer Andrew hatte Zugang dazu. Wes legte seine Hand auf den in die Wand eingelassenen Scanner, und als eine weibliche Stimme forderte: »Identifizieren Sie sich«, sagte er: »Ich habe deine Frau gebracht.«

Nicht seine! Schnapp. Sein innerer Alligator konnte nicht umhin, bei diesem Wort seine Kiefer aufeinanderprallen zu lassen.

Andrew verdiente Melanie nicht.

Aber ich genauso wenig.

Es waren ein Klicken und das Zischen von Luft zu hören, als sich die Tür entsperrte und zur Seite glitt. Wes pikste Melanie in den Rücken, da er ihre Beklemmung spürte. Sie zog ihre Schultern zurück, sobald sie bemerkte, dass ihm ihr Anzeichen der Schwäche aufgefallen war. Melanie hatte schon immer einen starken Geist besessen – und eine noch stärkere Leidenschaft.

Erinnerst du dich daran, wie sie uns festgehalten hat, wenn wir in sie gesunken sind?

Nichts, was er tat, erlaubte ihm, es zu vergessen. Aber er hatte es versucht. Man musste nur seinen örtlichen Schnapsladen fragen.

Melanie betrat das Versteck ihres Mannes, wobei die Flipflops an ihren Füßen einen beachtlichen Kontrast zu dem Boden aus beigefarbenem Travertinstein boten. Wenn es um seine Suite ging, verzichtete Andrew auf keinen Luxus.

»Es wurde auch Zeit, dass du kommst, mein faules Haustier«, rief Andrew von weiter drinnen. »Ich wollte schon die Jäger schicken, um nach dir zu suchen.«

Die Jäger? Ein wenig extrem – und beunruhigend. Diese brutalen Kreaturen rissen ihr Ziel eher in Fetzen, als dass sie es zurückbrachten.

»Ich habe die Jungs ins Bett gebracht«, erklärte Melanie zu seiner Verteidigung.

Es ärgerte ihn. Wes konnte sich selbst verteidigen.

Wirklich? Denn du siehst aus wie ein Lakai, der sich den Scheiß gefallen lässt.

Und sein Alligator sah aus wie ein Paar Stiefel, das auf seine Herstellung wartete. Die Erinnerung daran, wer er einst gewesen war, half ihm nicht dabei, seine Situation zu akzeptieren, eine Form der Sklaverei, die beinhaltete, mit den Zähnen zu knirschen, als Andrew sagte: »Braver Alligator, dass du meine Frau geholt hast. Es ist schön zu sehen, dass nicht nur Hunde Tricks lernen können. Und die Leute sagen, ein Mercer könne nicht trainiert werden. Zu dumm, behaupten sie. All die Inzucht, weißt du.«

Aus Gewohnheit presste Wes die Lippen fest aufeinander. Aber Melanie wusste nicht, dass Andrew das regelmäßig tat, dass er ihn ständig verspottete, in der Hoffnung, ihn zum Ausrasten zu bringen.

Melanie, die die Hände in die Hüften gestemmt hatte, ließ ihm das nicht durchgehen. »Lass Wes und seine Familie in Ruhe. Er hat getan, was du wolltest. Es ist nicht nötig, ihn zu beleidigen.«

Andrew stand von seinem Stuhl auf und Wes erkannte das Funkeln in seinen Augen, das verrückte, das immer öfter erschien. »Verteidigst du ihn? Hast du immer noch Gefühle für deine Highschool-Liebe, liebste Frau?«

»Natürlich nicht. Du solltest mich mittlerweile gut genug kennen, um zu wissen, dass ich nicht zuhören werde, wie du jemanden heruntermachst. Was mich überrascht, ist die Tatsache, dass ich dir das überhaupt sagen muss. Du hast die Leute früher nie so behandelt.«

»Vielleicht wurde ich es leid, dass mich die soge-nannten stärkeren Raubtiere behandeln, als wäre ich unterlegen.« Andrew kräuselte spöttisch die Oberlippe. »Jetzt bin ich derjenige mit all der Macht, und es ist an der Zeit, ihnen ihren Hohn zurückzuzahlen.«

Manche Leute kamen nie über die Hierarchie der Schule hinweg. Als Streber, reich und mit hochnäsiger Art, war Andrew mehr als einmal in den Spind gesteckt worden. Wes wusste, dass er es ein- oder zweimal getan hatte. Vielleicht öfter. Außerdem hatte er Andrews Mittagessen gestohlen, jeden Mittwoch. Da gab es immer Sandwich mit Rinderbraten. Wes genoss jeden Bissen dieses saftigen Fleisches auf dem frischen Kaiserbrötchen mit Käse, ein wenig Senf und Salat.

Wes lehnte sich an die Wand neben dem Aufzug, darauf vorbereitet, Andrews Geschwafel darüber zu lauschen, wie gemein die Leute waren.

»Du musst es dir nicht bequem machen, Alligator.

Die Ehefrau und ich werden ein wenig plaudern. *Allein.* Du kannst gehen. Ich werde dich kontaktieren, wenn ich dich wieder brauche.«

Beiß ihm das verdammte Gesicht ab.

Sein Alligator mochte Andrews Verhalten nicht, und er genauso wenig. Noch mehr hasste er die Vorstellung, Melanie mit dem Arschloch allein zu lassen. Er ballte die Hände an seinen Seiten zu Fäusten. Wie sehr er sich danach sehnte, sich auf den Mann zu stürzen – *ihm den Kopf abzubeißen.* Das Knacken würde so gut klingen. Und doch würde es nichts bringen.

Ich würde mich wesentlich besser fühlen. Daran hatte sein Alligator keinerlei Zweifel.

Wir können ihn nicht fressen. Noch nicht, nicht, während Andrew und Onkel Parker alle Karten in der Hand hielten.

Es ärgerte ihn, dass ein anderer solche Macht über ihn hatte. Noch schlimmer war, dass der Kerl mit der Macht Anzeichen des Wahnsinns zeigte, eine Nebenwirkung der Medikamente, bei deren Herstellung er geholfen und die er dann selbst genommen hatte.

Alles hatte einen Preis. Andrew hatte von den Medikamenten viel Kraft bekommen, aber dafür hatte er etwas anderes verloren. Den Verstand. Es schien nicht mehr viel davon übrig zu sein. Jeder konnte den wachsenden Wahnsinn in seinen Augen sehen.

Aber Wes konnte noch nichts dagegen unternehmen.

Wir dürfen die Frau nicht bei ihm lassen.

Was, wenn Andrew versuchte, Melanie wehzutun?

Mampfe ihn, wenn er es wagt?

Und was war mit den anderen, die er auch beschützen musste?

Als spürte sie sein Dilemma, warf sie einen Blick über

ihre Schulter. Sie sprach nicht laut, aber ihre Augen sagten: »Geh«, als sie mit dem Mund die Worte *Ich komme klar* formte.

»Gibt es ein Problem?«, fragte Andrew.

Ja. Die Tatsache, dass Andrew noch immer atmete. Er schluckte diese Worte herunter und presste stattdessen hervor: »Kein Problem, Boss. Ich werde eine rauchen, wenn du mich also brauchst, werde ich nicht weit weg sein.«

Ein lüsternes Grinsen verzerrte Andrews Züge. »Komm nicht angelaufen, wenn du Schreie hörst. Meine Frau ist ein geräuschvolles Ding.«

Ich weiß, du verdammtes Arschloch. Er konnte es verdammt noch mal nicht vergessen. Und der Mistkerl stocherte in der Erinnerungswunde herum.

Weil er ein Arschloch ist. Arschloch. Arschloch. Das Wort wiederholte sich immer und immer wieder, als Wes aus Andrews Wohnung zurück in den Aufzug marschierte. Seine Wut war nach einem Zusammentreffen mit dem Boss größer als gewöhnlich.

Es ließ sich nicht leugnen, dass der Kerl einen Preis für seine extreme Arschloch-Persönlichkeit verdiente, aber Andrew verdiente es am meisten zu sterben, weil er das legale Recht hatte, jeden Tag mit Melanie zusammen zu sein.

Ich würde alles geben, um in seinen Schuhen zu stecken und neben ihr zu schlafen.

Schlafen?, grunzte sein Alligator. *Ein wahrer Alligator tut bessere Dinge, als nur neben seinem Weibchen zu schlafen.*

Ein cleverer Mann würde so schmutzige Dinge mit Melanie tun ... schmutzige, verschwitzte, spaßige Dinge.

Dinge, die nur Andrew tun durfte! *Schnapp.*

Aber er tat sie nicht. Der Verlierer.

Wes verstand es nicht. Wie konnte Andrew eine Frau wie sie haben, einen verdammt fantastischen Hitzkopf von Frau, und sie nicht wie eine Königin behandeln? Andrew sollte sie anbeten. Stattdessen behandelte er Melanie wie Scheiße.

Wir sollten für eine Unterhaltung zurückgehen. Mach einfach den Mund auf und –

Er wird nicht gefressen, bis ich weiß, dass ich alle sicher rausbringen kann.

Er würde niemanden seinem Schicksal überlassen. Und nein, das machte ihn nicht zu einem verdammten Helden. Diesen Gedanken konnte man begraben. Wes mochte einfach keine Arschlöcher, was vielleicht erklärte, warum es Tage gab, an denen er sich selbst nicht mochte.

Es brachte ihn um, sie zurückzulassen, es brachte ihn um, zu wissen, dass Melanie sich allein mit Andrew auseinandersetzen musste, aber er konnte sich nicht zu früh verraten.

Ich brauche eine Zigarette. Anstatt hinunter in die Eingangshalle zu gehen, drückte er eine Taste, um eine Etage nach unten zu fahren.

Seine Schlüsselkarte und sein Daumen erlaubten ihm, die Tür am Ende des Flurs zu öffnen und die robuste Metalltreppe zwei Stufen auf einmal zu nehmen. Dann drei.

In ihm brannte und loderte eine Wildheit. Unruhe zerrte an ihm. *Brich aus. Befrei dich. Kann nicht.*

Verdammt.

Er prallte gegen die Stange für die äußere Tür und stürmte hinaus auf das Dach. In der frischen Abendluft blieb er abrupt stehen, die Arme ausgebreitet, den Kopf geneigt. Er nahm einen tiefen Atemzug in dem Versuch, die Wildheit zu zähmen.

Ich muss einen ruhigen verdammten Ort in meinem Kopf finden. Er musste sich abregen. Sich auf etwas anderes konzentrieren.

Der dunkle Himmel begrüßte ihn, zusammen mit einer Dachterrasse, die trotz der Strukturen für die Belüftung viel offene Fläche bot. Als Versuch, grün zu bleiben, hatten sie tatsächlich Gras verlegt, weich und flaumig. In dem Bemühen, es vor fiesen Rauchern zu schützen, hatten sie am hinteren Ende einen Pavillon gebaut, der mit festgeschraubten Bänken und Aschenbechern ausgestattet war.

Das Beste von allem war, dass es weit weg von Kameras war. Weit weg von der Tür, durch die er zurückstürmen wollte. Er wollte zurückgehen und Melanie von Andrew wegholen. Und den Mann umbringen, wenn er ihm im Weg stand. Stattdessen brachten ihn lange Schritte zum anderen Ende der Dachterrasse.

Ein harter Ruck, als er sich auf die Bank setzte, ließ sie knarren. Es gab nichts Besseres als unverschämte Möbel, um einen Kerl daran zu erinnern, dass er niemals ein Leichtgewicht sein würde.

Die Zigarette tauchte aus seiner Tasche auf und innerhalb einer Sekunde entfachte sein Feuerzeug mit einer tanzenden Flamme. Er schob sich die Zigarette zwischen die Lippen und umschloss das frische Papier, das den Filter bedeckte. Er atmete ein, um die Luft durch das Ende zu saugen. Ein Rausch warmen Rauches strömte in ihn hinein und er schloss die Augen, während er den Kopf nach hinten neigte.

Das ist der Rausch, den ich gebraucht habe.

Nichtraucher verstanden den Reiz nie. *Du atmest*

doch nur Rauch ein. Große Sache, sagten sie. Die gesundheitlichen Auswirkungen waren es nicht wert. Das alles stimmte, und doch würde er eine gewisse Euphorie gestehen, wann immer er eine Zigarette anzündete. Er wusste, dass Rauchen schlecht für ihn war. Er wusste, dass er es nicht tun sollte. Aber er tat es trotzdem.

Er saugte den Rauch ein, hielt ihn für eine Sekunde und atmete aus. Ein und aus, das entspannende Mantra – ein großer Teil des Rauchens entspannte ihn. Die Anspannung fiel von seinem steifen Körper ab und einen Moment lang fühlte er sich nicht, als würde er explodieren.

Dann sprach sein Bruder Brandon, der auf seine übliche heimliche Art erschienen war. »Harter Tag im Büro?«

Er öffnete ein Auge. »Sind sie das nicht alle? Diese Sache mit dem Nicht-Riechen macht mich wirklich fertig. Trägst du wieder dieses verdammte Eau de Cologne, das sie testen?«

»Eau de Nichts? Ja. Sie haben es zum Funktionieren gebracht, wie du bemerkt hast, aber es hält nicht mehr als ein paar Stunden. Sie versuchen, es zu verlängern.«

»Das ist nicht das Einzige, was sie tun«, murmelte Wes. »Wusstest du, dass sie dazu übergehen, an Kindern zu testen?«

Kein einziges Zucken der Überraschung im Gesicht seines Bruders. »Hat Onkel es dir endlich erzählt?«

»Das musste er nicht. Ich habe es selbst gesehen. Warum zum Teufel hast du es mir nicht erzählt?«

»Das ist die erste Chance zum Reden, die wir seit deiner Ankunft haben.«

»Die Dinge sind so verkorkst geworden.«

Brandon prustete. »Als wären sie das nicht bereits vorher gewesen.«

»Oh ja, nun, hör dir das an. Andrew hat seine eigenen Kinder im Obergeschoss des Labors in dieser seltsamen verdammten Kinderkrippe untergebracht, die er eingerichtet hat. Seine Kinder, um Himmels willen.«

»Ich hatte gehofft, sie würden fliehen.« Brandon seufzte und es war ein ledernes Rascheln zu hören, als er sich im Schatten bewegte. »Andrew stürzt in den Abgrund des Wahnsinns. Ich glaube, unser Onkel auch.«

Stürzte? Er steckte wohl eher schon bis zu den Knöcheln drin. »Wie geht es deinem Kopf?«, fragte Wes.

Ein schiefes Grinsen umspielte Brandons Lippen, wodurch Falten in seinem Gesicht entstanden. »Mittlerweile habe ich ihn überwiegend unter Kontrolle, aber es ist ein Kampf. Da ist eine neue Stimme in meinem Kopf, und es ist ein kalter verdammter Mistkerl. Also vergiss nicht dein Versprechen an mich.«

Als könnte Wes das, so sehr wie Brandon ihn angefleht hatte. *Wenn ich verrückt werde, musst du mich töten, bevor ich Schaden anrichte.*

Die Dinge, die ein Mann seiner Familie versprechen musste. Wes blickte mehr auf seinen Bruder herab als ihn an, denn er war ein Gefangener von Bittech aufgrund der Dinge, die sie ihm angetan hatten.

»Ich erinnere mich daran, was ich gesagt habe. Du musst mich nicht daran erinnern.« Denn er hoffte, es nie tun zu müssen. »Es sei denn, du versuchst, mir etwas zu sagen. Ist das deine Art, mir mitzuteilen, dass du eine Tracht Prügel brauchst?«

»Jederzeit, großer Bruder, jederzeit.«

Keiner von beiden rührte sich, das Ritual der Worte

war alt. Wes drückte die Zigarette in dem montierten Aschenbecher aus und zündete sofort eine weitere an.

»Die Dinger sind nicht gut für dich«, sagte Brandon.

»Ich weiß. Das verdammte Nikotin zeigt sich immer in meinen Urintests und ich behalte meinen Job. Bernie hingegen, zusammen mit Judd, hatte nicht so viel Glück. Keiner der anderen Gestaltwandler-Wachmänner hatte in letzter Zeit Glück. Sie sind alle weg. Liegt es an mir oder sind die Wachmänner, die sie nutzen, jetzt alle menschliche Söldner?«

»Das hast du auch gesehen, ja. Ich wurde erst informiert, als wir herkamen. Die fehlenden Gestaltwandler-Wachmänner werden in der neuen Unterbringungseinrichtung festgehalten.«

Eine höfliche Formulierung dafür, dass sie die neuesten Testobjekte von Bittech waren. »In welchem Stockwerk halten sie sie fest?«, fragte Wes, dessen Worte von Rauch unterstrichen wurden.

»Unterirdisch. Und hoch gesichert. Ich war mir sicher, dass ich nach dem, was mit Merrill passiert ist, dort aufwachen würde.«

»Aber?«, drängte Wes, der wusste, dass die Kameras vom Treppenhaus nicht so weit reichten.

Brandon rollte seine breiten Schultern. »Aber was? Ich schätze, als sie mich bewusstlos auf dem Boden gefunden haben, dachten sie, ich sei ein Opfer. Niemand hat irgendetwas über die Vermutung gesagt, dass ich den anderen bei der Flucht verholfen oder mich gegen Merrill gestellt habe.«

»Also bist du aus dem Schneider.«

»Ich denke schon. Für den Moment.«

»Ich glaube, wenn sie etwas vermutet hätten, würden wir jetzt nicht miteinander sprechen. Und wer ist noch übrig, der dich verraten kann?« Niemand, und Leichen hatten Schwierigkeiten mit dem Reden. Brandon hatte sein Bestes versucht, einigen der Gefangenen dabei zu helfen, aus ihrem Gefängnis zu entfliehen. Das Schlüsselwort hierbei war *versucht*.

Bis auf einen Versuch waren sie alle gescheitert. Der einzige Flüchtling, der es erfolgreich hinausgeschafft hatte, war Aria gewesen, und sobald sie den Mund aufmachte, hatte Bittech dicht gemacht und war umgezogen.

»Wenigstens ist dieses Arschloch Merrill endlich tot«, verkündete Brandon ein wenig schadenfroh.

Es war auch höchste Zeit gewesen. Er war ein weiterer Kerl, der den Bittech-Cocktail zu sich genommen und im Zuge dessen nicht mehr alle Latten am Zaun gehabt hatte.

»So wie ich es gehört habe, war Constantine ein wenig verärgert, als sie ihm sein Mädchen weggenommen haben.« Und er hatte Merrills Genick gebrochen, als wäre es ein dünner Zweig gewesen.

Mir fällt keine verdientere Strafe ein.

»Der Mann ist eine Bestie.«

Nein, Constantine war eine Python mit einer Vorliebe für Umarmungen. Constantine war außerdem einer der Guten. »Und tabu. Wir sind ohnehin schon verdammt. Dem sollten wir nicht noch den Tod anständiger Leute hinzufügen.«

»Ich füge meinen Freunden keine Schmerzen zu«, zischte Brandon, der mittlerweile sein Problem, das S zu rollen, besser unter Kontrolle hatte. »Ich bin nicht verrückt, verdammt.«

»Noch nicht.«

»Noch nicht. Also mach mich nicht wütend, sonst bist du der Erste auf meiner schwarzen Liste.«

»Was meinst du mit Erster, du Arschloch? Sollte dieser Platz nicht für Andrew reserviert sein? Oder für unseren lieben Onkel?«

»Die haben mich nur ein paar Jahre lang gequält. Du hingegen hast an dem Tag angefangen, an dem ich geboren wurde.« Brandon lächelte, nicht das menschliche Lächeln, mit dem er geboren worden war.

»Du hattest es nötig. Es hat dich abgehärtet. Es ist eine beschissene Welt da draußen. Du musst stark sein, um sie zu überleben.«

»An manchen Tagen würde ich lieber einfach *Scheiß drauf* sagen.«

»Gib nie auf, Bruder. Gib nie auf.«

Denn wenn ein Mann nicht an Wiedergutmachung glauben konnte, was war dann der Sinn des Lebens?

KAPITEL SIEBEN

Da Wes verschwunden war, blieb Melanie mit Andrew allein zurück, wobei sie unter einer Beklemmung litt, die sie noch nie zuvor in der Nähe ihres Mannes gespürt hatte. Sie konnte nicht umhin, sich an seine neue Kraft zu erinnern. Würde er sie gegen sie benutzen?

Wenn er es versucht, werden wir ihn ordentlich zerkratzen.

Aber sie schien ihre Katze noch immer nicht hervorlocken zu können.

Eine Katze, die jetzt über die Erinnerung daran schmollte, dass sie festsaß.

»Endlich allein«, verkündete Andrew mit eindeutig zu viel Freude. Sein Lächeln war zu breit. Es zeigte zu viele Zähne.

Um sich von Andrew und seinem seltsam beängstigenden Gesichtsausdruck abzulenken, sah sie sich im Raum um. Davon gab es mehr als genug, und luxuriös eingerichtet war er ebenfalls.

Hartholzböden schimmerten vom einen Ende zum anderen, bedeckt mit dicken Flauschteppichen in unterschiedlichen Grautönen. Strategisch platzierte moderne Möbel mit viel Glas, Chrom und vereinzelte Kunstwerke definierten die verschiedenen Bereiche.

Ein riesiges Bett, das ihr den Magen umdrehte, nahm eine ganze Ecke ein. Ihm gegenüber befand sich eine dazu passende lederne Sitzgruppe aus Couch und Sesseln vor einem riesigen Fernsehbildschirm. Sieh einer an. Darunter war eine Spielekonsole angeschlossen, aber sie würde wetten, dass sie nicht für die Jungs da war.

Während sie sich weiter drehte, um die Details zu betrachten, konnte sie nicht umhin, ihren Mann zu sehen, einen Mann, der so ausgesprochen anders aussah. Zum einen wirkte sein Gesicht nackt. Ohne seine Brille sahen Andrews Augen klein aus. Verschlagen. Er hielt sich ein wenig aufrechter in seiner bequemen Marken-Sporthose und dem dazu passenden Hemd. Keine Schnäppchenkleidung von der Stange für ihn. In dieser Hinsicht war er sehr pedantisch.

Als er feststellte, dass er der Mittelpunkt ihrer Beachtung war, streckte Andrew einen Arm aus. »Willkommen, liebste Frau, in deinem neuen Zuhause.«

Sie schüttelte den Kopf. »Ich hatte ein Zuhause. Ein schönes Zuhause, das ich selbst dekoriert habe. Du weißt schon, das mit einem Zimmer für die Jungs.« Seltsam, wie sie die Durchschnittsnachbarschaft mit ihrer langweiligen Gleichförmigkeit gehasst hatte, sie jetzt aber schrecklich vermisste. Das Haus repräsentierte Normalität. Dieser Ort hingegen? Er war zwar groß, war aber definitiv weder kinder- noch ehefrauenfreundlich gestaltet. Im Grunde genommen schien es eine Junggesellenbude zu sein.

Diese Erkenntnis machte ihr Sorgen. Sie hatte den Eindruck, dass Andrew diesen Ort nach Maß hatte fertigen lassen. Wenn das der Fall war, dann waren die Versäumnisse seiner Familie gegenüber absichtlich und es bedeutete, dass Andrew nicht länger das Bedürfnis verspürte, den Deckmantel des Familienmenschen aufrechtzuerhalten. Sie wusste nicht, was sie sonst daraus schließen sollte, denn ansonsten hätte er im Design einen Bereich mit einem zusätzlichen Schlafzimmer für die Kinder einbezogen.

Die Tatsache, dass er nie beabsichtigt hatte, dass die Jungs hier wohnten, beunruhigte sie und zog eine weitere Erkenntnis an die Oberfläche.

Wenn er bereit ist, seine Kinder im Stich zu lassen, was wird er dann mit mir machen?

Geh vorsichtig vor. Er ist gefährlich.

Sie brauchte nicht die Warnung ihrer Katze, um das Potenzial für Hässlichkeit in ihrer aktuellen Situation zu erkennen. Sie hatte es nicht mit dem Mann zu tun, den sie geheiratet hatte. Dieser neue Andrew strahlte eine seltsame Art von Energie aus. Sie konnte fast schon sehen, wie sie in ihm vibrierte und praktisch darum kämpfte herauszukommen.

Der gesprungene Spiegel an der hinteren Wand warf in ihr die Frage auf, ob seine Kontrolle bereits nachgelassen hatte.

Er wird wahnsinnig.

Und Wes hatte sie damit allein gelassen.

Manche würden sagen, sie solle ein wenig nachsichtig mit dem Kerl sein. Er hatte sie abgeliefert, um ihr Arschloch von Ehemann zu sehen. Sie hatte Nein gesagt. Richtige Männer brachten eine Frau nicht zu jemandem, der ein wahnsinniges Funkeln in den Augen hatte.

Auf der anderen Seite verwandelten sich feige Ehemänner für gewöhnlich nicht in nahezu Geisteskranke.

»Was geht hier vor sich, Andrew?« Da sie keine sichere Option hatte, wählte sie den direkten Ansatz.

»Was hier vor sich geht? Na, der Beginn einer neuen Ära, in der wir alle stark sein können.« Andrew spannte seinen Arm an, woraufhin der Muskel darin sich auf ekelhafte Art kräuselte.

»Du hast an dir selbst experimentiert?« Sie konnte den entsetzten Unterton nicht aus ihrer Frage heraushalten.

»Es sind keine Experimente, wenn es sich als vorteilhaft herausstellt.«

Aber sie scherte sich weniger darum, was er sich selbst angetan hatte, als um das, was er mit ihren Söhnen zu tun gedachte. »Warum hast du Rory und Tatum hergebracht?«

»Darf ein Vater nicht mit seiner Familie zusammen sein wollen?« Das breite Grinsen ließ ihr einen Schauer über den Rücken laufen.

»Du hast nie zuvor Interesse gezeigt.«

»Weil ich nie zuvor eine Verwendung für sie hatte. Damals waren sie zu jung.«

»Zu jung wofür?«

Das gruselige Grinsen wurde noch breiter. »Du wirst schon sehen.«

Scheiß darauf, nichts zu sagen und ruhig zu bleiben, wie Wes es ihr geraten hatte. Wes war nicht hier, und jemand bedrohte ihre Jungs.

»Nein, ich sehe es nicht. Ich verstehe nicht, wie du denken konntest, es wäre in Ordnung, an Kindern zu experimentieren.«

»Wenn es um große wissenschaftliche Durchbrüche geht, müssen Risiken eingegangen werden.«

»Manche dieser Risiken haben sich als tödlich herausgestellt. Sieh dir all diejenigen an, die gestorben sind.«

»Bedauerliche Verluste.«

Sie blinzelte, als er weiter all die Dinge abtat, die er getan hatte. Die Dinge, die er zu tun plante.

Es war ein Fehler herzukommen. Ich werde nicht vernünftig mit ihm reden können. Sie sollte zu den Jungs zurückkehren und auf sie aufpassen, bis sie sich einen Plan für ihre Flucht zurechtlegen konnte. Trotz Wes' Zusicherung konnte sie nicht warten. Sie wagte es nicht zu warten.

Sie drehte sich auf dem Absatz um und kehrte zur Tür zurück, nur um Andrew blaffen zu hören: »Was denkst du, wo du hingehst?«

»Weg von dir.«

»Ohne das hier wirst du nicht weit kommen.«

Sie wirbelte gerade rechtzeitig herum, um den Umschlag zu fangen, den er ihr entgegenwarf.

»Während du dich sehr zickig verhältst, war ich ein wunderbarer Ehemann, der dir diese wunderschöne Wohnung vorbereitet hat, und sieh dir das Armband an, das ich dir besorgt habe. Mach nur. Hol es raus.«

Mit zitternden Fingern zog sie an dem Klebestreifen des Umschlags, das Reißen des Papiers war laut in der Stille zwischen ihnen. Sie schüttelte ein Armband heraus, aus schwerem Gold und Metall, mit einem protzigen eingefassten Klunker.

»Ich habe ein Vermögen dafür ausgegeben. Leg es an.«

Sie wollte nicht. Es erinnerte zu sehr an die Fesseln, die sie hier hielten, auf diesem Gelände, bei diesem Wahnsinnigen.

Aber es könnte der Schlüssel zu unserer Flucht sein.

Sie schluckte den säuerlichen Geschmack in ihrem Mund herunter, legte das kalte Armband um ihr Handgelenk und versuchte, nicht zusammenzuzucken, als es sich klickend schloss.

»Benimm dich und du wirst freien Zugang zum Großteil des Geländes haben.«

»Und wenn ich das nicht tue?«

»Ich würde es dir nicht empfehlen. Also, wirst du jetzt nicht herkommen und mir für meine Großzügigkeit danken? Parker dachte, du wärst im Umgang zu schwierig und wollte dich in einen Käfig stecken.«

Ihre Augen wurden groß und der Schock hielt sie vom Sprechen ab.

Andrews Gesicht wurde hart. »Aber ich habe ihn daran erinnert, dass du meine Angelegenheit bist. *Meine.* Ich entscheide, was mit dir passiert. Ich!«

Angesichts seiner heftigen Reaktion war es vermutlich kein guter Zeitpunkt, um zu verkünden, dass sie die Scheidung wollte.

Der Tod wäre schneller.

Und vermutlich zufriedenstellender, nur dass sie sich aktuell im Nachteil befand. Die nicht herauskommende Katze bedeutete, dass sie keine Chance gegen Andrew hatte.

Danke für die Erinnerung, dass ich festsitze. Ihre Katze zog sich wieder zum Schmollen zurück.

Das verstärkte den surrealen Moment nur. Sie musste fliehen, bevor der Schrei ausbrach, der sich in ihr aufbaute.

»Ich muss gehen.«

»Schon? Warum?«

Wäre Andrew beleidigt, wenn sie sagte, dass sie von ihm wegmusste, weil er durch die Medikamente, die er genommen hatte, offensichtlich ein wenig bekloppt geworden war? »Ich muss nach den Jungs sehen.«

»Es ist nicht nötig zu gehen. Ihnen geht es gut. Siehst du?« Andrew richtete eine Fernbedienung auf den Fernseher, der von einer Aquarium-Szene zu einem grün leuchtenden Zimmer umschaltete.

Sie trat einen Schritt vor, der Anblick ließ ihr die Kinnlade herunterfallen. »Du spionierst unsere Kinder aus?«

»Ich bezeichne es lieber so, dass ich die Investition im Auge behalte.«

»Das sind keine Laborratten, du Mistkerl. Das sind unsere Kinder.«

Er zog eine Augenbraue hoch. »Bist du dir da sicher?« Das hatte er nicht getan. Oh doch, das hatte er.

»Willst du andeuten, dass ich herumgeschlafen habe? Du weißt, dass ich nie untreu war. Diese Babys sind vielleicht aus einem Röhrchen gekommen, aber sie sind trotzdem ein Teil von uns beiden.«

Andrew schüttelte den Kopf. »Da liegst du falsch, Ehefrau. Sie sind gar nicht von mir.«

Das tosende Rauschen in ihren Ohren ließ sie nicht hören, ob er sonst noch etwas sagte. Was konnte er noch mehr sagen? Er hatte gerade ihre Welt genommen und auf den Kopf gestellt.

Wenn Andrew die Wahrheit sprach und die Jungs nicht von ihm waren, waren sie dann überhaupt von ihr? Sie hätte bleiben und fragen sollen, aber sie konnte nicht. Sie konnte es nicht ertragen, noch mehr seiner abscheulichen Wahrheiten zu hören.

Geblendet von seinen Worten, stolperte sie irgendwie von Andrew davon und schaffte es, in das Erdgeschoss hinunterzukommen. Sie taumelte aus dem Aufzug, wobei sie die neugierigen Blicke derer ignorierte, die darauf warteten einzusteigen.

Luft. Ich brauche Luft. Sie stürmte durch die Eingangstüren hinaus in den klaren Abend. Sie nahm eine tiefe Lunge voll, was diese jedoch nicht von ihrer Verpestung befreite. Alles von ihr war mit Andrews Enthüllung behaftet. Als sie sich draußen gegen das Gebäude lehnte, schwankte sie und ihr Atem kam in kurzen, panischen Stößen.

Was, wenn die Jungs nicht von mir sind?

Eine pelzige Ohrfeige. Ihre Katze knurrte. *Das sind unsere Jungen.* Die Jungs, egal welche DNA durch ihre Adern floss, waren Melanies, auf jede Weise, die zählte. Sie hatte sie ausgetragen, sie geboren, ihre Windeln gewechselt und ihre Verletzungen verarztet.

Sie sind meine.

Ihre Katze schnaubte und schnupperte dann auf übertriebene Weise. Es traf Melanie.

Ihr Duft. Wie konnte sie die Tatsache vergessen, dass ihre kleinen Racker nach Katze rochen und Daryls Ebenbild in diesem Alter waren? Wie hatte sie auch nur eine Sekunde lang zweifeln können? *Sie sind mein Fleisch und Blut.* Kein Wenn und Aber.

Aber wenn Andrew die Wahrheit sagte und nicht zur anderen Hälfte beigetragen hatte, wer hatte dann die männlichen Gene für ihre Söhne beigesteuert?

Wer ist ihr wahrer Daddy?

»Du solltest nicht hier draußen sein.«

Ein Schrei blieb in Melanies Hals stecken und sie drückte sich gegen die harte Wand in ihrem Rücken. Sie blinzelte den Echsenmann an, der auf ledrigen Flügeln zu Boden sank.

Was für ein seltsamer Anblick. Sicher, sie hatte von

den fliegenden Dinosauriermännern gehört, die die Stadt heimsuchten, aber einen persönlich zu sehen? Außerdem warf es in ihr die Frage auf: *Habe ich die normale oder die verrückte Echse bekommen?* Eine Antwort, die die Chancen für ihr Überleben bestimmen würde.

Denn laut der Quellen gab es zwei – der eine, der nicht zögerte, jemanden in Fetzen zu reißen, und der andere, der scheinbar auf ihrer Seite sein wollte.

Bitte lass es nicht die tötende Echse sein.

Er hatte die Flügel eng an seinen Rücken gezogen, wodurch sie in einer hohen Spitze über den Schultern aufragten. Der Mann, mit schuppiger Haut und fremden Zügen, neigte den Kopf. »Du solltest nicht draußen sein. Es sind Monster unterwegs.«

Was du nicht sagst. Der Drang zu kichern veranlasste sie dazu, die Zähne aufeinanderzupressen, und mit einem tiefen Atemzug schaffte sie es zu murmeln: »Wirst du mich umbringen?«

Sehr menschliche Augen starrten sie aus einem Reptiliengesicht an. »Kommt darauf an. Wirst du versuchen, mich umzubringen?«

Da er über ihr aufragte und große Zähne sowie Klauen hatte? »Vermutlich nicht.« Sie erinnerte sich an genug, um zu wissen, dass er ihr mit einer Berührung seiner Klauen oder Zunge genug lähmendes Gift injizieren würde, um sie außer Gefecht zu setzen.

»Dann werden wir beide einen weiteren Tag leben. Schade.«

Er klang recht verärgert über den Teil bezüglich des Überlebens. »Wer bist du?«

»Ace. Ich arbeite hier.« Während er erklärte, zog er an dem Halsband, das er trug. Es war ringförmig und nahtlos, und sie hatte von Renny genug gehört, um zu wissen, dass Bittech es nutzte, um die Gestaltwandler zu kontrollieren, wobei sie Schmerzen als ihre Peitsche benutzten.

Das war beschissen. Und trotzdem hatte es einen dieser Kerle nicht davon abgehalten zu versuchen, das Richtige zu tun.

»Bist du der Kerl, der Cynthias Freundin Aria geholfen hat?«

Ein leichtes Aufblähen seiner Nasenflügel und etwas größere Augen. Melanie konnte sehen, wie seine Lippen das Wort *Nein* formten, ein Wort, das Ace laut aussprach. »Nein. Nicht ich. Der Vogel hat sich allein aus dem Staub gemacht.«

Er log. Aber warum? Sie brauchte nur eine weitere Sekunde, um sich an die Kameras zu erinnern. Scheiße.

Ich darf wirklich nicht vergessen, dass ich in einer kranken Version von Reality-Fernsehen bin, wo jede meiner Bewegungen und jedes meiner Worte beobachtet wird.

Aber es würde verdächtig wirken, nichts zu sagen. Sicherlich waren grundlegende Unterhaltungen erlaubt. Sie konnte nicht gerade die ganze verdammte Zeit nicken und lächeln. Sie begann mit einer offensichtlichen Frage.

»Warst du schon immer so?« Die Frage beschämte sie beinahe in dem Moment, in dem sie ihr über die Lippen kam.

Wie unhöflich von ihr, davon auszugehen, dass er unter Abnormität litt. Vielleicht genoss er seine Hybridgestalt. Halb Mann in der Gestalt, mit zwei Beinen und Armen. Er trug Kleidung, Hose und Hemd, was im Widerspruch zu anderen Berichten zu stehen schien, in denen behauptet wurde, er trüge nichts.

»Und seine Eier und Gehänge sind verborgen«, vertraute Renny ihr an.

»*Woher konntest du dann wissen, dass es ein Mann ist?*«, *fragte Melanie, während sie Nagellackentferner gegen die Filzstiftzeichnung an der Wand benutzte.*

»*Man kann es erkennen.*«

Renny hatte recht. Man konnte Ace für nichts anderes als männlich halten. Und er kam ihr irgendwie bekannt vor.

Außerdem beantwortete er ihre Frage, bevor sie sie zurücknehmen konnte.

»Willst du fragen, ob ich als Monster geboren wurde?« Er zog die Mundwinkel seines Reptiliengesichts herunter, eine menschliche Angewohnheit, die ihn weniger fremdartig wirken ließ. »Das ist jetzt ziemlich egal, oder nicht? Ich weiß, was die Leute sehen, wenn sie mich anschauen, und ich kann nichts tun, um es zu ändern.«

Solche Traurigkeit in diesen Worten. »Vielleicht könnten Ärzte ...« Sie brach den Satz ab.

Ace spannte seine Hinterbeine an, sprang in die Luft und entfaltete mit einem lauten Geräusch seine gewaltigen Flügel. Die Flügel fingen einen Luftstrom, woraufhin sie sich füllten und ihn über ihr aufsteigen ließen. Mit einem kräftigen Schlag schoss er höher hinaus, bevor er abdrehte und außer Sichtweite flog.

Die Nacht kehrte wieder zu ihrer normalen Stille zurück. Irgendwo lief ein Radio, gelegentlich war schrilles Lachen zu hören, während irgendwelche Leute mit ihrem Leben weitermachten, als wären sie nicht alle am Arsch.

Völlig am Arsch.

Wie soll ich mich und meine Babys von hier wegbekommen?

Klettern. Es existierte kein Zaun, über den sie nicht hinwegklettern konnte. Ihre Katze hatte keinerlei Zweifel daran, dass sie es tun könnten, aber was war mit ihren Kleinen? Sie konnten sich noch nicht in ihre Katzengestalt verwandeln. Und doch waren sie flink und furchtlos. Allerdings wären sie durch ihr Alter und ihren Körper eingeschränkt.

Aber ich kann nicht ohne sie gehen.

Das Dilemma brannte. *Ich bin ihre Mutter. Ich bin alles, was sie haben. Ich muss das in Ordnung bringen.* Sie war jedoch nicht so verzweifelt, dass sie nicht erkannte, dass sie Hilfe brauchte.

Daryl würde, ohne zu zögern, Himmel und Hölle für sie in Bewegung setzen, wenn sie ihn darum bat. Vielleicht konnte sie ein Telefon in die Finger bekommen und ihn anrufen.

Und woher wird er wissen, wo er hinmuss?

Gute Frage, da sie nicht die geringste Ahnung hatte, wo sie waren. Als sie Andrews Anweisungen gefolgt war herzukommen, war sie diesen nur allzu gut gefolgt. Ihr war eine Haube gereicht worden, die sie getragen hatte, während sie versuchte, unter dem Stoff nicht in Panik zu geraten. Sie hatte außerdem versucht, nicht an die Decke zu gehen, bis sie ihre Jungs fand. Es gab einen richtigen Ort und Zeitpunkt für Wut. Und wenn sie ihre Wut entfesselte, dann würde sie einen Fluss des Schmerzes hinterlassen.

Lass keinen Feind weiteratmen.

Keinen einzigen Feind, das versprach sie stumm unter dieser Haube. Parker wollte ihr die Macht nehmen, machte sie aber stattdessen nur stärker. Obwohl er eine Sache erreicht hatte. Sie hatte völlig die Orientierung verloren. Das Fahrzeug schien während der Fahrt mit Parker zum neuen Bittech-Gelände immer und immer wieder abzubiegen.

Was genau würde sie also Daryl sagen, wenn sie ihn anrief? *Hey, großer Bruder, also ich bin an diesem Ort, einem großen Ort mit Gebäuden und Leuten, vielen Leuten mit Waffen, oh, und mit einem Zaun. Einem großen Zaun. Rundherum ist Wald. Unter einem Himmel.*

Könnte sie noch ungenauer sein?

Verschwende keinen Anruf, bis du eine tatsächliche Angabe zu deinem Standort hast. Apropos Standort, sie hätte sich selbst ohrfeigen können. Ein Handy könnte ihren Standort kartieren.

Nächste Frage: Von wem könnte sie ein Handy bekommen?

Sie hörte das Rauschen und Klicken einer Tür, die geöffnet und dann geschlossen wurde. Sie blieb an die Wand des Gebäudes gelehnt.

»Was machst du hier draußen?«

Es überraschte sie nicht, Wes erscheinen zu sehen. Wohin sie sich mittlerweile auch drehte, sie traf auf ihn. »Seltsam, dass du das fragst, denn Ace hat mich gerade dasselbe gefragt.«

Bei dieser Erwähnung versteifte er sich. »Du hast Ace getroffen? Du hast mit ihm gesprochen?«

»Nur einen Moment lang.« Sie drehte sich und richtete den Blick auf ihn. »Kennst du ihn?«

»Ja.«

»Er ist nicht, was ich erwartet habe. Er hat mich nicht umgebracht.«

»Das liegt daran, dass Ace nicht wie die anderen ist. Er hat sich von den Behandlungen nicht in den Wahnsinn treiben lassen. Aber das bedeutet nicht, dass du ihm vertrauen solltest.«

»Wem soll ich dann vertrauen? Es scheint, als könnte ich mich nicht auf dich verlassen. Oder hast du vergessen, dass du derjenige bist, der überhaupt erst versucht hat, mich hierherzubringen? Vergessen wir auch nicht die Tatsache, dass du Andrews Schoßhündchen bist.«

Er versteifte sich. »Ich bin nicht sein Lakai.«

»Aber Wahrnehmung ist alles, und von meinem Standpunkt aus bist du genauso schmutzig wie er.« Sie trat einen Schritt zurück und marschierte in Richtung der medizinischen Einrichtung, in der ihre Söhne untergebracht waren.

Wes hielt Schritt. Es hätte ihr nicht gefallen sollen.

»Geh weg«, fauchte sie.

»Ich lasse dich nicht allein. Die Monster sind heute Nacht von der Leine. Es ist nicht sicher.«

»Was du nicht sagst, wenn man bedenkt, dass ich gerade von einem Monster eskortiert werde.«

»Sie haben nicht an mir experimentiert.«

»Na, herzlichen Glückwunsch. Was ist mit allen anderen?«

Er presste die Lippen aufeinander. »Wem vertraust du, den du um Hilfe bitten kannst?«

»Fragst du nach Leuten, die nach mir suchen könnten? Willst du sie auch holen? Monster aus den Leuten machen, die du kennst?«

»Ich bin nicht der Feind. Ich will dir helfen.« Er versuchte, sie zu packen, aber sie tänzelte außerhalb seiner Reichweite.

»Fass mich nicht an«, blaffte sie.

»Ich weiß, dass du mich im Moment hasst, aber du musst dich verdammt noch mal beruhigen.«

»Oder du wirst was tun? Was kannst du mir möglicherweise antun, das schlimmer wäre als diese Hölle, in der ich bereits lebe?«

»Ich will den Mist nicht noch schlimmer machen. Ich

will ihn besser machen. Deshalb bitte ich dich darum, mir einen Namen zu geben, damit ich deinen Hintern hier rausschaffen kann. Wen soll ich anrufen? Deinen Bruder Daryl? Was ist mit diesem Onkel, der in Tampa lebt?«

Sie wirbelte herum, ließ die Hände hervorschnellen und drückte hart gegen seine Brust in dem Versuch, ihn nach hinten zu stoßen. Was sie wirklich tun wollte, beinhaltete, all ihren Frust und Zorn irgendwo hinzustopfen, wo die Sonne nie schien.

»Nein. Nein. Und nein. Ich kann niemanden anrufen, verdammt, nicht Daryl, nicht meinen Onkel. Niemanden. Ich kann ihr Leben nicht riskieren. Ich werde nicht zulassen, dass sie leiden, nur weil mein Mann ein Verrückter ist.«

Dieses Chaos mit Andrew ist mein Problem. Meine Verantwortung.

Aber das konnte sie nicht laut aussprechen, und es fühlte sich gut an, Wes zu schlagen. Sie schrie sogar ein wenig, während sie ihn weiter mit den Fäusten bearbeitete. Und er erlaubte es ihr, ließ sie heulen, brüllen, schlagen und weinen, bis sie schließlich an ihm zusammenbrach. Ihr Atem war stockend und zittrig und ihre Augen brannten mit heißen Tränen, die sie nicht vergießen konnte.

Nicht weinen. Weinen ist für Muschis.

Wir sind eine Muschi.

Er legte seine Arme um sie und hielt sie fest. Er sagte kein Wort. Das Beste, was er hätte tun können, denn es gab keine Worte, um diese Sache besser zu machen, keine Worte, um die Dinge in Ordnung zu bringen.

Obwohl er vier fand, die es schafften, sie einen Moment lang zu erwärmen.

»Ich werde ihn umbringen.«

KAPITEL ACHT

»Ich werde ihn umbringen.«

Ja, er hatte diese Worte gesagt. Laut. Während Andrews Frau – *die Frau, die ich will* – zuhörte.

Die meisten Frauen hätten seine Behauptung auf eine von zwei Arten aufgenommen. Einige mit freudigen Ausrufen und Heldenbezeichnungen.

Und andere, welche den Ruf der Familie Mercer in Bezug auf gewalttätige Lösungen kannten, wären zurückgeschreckt und hätten geschrien.

Was tat seine süße Latina? Melanie lachte. Und lachte. Sie prustete sogar.

Einfach niedlich. Aber absolut auf seine Kosten. »Warum lachst du?«

»Weil das ein Haufen Scheiße ist. Ich werde ihn umbringen«, ahmte sie ihn mit tiefer Stimme nach. »Als ob. Du warst derjenige, der mir gesagt hat, dass es draußen Kameras gibt. Es ist ausgeschlossen, dass du so etwas auf Liveaufnahmen sagst, es sei denn, es ist ein Trick, damit ich dir vertraue. Das wird nicht passieren.«

»Das ist kein Trick«, brummte er. Er hatte die beiden

zerstörten Kameras auf ihrem Weg zum Wissenschaftsla-borgebäude bemerkt. Eine von ihnen lag als Haufen aus Plastik und Drähten auf dem Boden. Von der anderen war nur die Montagehalterung zurückgeblieben.

Etwas, das Technologie hasste, war hier entlangge-kommen, was bedeutete, dass es einen blinden Fleck im System gab – und ein wütendes Raubtier auf Streifzug.

Melanie wich seinem Griff aus und sprintete zur Tür des Gebäudes. Sie hielt ihr Handgelenk an den Scanner, bevor sie ihren Daumen darauf drückte.

»Andrew hat dir Sicherheitszugang gegeben?«

Sie hielt den Arm hoch. »Ja. Protzig, nicht wahr? Scheinbar will er versuchen, die Sache zwischen uns in Ordnung zu bringen.«

»Und willst du das?«

»Du bekommst nur eine einzige Chance, mich zu verraten.« Sie zog die Tür zu, verschloss sie und marschierte davon, aber er konnte sie immer noch durch das Glas sehen.

Er hätte sich an diesem Punkt umdrehen und weggehen sollen. Einfach seine Füße in die andere Rich-tung drehen und gehen.

Ja, wem machte er verdammt noch mal etwas vor? Es gab nur einen Ort, an den er gehen wollte. Er hielt sein Handgelenk hoch und drückte seinen Daumen auf den Scanner. Die Tür öffnete sich zischend in ihrer mechani-schen Schiene.

Er trat ein und durch eine zweite Tür, die von einem Sicherheitsmann bewacht wurde, der nur kurz hinter seiner schusssicheren Scheibe aufblickte.

Schichten über Schichten der Sicherheitsmaßnah-men. Ein Ort, der sicherstellen sollte, dass niemand entkommen konnte – zumindest nicht lebendig.

Wes holte Melanie an den Aufzügen ein, wo sie mit verschränkten Armen wartete. In dem blinden Fleck griff er mit leiser Stimme ihre Unterhaltung von draußen wieder auf. »Es wird nicht wieder passieren.« Da er sich der Kameras in der Decke allzu bewusst war, hielt er seine Worte neutral und hoffte, sie würde den Hinweis verstehen.

Sie zog spöttisch die Oberlippe hoch, aber bei seiner hitzigen Latina machte es ihr Auftreten nur noch reizvoller. Die Melanie, an die er sich erinnerte, zeigte immer jede Emotion auf ihrem Gesicht.

Und die Emotion, die sie gerade zeigte, war Zorn. Sie stapfte in den Aufzug und öffnete den Mund. Er schlug auf die Kamera ein, bevor sie sich auf ihn stürzte.

»Bist du nicht ein großer, tapferer Mann, der einer armen, wehrlosen Kamera wehtut? Hast du Angst, dass die Geschäftsführung herausfindet, was du hinter ihrem Rücken sagst? Und ich meine *sagen*, denn wenn du mich fragst, hat dir jemand an diesem Ort deine Eier genommen, sonst hättest du bereits vor langer Zeit *gehandelt*.«

Aua. Sie wusste, wie man einen Mann mit Worten traf. »Ich habe nie gebilligt, was sie getan haben.«

»Aber du hast dagesessen und zugesehen. Scheiße, du hast sogar die ganze Gruppe an der Nase herumgeführt. Was sollte das? Daryl, Caleb und Constantine erzählen, dass du denkst, bei Bittech sei irgendetwas faul; währenddessen wusstest du es. Zum Teufel, du hattest Zugang dazu.«

Er hätte erkennen sollen, dass sie ihn irgendwann an seine List mit Caleb und dem Rest erinnern würde. Sie dachte, er hätte es getan, um Informationen zu sammeln. Die Realität war, dass er die Gerüchte angefangen und dann weiter gefüttert hatte, in der Hoffnung, es könnte jemand handeln, dem nicht die Hände gebunden waren. Aber auf der anderen Seite, wenn der HRG nicht denen zur Rettung eilen konnte, die durch Bittech gefangen waren, wer konnte es dann tun? Ein einziger Alligator war der Niederträchtigkeit, auf die er getroffen war, nicht gewachsen.

Ich hätte mehr tun können, um sie zu den Gräueltaten zu führen. Aber zu welchem Preis? Wenn Wes erwischt wurde, war er nicht derjenige, der am meisten leiden würde.

Was er tun konnte, war, sich zu entschuldigen. Es veranlasste seinen Alligator vor Scham beinahe zu einer Todesrolle. »Was ich getan habe war falsch. Das werde ich nicht leugnen. Genau wie ich nicht leugnen werde, dass ich es erneut tun würde. Ich hätte keine Wahl.«

»Wir haben alle eine Wahl. Ich habe mich entschieden, einen Idioten zu heiraten. Du hast dich entschieden, für ihn zu arbeiten. Von dem einen kann man mühelos davongehen. Das andere wird einen guten Scheidungsanwalt erfordern.«

»Ich kann nicht einfach gehen. Und ich denke, du weißt mittlerweile, dass du das auch nicht kannst.«

Die Türen öffneten sich im Obergeschoss und er blickte hindurch, um die Krankenschwester, die sie neugierig musterte, hinter ihrem Empfangstresen zu sehen.

Er drückte die Taste, damit sich die Türen schlossen. »Für den Moment zumindest muss ich bleiben und tun, was mir gesagt wird.«

»Wartest du auf einen letzten Gehaltsscheck, bevor du wegläufst?«

Verdammt, er war ihre Anschuldigungen leid. Er war es leid, dass sie dachte, er wäre genau wie Andrew.

Ich bin völlig anders als dieser Mistkerl. Er hatte Gründe für das, was er tat. Und vielleicht war es an der Zeit, dass er aufhörte, sie zu verstecken. »Ich kann nicht weglaufen, bis ich herausgefunden habe, wo Parker meine kleine Schwester versteckt hat.«

KAPITEL NEUN

Es gab Zeiten im Leben einer Person, zu denen man sich wie ein Arschloch fühlte. Wenn man sich den letzten Tampon der besten Freundin auslieh, ihn nicht ersetzte und ihre Regel früher einsetzte. Wenn man im Restaurant der Kellnerin zu wenig Trinkgeld gab, weil man seine Kreditkarte vergessen und nicht genügend Bargeld dabeihatte.

Dann gab es noch den Fall, einem Mann vorzuwerfen, ein riesiger Mistkerl zu sein, nur um herauszufinden, dass er wegen seiner kleinen Schwester so handelte.

Er hat es getan, um seiner Familie zu helfen.

Verdammt. Melanie prallte mit dem Rücken gegen die Wand des Aufzugs und glitt, davon gestützt, zu Boden.

Ich bin so ein schreckliches Miststück. Sie hatte Wes vorgeworfen, das zu tun, weil er es wollte, aber wie sie musste er es tun. Sie taten es beide für die, die sie liebten.

Wes balancierte in seinen schwarzen Stiefeln auf den Fußballen, als er vor ihr in die Hocke ging. »Geht es dir gut?«

»Nein. Ich glaube, es wird mir nie wieder gut gehen«, sagte sie mit einem halben Schluchzen. »Das ist ein verdammter Albtraum und ich will einfach nur aufwachen.« Sie schlug mit der geballten Faust auf den Boden.

»Die Scheiße ist im Moment ziemlich schlimm.«

»Ziemlich schlimm?« Sie musterte ihn mit gequälter Miene. »Wir werden von Männern gefangen gehalten, die sich nichts dabei denken, Kinder als Geiseln gegen uns zu halten. Wie viel schlimmer kann es werden?« Angesichts des düsteren Ausdrucks, der in seine Augen trat, hob sie die Hände. »Warte. Sag es mir nicht. Ich glaube nicht, dass ich es wissen will.«

»Die Dinge eskalieren. Wir müssen fliehen.«

»Hast du einen Plan?« Sie sah ihn hoffnungsvoll an.

Er presste die Lippen aufeinander. »Nein. Noch nicht. Viele der Sicherheitsmaßnahmen hier wurden ohne mich eingerichtet. Ich habe nicht dieselbe Bewegungsfreiheit wie vorher. Die hat niemand.«

»Willst du sagen, du kannst nicht gehen?«

Er schüttelte den Kopf. »Wenn ich auch nur in die Nähe des Zauns komme, vibriert mein Armband. Wenn ich weitergehe, kommt ein Wachmann zu mir und fragt mich, was zum Teufel ich tue.«

»Das ist ein wenig entmannend, findest du nicht? Ein Mensch, der dich darum bittet, zurück in dein Zimmer zu gehen und ein braver Junge zu sein?«

»Machst du dich ernsthaft über mich lustig?«

Sie zuckte mit den Schultern. »Irgendjemand muss es tun.« *Denn ein wahres Raubtier würde jeden Menschen, der es wagt, ihn einzusperren, als Snack fressen. Knack.*

Ups, das hatte sie vielleicht laut ausgesprochen, denn Wes lachte.

»Das Problem dabei, Wachmänner zu fressen, ist,

dass diese verdammten Knöpfe an ihren Hemden dazu neigen, zwischen den Zähnen«, er grinste breit, während sie nach Luft schnappte, »meines Hackschnitzlers hängenzubleiben.«

Sie schlug ihn. »Du Idiot. Du hast versucht, mich denken zu lassen, du wärst wirklich ein Menschenfresser.«

»Noch nicht, aber in letzter Zeit war ich versucht.«

Es erinnerte sie daran, warum Wes genauso ein Gefangener war wie sie. »Welche deiner Schwestern hat Parker genommen und versteckt?«

»Die jüngste. Sue-Ellen.«

»Und du hast sie noch nicht befreit?« Obwohl sie es nicht sagte, hingen die unausgesprochenen Worte zwischen ihnen in der Luft. *Und du erwartest von mir zu glauben, dass du mir helfen kannst?*

Er erklärte es. »Der Grund, warum ich nicht abgehauen bin, ist, dass nur Onkel Parker weiß, wo sie ist, und er sagt es nicht. Sie ist sein Druckmittel, damit Brandon und ich uns benehmen.«

»Warte, Brandon ist auch hier? Ich dachte, er würde vermisst. Das haben alle in Bitten Point gesagt.«

Wes seufzte. »Ich habe viel Mist gesagt, um ihr verdammtes Geheimnis zu bewahren. Ich wurde gewarnt, dass sie, wenn ich es nicht tue, meiner Familie etwas antun würden.« Er zuckte die Achseln. »Ich bin ihr Bruder. Ich habe getan, was ich tun musste.«

»Oh, Wes.«

»Sieh mich nicht so an, mein Engel.« Der alte Kosename rutschte ihm heraus und hing in der Luft.

Sie blickte zur Seite, um den Augenkontakt abzubrechen. Sie musste ihr Gleichgewicht wiederfinden.

Die Aussichtslosigkeit der Situation ließ ihr eine

Träne heiß über die Wange laufen. Er wischte sie mit einem rauen Daumen weg.

»Nicht weinen. Wage es verdammt noch mal nicht, zu weinen. Du weißt, dass ich es hasse, wenn du das tust.«

Die Worte ließen nur noch mehr heiße Tränen kommen. Zwei. Drei. Er wischte jede einzelne davon weg, bis auf die eine, die es zu ihrem Mundwinkel schaffte.

Die küsste er weg. Bewusstsein explodierte bei der zärtlichen Berührung und sie atmete scharf ein. Sie rührte sich nicht, konnte es nicht, als er mit den Händen ihre Wangen umfasste und sie weiter küsste, ihren Mund mit langsamer Sinnlichkeit erkundete.

Er kostete sie. Genoss sie. Entfachte die Sinne, von denen sie dachte, sie gedämpft zu haben.

Er erinnerte sie daran, wie es sich anfühlte, lebendig zu sein. Eine Frau zu sein …

»Nein.« Sie stieß sich von ihm weg und er ließ sie los, wobei die Einfachheit ihrer Flucht mit einer Frustration einherging, die zu der ihrer brennenden Lippen und ihres sehnsüchtigen Körpers passte.

Sie mochte Wes' Berührung an sich. Ihr Körper wollte mehr.

Reib dich an ihm. Haut an Haut.

»Wir können das nicht tun«, flüsterte sie mit heiserer, leiser Stimme. »Es ist falsch.«

»Du hast recht. Wir sollten das nicht tun, aber das Problem ist, dass es richtig ist. Du weißt, dass es sich richtig anfühlt.«

Richtiger als alles andere in diesem Moment, bis auf ihre Söhne. Aber der Gedanke an ihre Söhne erinnerte sie daran, dass sie keine freie Frau war. Verheiratete

Frauen, selbst die unglücklichen, knutschten nicht mit dem Ex-Freund im Aufzug herum.

»Tu das nie wieder.« Sie stand auf und musste eine Hand an die Wand des Aufzugs legen, um sich zu stützen.

Wes, der sich langsamer aufrichtete, ragte über ihr auf, aber sie sah ihn nicht an. Stattdessen griff sie um seine breite Gestalt herum und drückte auf die Taste zum Öffnen der Türen. Sie duckte sich unter seinem Arm hindurch, als sie zischend aufgingen. »Gute Nacht, Wes.«

Er antwortete nicht. Folgte nicht.

Warum verfolgt er mich nicht?

Melanie wollte sich umdrehen und sehen, was er fühlte. Sehen, ob er sich darum scherte.

Die Türen schlossen sich und der Aufzug brummte, als er nach unten fuhr.

Wes war gegangen. Es schmerzte mehr, als es hätte tun sollen, was bedeutete, dass sie nicht in passender Stimmung für die Krankenschwester war, die versuchte, sich ihr in den Weg zu stellen.

»Dieser Flügel ist nur für die Kinder.«

Oh scheiße, nein. Du hast den falschen Abend gewählt, um deine Dominanz bei mir raushängen zu lassen.

Melanie hob den Blick, um die Schwester mit messerscharfen Augen zu fixieren. »Wenn Sie wollen, dass Ihre Kehle intakt bleibt, werden Sie sich nicht zwischen mich und meine Söhne stellen.«

Die Schwester war vielleicht ein paar Kilo schwerer als Melanie, aber sie hatte genügend Verstand, um zu erkennen, wer als Siegerin hervorgehen würde.

Nur für den Fall, dass die andere Frau eine Erinnerung daran brauchte, dass sie es mit einem Raubtier zu tun hatte, strengte Melanie sich, während sie den Flur entlangschritt, genug an, um ihre Krallen erscheinen zu lassen – endlich ein Erfolg! –, und fuhr damit über die Wand. Das Geräusch war außerordentlich reizvoll, da die Wandbilder klugerweise die mit Metall verschalten Wände verdeckten.

Kreisch. Sie hoffte, dass dieses Geräusch die Krankenschwester bis in ihre Träume verfolgte.

KAPITEL ZEHN

Nach einer schlaflosen Nacht fand Wes sich draußen im Hof wieder, wo er mit einer Zigarette zwischen den Lippen an einen Baum gelehnt war.

Zum ersten Mal seit langer Zeit beruhigte ihn der beißende Rauch nicht. Nichts konnte ihn beruhigen, nicht, wenn Melanie hier war.

In Gefahr.

Verdammt.

Noch schlimmer? Er wusste nicht, was er tun konnte, um ihr zu helfen.

Doppeltes Verdammt.

Aber wenigstens hatte ihm sein Besuch in der Wohnung seines Onkels am vorherigen Abend ein wenig Hoffnung gegeben.

Parker öffnete die Tür und zog eine Augenbraue hoch, als er ihn sah. »Ein wenig spät für einen Besuch, findest du nicht?«

Wes drängte sich an seinem Onkel vorbei und betrat die luxuriös eingerichtete Suite, wobei ihm auffiel, dass sein Onkel wie Andrew keine Kosten gescheut hatte, wenn es um seine Unterbringung ging. Im Gegensatz zu Andrews offener Loft-Aufteilung hatte sein Onkel sich für einen traditionelleren Grundriss entschieden, bei dem sich der Eingangsbereich in den Wohnbereich öffnete und das Schlafzimmer außer Sichtweite war.

»Wir müssen uns über Andrews Plan unterhalten, an seinen Kindern zu experimentieren.«

»Andrews Plan?« Sein Onkel schloss die Tür und schritt an ihm vorbei. »Beansprucht er die Urheberschaft für meine Idee?«

Konnte das Blut eines Alligators noch kälter werden? »Du meinst, das ist dein Werk? Was zum Teufel stimmt nicht mit dir? Du redest davon, an Kindern zu experimentieren.«

»Sieh sie eher als unsere strahlende Zukunft.« Sein Onkel blieb vor einer Anrichte mit mehreren Glasdekantern stehen, die bernsteinfarbenen und anderen Alkohol enthielten, und schenkte sich einen Drink in ein Schnapsglas ein. Er hob es an seine Nase und roch daran. »Ah, es gibt nichts Besseres als einen guten Bourbon.« Er trank einen Schluck. »Perfektion. Aber ich sollte erwähnen, dass nicht alle Bourbons gleich sind. Genau wie nicht alle Gestaltwandler gleich sind. Manche sind stark. Manche können fliegen. So viele Eigenschaften, die uns, wenn sie getrennt sind, ungleich machen. Aber sagen wir, man könnte etwas davon in alle mischen. Was wäre, wenn wir die Grenzen wegnehmen und jedem die Fähigkeit zu fliegen geben?«

Wes konnte sein Prusten nicht zurückhalten. »Du tust das nicht, um selbstlos zu sein. Als würdest du irgendjemanden so stark werden lassen.«

Ein Grinsen verzog die dünnen Lippen seines Onkels. »Wie gut du mich kennst, Neffe. Du hast recht. Ich glaube nicht, dass jeder diese Macht haben sollte. Diese Kraft. Aber für die richtige Summe kann es getan werden.«

Die Tatsache, dass sein Onkel es für Geld machte, war Wes nicht neu. Parker tat nichts umsonst. »Dein Plan zum Geldverdienen ist kein Grund, an Kindern zu experimentieren.«

»Da liegst du falsch. Weißt du, die Forscher glauben, dass einige unserer großen Misserfolge daran lagen, dass unsere Testpersonen zu alt waren. Dir ist vielleicht aufgefallen, dass nur die mit dem stärksten Willen ihren Verstand behalten. Die größten Alphas, könnte man sagen. Ihre Theorie dafür ist recht simpel. Die Ergänzung weiterer Tiergene kreiert eine Spaltung im Kopf. Zu viele Gedanken an einem Ort. Also haben sie eine Theorie aufgestellt. Was, wenn diese Gene in die DNA-Struktur eines Kindes gemischt werden, bevor seine Bestie herauskommt? Was, wenn wir den Wahnsinn aufhalten könnten, bevor er beginnt?«

»Was, wenn ihr verdammt noch mal falschliegt? Du sprichst davon, Kinder, Unschuldige, wahnsinnig zu machen? Sie vielleicht sogar zu Mördern zu machen, so wie einige eurer anderen großen Misserfolge.«

Die Zahl an Misserfolgen stieg, genau wie die Opferzahl. Andrew, der ein Erfolg sein sollte, zeigte jetzt Zeichen des Wahnsinns, so wie Wes' Onkel. Man musste nur das wilde Funkeln in seinen Augen sehen, um es zu erkennen.

»Ich habe dir gewissermaßen freie Hand gelassen, weil du zur Familie gehörst.« Die Abneigung in Parkers Worten schimmerte durch. »Aber muss ich dich daran erinnern, dass Ungehorsam Konsequenzen haben wird? Ich mag Sue-Ellen gernhaben, aber ich werde nicht zögern, ihr den Hals umzudrehen, wenn du irgendetwas tust, um dem Fortschritt im Weg zu stehen.«

Und da war sie, die Drohung gegen jemanden, den er mehr liebte als sich selbst. So sehr es ihn auch ärgerte, Wes konnte nicht anders, als ihn anzuflehen: »Tu das nicht. Nicht mit Kindern.«

»Zu spät. Die Versuche beginnen morgen. Andrew hat großzügigerweise seinen Nachwuchs zur Verfügung gestellt. Und bald wird Fang auf der Jagd nach mehr sein. Wir werden sogar an den Frauen in unserem Gewahrsam arbeiten, sie mithilfe von Reagenzgläsern und in manchen Fällen durch natürlichere Methoden schwängern. Bist du daran interessiert, ein Teil dieser Gruppe zu sein, Neffe? Ich höre, du hast Augen für die Frau, die ich hergebracht habe.«

Der Schreck im Angebot seines Onkels konnte die brennende Wut nicht aufhalten. Er schlug seinen Onkel. Knall. Ein Schlag, der den alten Mann auf den Hintern hätte schleudern sollen.

Parker rieb sich den Kiefer, der sicherlich aus Granit war, und lachte. »Das wirst du schon besser machen müssen, Neffe.«

Aber es war nicht die Erkenntnis, dass die Änderungen seinen Onkel so stark gemacht hatten, die ihn bis auf die Knochen erschütterte. Es waren ihm bekannte Augen, die hinter einer Tür hervorspähten.

Ein kurzer Blick, der nur für einen Moment da war und dann wieder verschwand.

Sie ist hier.

Seine Schwester war hier. In Reichweite. Endlich.

Das Problem bestand darin, sie hier rauszuholen, zusammen mit Melanie und ihren Jungs.

Was ist mit den anderen, die hier auch festsitzen?

Was war mit ihnen? Er scherte sich nicht um die Menschen, die kamen, um für Bittech zu arbeiten. Was die in den unteren Stockwerken anging, die bereits verdorben waren? Konnte er wirklich Monster in die Welt entlassen?

»Lasst die Bestien los!« Melanies fröhlicher Ausruf ließ ihn den Kopf heben. Er bemerkte, wie sie das Gebäude verließ, wobei Rory und Tatum vor ihr rannten und ihre aufgeregten Schreie die ruhige Morgenluft erfüllten.

Er wusste, dass sie ihn dort stehen sah. Das musste sie, und doch ging ihr Blick direkt über ihn hinweg. Nicht einladend, zum Teufel, nicht einmal anerkennend. Jemand schien heute Morgen dazu entschlossen zu sein, ihn zu ignorieren.

Nicht heute. Wes stieß sich vom Baum ab und ging auf sie zu.

»Gehst du irgendwo hin, mein Engel?«

»Weißt du, ich bin erst einen Tag hier und bin es bereits leid, diese Frage jedes Mal zu hören, wenn ich einen Raum verlasse.«

»Du hast es richtig ausgedrückt. Dieser Ort ist ein Gefängnis.«

»Alle Gefängnisse haben Schwachstellen.«

Da die fehlenden Kameras noch nicht ersetzt worden waren, musste er seine Worte nicht mäßigen. »Ich suche nach einer.«

»Ich höre da ein Aber.«

»Weil es schwierig werden wird. Dieser Ort ist völlig anders als das ursprüngliche Bittech. Es gibt überall

Sicherheitsmaßnahmen. Niemand geht ohne Genehmigung rein oder raus.«

»Wie wäre es mit über die Mauer weg?«

»Die steht unter Strom und ist zweieinhalb Meter hoch, mit Stacheldrahtzaun darauf. Sofern du also nicht planst, wie die Katze in diesem Weihnachtsfilm mit Chevy Chase auszusehen, denk besser gar nicht erst daran.«

Sie schürzte die Lippen. War es falsch, sie küssen zu wollen, um sie weicher zu machen? Sie würde ihn vermutlich ohrfeigen, wenn er es versuchte. Dann würde Andrew ihn umbringen lassen. *Verdammt.*

Tu es trotzdem.

Sein Alligator liebte es, gefährlich zu leben.

Melanie runzelte die Stirn. »Unter Strom? Mist. Ich muss die Jungs warnen, sie nicht anzufassen.«

»Apropos Jungs, ich bin überrascht, dass das Personal dich mit ihnen rausgelassen hat.«

Ein Grinsen umspielte ihre Lippen. »Ich habe dieser Krankenschwester keine Wahl gelassen. Ich habe ihr gesagt, dass sie frische Luft bräuchten und rennen müssten, sonst würden sie niemals für die Tests kooperieren, die für später geplant sind.«

»Du wirst sie deine Kinder anrühren lassen?« Er konnte die Überraschung nicht aus seiner Stimme heraushalten.

Sie schenkte ihm ein verschlagenes Lächeln. »Einen Teufel werden sie tun. Du hast mir gesagt, dass sie nur gesunde Exemplare wollen, richtig?«

»Ja.«

Noch immer lächelnd ging Melanie an den Gebäuden vorbei zu einem Teil des Geländes, der zwar gemäht, aber trotzdem nicht gänzlich ohne Bäume und

Blattwerk geblieben war. Ein Stück Natur inmitten angeblichen Fortschritts.

Jauchzend liefen die Jungs in das karge Gehölz, wobei sie mit ihren kleinen Körpern zwischen den Baumstämmen umhersprangen.

Am Rand ließ Melanie sich ins Gras sinken und verschränkte ihre Beine im Lotussitz.

Ihre entspannte Haltung entlockte Wes ein Stirnrunzeln. »Was planst du?«

Schalk tanzte hinter ihrer arglosen Miene. Er richtete die Aufmerksamkeit auf die Jungs, süße kleine Lümmel mit der gebräunten Haut und den dunklen Haaren ihrer Mutter. Und doch sahen ihre Augen überhaupt nicht aus wie Melanies – oder Andrews, was das anging. Die Zwillinge schienen gesund und fit zu sein. Energiegeladen. Sie spielten Fangen, zwischen den Baumstämmen hindurch, ohne sich darum zu scheren, ob sie einander schnell oder langsam erwischten. Ihr Gelächter ertönte, als hätten sie überhaupt keine Sorgen.

Es hinterließ einen bitteren Geschmack in seinem Mund, während er sich fragte, wie viel sie lachen würden, sobald die Tests begannen.

Es muss einen Weg geben, um das aufzuhalten. Er konnte ihn nur nicht sehen. Noch nicht. *Denn ich werde nicht aufhören, bis ich einen Ausweg für sie finde.*

Und ich sage dir immer wieder, dass es an der Zeit ist, ein paar Knochen zu brechen.

Knochen zu brechen wird uns nicht an diesen Toren vorbeibringen.

Melanie zupfte am Gras und hatte den Blick nach unten gerichtet, als sie ihn ansprach. »Warum folgst du mir eigentlich? Musst du nicht nach Andrews Pfeife tanzen? Ich dachte, böse Lehensherren behalten ihre Handlanger gern in ihrer Nähe.«

»Ich tanze hier nach seiner Pfeife. Scheinbar hat die Krankenschwester ihn angerufen, weil sie über deine Entscheidung ausgeflippt ist, die Kinder nach draußen zu bringen. Er hat mich geschickt, um euch im Auge zu behalten.« Natürlich war es dafür nötig gewesen, Andrews Paranoia ein wenig anzuheizen.

»Du musst sie beschützen lassen, sonst wirst du schwach erscheinen«, warnte Wes Andrew.

»Beschütze sie mit deinem Leben!«

Melanie prustete. »Du musst den Babysitter für mich und meine Jungs spielen. Wie entmannend.«

»Danke, dass du darauf hinweist«, war seine trockene Antwort.

»Ja, besonders weil du beschissen darin bist. Du wirst einige Schwierigkeiten bekommen.«

»Warum?« Sein Blick wanderte sofort zu den Jungs, die mit rot verschmierten Lippen und den Resten irgendwelcher wilden Kirschen in den Händen zurückkamen.

Aber besorgniserregender waren die Flecke auf ihrer Haut.

»Ich schätze, ich bekomme nicht den Preis für die Mutter des Jahres, denn ich weiß nicht, wie ich die Tatsache übersehen konnte, dass es hier draußen Kirschen gibt. Meine Jungs sind hochallergisch dagegen. Sie bekommen Ausschlag von Kopf bis Fuß und Durchfall.«

Wie schrecklich und doch großartig, denn das bedeutete, dass keine Tests durchgeführt werden konnten, bis das Allergen aus ihren Körpern herausgespült war.

Er konnte nicht anders, als zu lachen, denn er bezweifelte, dass die Jungs diese Kirschen zufällig gegessen hatten. Ihr Duft durchdrang die Luft, was bedeutete, dass Melanie es mit Absicht getan hatte. »Mein Engel, du bist ein verdammtes Genie.«

Jetzt, da sie ihm ein wenig Spielraum gegeben hatte, um an einem Fluchtplan zu arbeiten, sollte er diesen besser auch liefern, denn er bezweifelte, dass sie eine zweite Chance bekommen würden.

KAPITEL ELF

Die Schadenfreude über die Durchkreuzung von
Andrews Plan, an ihren Jungs zu testen, hielt nicht an.
Melanie wusste, dass Andrew ihren nicht allzu subtilen
Trick nicht schätzen würde. Sie erkannte außerdem, dass
sich eine solche Gelegenheit nicht wieder bieten würde.
Sie hatte an diesem Nachmittag nur die Kettensäge hören
und aus dem Fenster spähen müssen, um zu sehen, wie
die Kirschbäume – eigentlich jeder Baum an diesem Ort
– entfernt worden waren.

Das bedeutete, dass sie weniger als einen Tag hatte,
bevor der Plan, an ihren Jungs zu experimentieren,
wieder in seinen Bahnen lief, und sie war nicht näher
daran, eine Fluchtmöglichkeit zu finden.

Als der Abend hereinbrach und sie ihre fleckigen
Jungs ins Bett brachte, spürte sie Wes' Anwesenheit. Seltsam, wie sie ihn nie sehen musste, um zu wissen, dass er
gekommen war. Aus irgendeinem Grund strahlte er eine
Schwingung aus, die sie einfach bemerken musste.

Das liegt daran, dass er uns gehört.

Sie wünschte, ihre Katze würde mit dieser Gewissheit

aufhören. Sie wollte nichts mit ihm zu tun haben. »Spielst du wieder Wachmann? Ich bin überrascht, angesichts deines Versagens heute Morgen.« Sie verspottete ihn, als sie das Schlafzimmer verließ und die Tür hinter sich schloss.

»Ja, anscheinend habe ich keine Schuld daran, da Andrew nichts von der Kirschenallergie eurer Jungs wusste.«

Das war keine Überraschung. Sie hatte darauf gezählt, dass Andrew sich nicht daran erinnerte. »Eine verrückte Sache, besonders für einen Gestaltwandler, was?« Denn die meisten Gestaltwandler heilten recht schnell und wurden nur selten krank.

»Sehr verrückt. Also, wie lange dauert es, bis sie wieder gesund sind?«

»Nicht lange genug«, murmelte sie, während sie den Flur entlang in Richtung des Aufzugs gingen.

Die Nachtschwester würdigte sie keines Blickes, als sie in die Kabine stiegen. Die Türen schlossen sich, und die zerstörte Kamera bedeutete, dass sie die Schultern sinken lassen und seufzen konnte. »Ich weiß nicht, wie wir rauskommen sollen.« Wie Wes gesagt hatte, die Sicherheitsmaßnahmen waren einfach zu verdammt streng.

»Ich habe vielleicht einen Plan, aber wir werden Hilfe von außen brauchen.«

Sie hob den Blick zu ihm. »Du kannst uns hier rausholen?«

»Vielleicht. Aber wie gesagt, wir werden jemanden von draußen brauchen, der dich und die Jungs abholt. Ich weiß, du hast gesagt, dass du niemanden anrufen willst, aber der Plan wird ohne ein wenig Hilfe nicht funktionieren.«

»Wie gefährlich ist es?«

Er warf ihr einen Blick zu. »Dumme Frage. Also werde ich dir keine dumme Antwort geben. Jeder, den du anrufst, wird in Gefahr sein. Er wird vielleicht getötet. Oder vielleicht nicht. Das hängt alles davon ab, wie heimlich sich derjenige herumschleichen kann. Er muss nahe genug kommen, um euch transportieren zu können, sobald ich dich und die Kinder vom Gelände schaffe.«

Die Zahnräder in ihrem Kopf drehten sich angestrengt. Sie wusste, dass Daryl es, ohne zu zögern, tun würde. Keine Frage. Zum Teufel, Caleb und Constantine würden es auch tun. Sie waren keine Kerle, die sich durch Gefahr vom Helfen abhalten ließen.

Die Sache war die: Was war, wenn dieser Plan scheiterte? Oder was, wenn Wes sie anlog und das nur ein Trick war, um diejenigen, denen sie vertraute, zu sich zu ziehen, damit er sie für Andrew schnappen konnte?

Es ist ein Risiko, das ich eingehen muss. Denn er bot ihr die einzige Chance, die sie im Moment hatte.

»Besorg mir ein Telefon und nenn mir Ort und Zeitpunkt, wo Daryl uns treffen soll.«

»Ein Telefon wird dir nichts bringen. Der Empfang ist gestört, sodass keine Telefonate rein- oder rausgehen.«

»Wie zur Hölle willst du ihn dann kontaktieren?«

»Er wird einen Anruf bekommen. Er wird nur nicht von mir oder dir kommen. Ich denke, ich kenne jemanden, der durch den Zaun kommen und für uns anrufen kann.«

»Woher weißt du, dass du dieser Person vertrauen kannst?«

»Es ist mein Bruder Brandon.«

Beim Verlassen des Gebäudes verstummte sie, genau

wie er, da die an diesem Tag ersetzten Außenkameras jede ihrer Unterhaltungen öffentlich bekannt machten.

Wenn Wes die Wahrheit sagte, dann hatte er einen Plan, und damit dieser funktionierte, musste sie Andrew den Eindruck vorgaukeln, dass sie sich ihrem Schicksal ergeben hatte.

Apropos Andrew. »Warum will er mich sehen?«

Nach der vergangenen Nacht hatte sie gedacht, sie wären mit dem Reden fertig. Was konnte sie zu dem Mann sagen, der damit prahlte, sie mit den Spermien eines anderen Mannes geschwängert zu haben?

»Ich weiß nicht, was er will. Aber ich werde sagen: Pass auf dich auf. Er ist heute nicht er selbst.« Wes flüsterte diese Worte, als sie durch den nächsten Kontrollpunkt in das C-Gebäude gingen.

Die Aufzugfahrt geschah in Stille, obwohl es keine Kamera gab. Was konnte sie zu Wes sagen? *Ich wünschte, ich wäre bei meiner Männerwahl klüger gewesen. Ich wünschte, ich hätte es vielleicht angestrengter versucht, als du mich weggestoßen hast. Hey, dein Arsch sieht in diesen Jeans heute Abend verdammt gut aus.*

Denn den Kerl anzubaggern, der sie zu ihrem Mann eskortierte, war so ein guter Plan.

An der Tür zu Andrews Loft hielt Wes inne. Seine Augen waren eine Sturmwolke aus Emotionen, sie konnte so viele davon lesen. Sorge. Wut. Aber nicht auf sie. In Bezug auf sich selbst spürte sie Frustration und vielleicht sogar den Anflug von etwas Wärmerem.

Mit einem tiefen Atemzug, den er in einem lauten Seufzen losließ, klopfte Wes an die Tür, ohne ein Wort zu sagen.

Bzzzt. Das elektrische Schloss reagierte und Wes öffnete die Tür. Er ging zuerst hinein, nicht weil es ihm an Manieren mangelte, sondern weil das Raubtier in ihm gespürt haben musste, dass etwas nicht stimmte, und zuerst auskundschaften wollte.

Sie verstand seine Besorgnis. In ihrem eigenen Verstand streifte ihre Katze herum. Ihre Nackenhaare waren aufgestellt. Ein leises Knurren erfüllte ihren Kopf, als sie die negative Atmosphäre innerhalb der Wohnung berührte.

Direkt vor sich konnte sie sehen, wie Wes sich anspannte. Er spürte es auch, ein durchdringender saurer Geruch der Boshaftigkeit. Und er kam von Andrew.

Wenn sie gestern gedacht hatte, dass er seltsam aussah, dann wirkte Andrew heute zehnmal schlimmer.

Nur mit einem locker gebundenen Bademantel bekleidet saß ihr *Ehemann* – ein Wort, das sie geistig voller Spott aussprach – in einem Klubsessel, die Haare zerzaust und die Beine ein wenig gespreizt, sodass er fast entblößt war.

Das mittlerweile bekannte wilde Funkeln in seinen Augen passte gut zu seiner zurückgezogenen Oberlippe.

»Wenn das nicht meine liebe Ehefrau ist.«

»Was willst du von mir?«

Er zog eine Augenbraue hoch. »Ich würde sagen, das ist offensichtlich. Der Platz einer Frau ist neben ihrem Ehemann. Um ihm zu dienen.«

»Ich habe mich um meine Söhne gekümmert.«

»Du solltest dich um mich kümmern!« Andrew sprang vom Sessel auf, wobei jeder Zentimeter von ihm vor unterdrücktem Ärger vibrierte. »Ich habe auch Bedürfnisse, Ehefrau. Bedürfnisse, die du jahrelang vernachlässigt hast.«

Seine Anschuldigung reizte sie. »Willst du mir ernsthaft die Schuld für die Tatsache geben, dass du immer zu müde oder zu beschäftigt warst?«

»Vielleicht liegt es daran, dass du einfach zu langweilig bist.«

»Genug«, sagte Wes. Er platzierte sich zwischen den beiden, und einen Moment lang sackte sie hinter seinem breiten Rücken zusammen, dankbar für die Atempause. Stock und Stein brachen vielleicht Gebein, aber Beschimpfungen und Anschuldigungen schnitten tiefer.

Ich habe dir gesagt, du sollst dich von ihm fernhalten, schalt ihre Katze.

Niemand mag eine Klugscheißer-Katze, fauchte sie zurück.

»Das geht dich nichts an, Alligator. Geh.« Andrew richtete seine eisige Forderung an Wes.

»Ich gehe nicht, bis ich weiß, dass du ihr nicht wehtun wirst.«

»Was ich mit meiner Frau tue, geht dich nichts an.«

»Du wirst gar nichts tun«, murmelte sie. Die Nette zu spielen war eine Sache, diesem Zerrbild eines Mannes zu erlauben, sie zu berühren, war eine andere.

Andrew hörte ihre Verweigerung. »Ich werde mit dir tun, was immer ich will. Und niemand wird es wagen, mich aufzuhalten.«

»Ich werde es wagen.« Leise Worte von Wes, die dennoch recht deutlich in der Luft hingen.

Andrew gefielen sie nicht im Geringsten. »Wie bitte? Äußerst du Interesse an meiner Frau? Bist du der Grund, warum sie mich, ihren Mann, nicht vögeln will? Wenn ich gewusst hätte, dass du auf primitives Leben stehst, liebe Melanie, wäre ich nicht so nett gewesen.«

Knall. Das Geräusch einer Faust, die auf Fleisch traf, ließ sie hinter Wes' Körper hervorkommen. Andrew saß auf dem Boden und rieb sich den Kiefer, aber das wahnsinnige Lächeln blieb.

»Nicht schlecht. Und ein weiterer Beweis für die Treulosigkeit meiner sogenannten Ehefrau.«

»Ich habe dich nie betrogen«, erklärte sie hitzig.

»Und doch sind deine Söhne nicht von mir.«

»Wovon spricht er?«, knurrte Wes.

»Er spricht von der Tatsache, dass er mich mit dem Sperma eines anderen befruchtet hat. Anscheinend war ich für ihn nichts weiter als ein Brutkasten, damit er Babys zeugen konnte, um mit ihnen Gott zu spielen.«

Ein schrilles Lachen ertönte von Andrew. »Ich spiele nicht nur. Ich. Bin. Gott.«

»Nein, du bist wahnsinnig. Und ich will nichts mit dir zu tun haben. Ich mag diesem Ort vielleicht nicht entkommen können«, *noch nicht,* »aber das bedeutet nicht, dass ich nicht Nein sagen kann. Also, sofern du nicht darauf vorbereitet bist, mich zu vergewaltigen oder zu töten, gehe ich«, verkündete sie.

»Geh. Komm nicht zurück, bis du bereit bist, auf Händen und Knien um meine Vergebung zu bitten. Aber sei nicht überrascht, dass du, wenn du es tust, das Bett mit mir teilen musst. Ein Mann hat Bedürfnisse.«

»Ich werde nicht zurückkommen.«

»Das sagst du jetzt, aber lass mich hinzufügen, dass du, wenn du nicht in jeder Hinsicht meine Ehefrau sein wirst, den Bedürfnissen des Projekts dienen wirst. Beziehungsweise deine Gebärmutter wird es tun. Und vielleicht werde ich diesmal keine künstliche Befruchtung nutzen, um zu bekommen, was ich brauche.«

Sie drehte sich auf dem Absatz um und zerrte blind an der Tür, ihre Kehle war eng und trocken. Die Angst ließ ihre Hände zittern. Wes' vorsichtiger Griff über ihrem lieh ihr einen Teil seiner Kraft.

Sie verließ das Versteck des Wahnsinnigen mit nur einem Gedanken – Flucht.

Lauf weg. Versteck dich. Ihre Katze, für gewöhnlich das mutigste aller Raubtiere, wusste nicht, wie sie mit dieser Art von Verrücktheit umgehen sollte.

Eigentlich stimmte das nicht. Ihre Katze hatte eine Lösung. Eine endgültige.

Andrew muss sterben.

KAPITEL ZWÖLF

Als sie den Aufzug betraten, konnte Wes ihre Unruhe spüren. Zum Teufel, er kämpfte selbst mit einer Welle davon.

Er brauchte alles, um Andrew nicht in Stücke zu reißen.

Warum hast du ihn am Leben gelassen? Er ist nur Fleisch.

Weil totes Fleisch ihnen nicht bei der Flucht helfen konnte. Er musste einen Weg finden, um seine Nähe zu Andrew für die Flucht zu nutzen.

Aber zuerst musste er Melanie beruhigen, obwohl er selbst äußerst aufgebracht war. Er verstand allerdings, dass sie in diesem Zustand nicht zu ihren Jungs zurückkehren konnte.

Er hielt den Aufzug ein Stockwerk darunter an und zerrte sie den Flur entlang.

»Wo gehen wir hin?«

»Das wirst du sehen«, war seine Antwort, als er sie durch die Tür am Ende des Flurs und die Treppe hinauf zog. Sie landeten auf dem Dach.

Melanie machte ein paar Schritte, bevor sie plötzlich auf die Knie fiel und schrie. Und noch ein wenig mehr schrie. Ihre Vokalisation ging mit einigen erstklassigen Kraftausdrücken einher.

Ihr Zorn und ihre Angst hatten nichts Zartes an sich. In diesem Moment war sie eine erbitterte Mutter, eine wütende Ehefrau. Eine verängstigte Frau.

Tröste sie.

Dieses Recht hatte er nicht. Und er erwartete nicht, dass sie Trost annehmen würde. Nicht jetzt. Nicht von ihm.

Als das letzte Echo ihrer Emotionen verhallte, sackten ihre Schultern zusammen und sie senkte den Kopf. Erst dann kam er näher, vorsichtig, für den Fall, dass sie auf ihn losging. Sie rührte sich nicht. Er beugte sich vor und nahm ihre Hand. Er zog sie auf die Füße und führte sie zum anderen Ende des Daches, weg von elektronischen Augen.

Moment, diese Augen waren verschwunden. Er bemerkte die zerfetzten Enden der Drähte, die herunterhingen. Weitere Beweise für Vandalismus an den Kameras. Es schien, als hätten nicht alle Freude daran, unter Bittechs aufmerksamer Beobachtung zu sehen.

Wes ließ sich auf die Bank sinken und zog Melanie auf seinen Schoß.

Zuerst wehrte sie sich. »Lass mich los. Fass mich nicht an.«

Scheiß drauf. Er war fertig damit, das zu tun, von dem er dachte, es sei das Richtige für sie. Er war fertig damit, gegen die Tatsache anzukämpfen, dass ihm Melanie immer noch zu verdammt wichtig war.

Er legte seine Arme fest um sie, umarmte sie, wie er sie seit Jahren hatte umarmen wollen. Aber er verlor nicht völlig seine Eier, denn er knurrte: »Beruhige dich, verdammt noch mal, mein Engel«, anstatt sie zu küssen.

Du hättest sie küssen sollen. Mehr Spaß. Sein Alligator schmollte.

»Ich werde mich verflucht noch mal nicht beruhigen«, fauchte sie, wobei sie ihn mit Augen anfunkelte, die wild schimmerten. »Andrew hat den verdammten Verstand verloren.«

»Ja.« Dieser Einschätzung konnte er nicht widersprechen.

»Ich habe die Wahl, entweder mit ihm zu schlafen oder vergewaltigt zu werden von wem auch immer er will.«

Scheiße, nein. »Das wird nicht passieren.« Zuerst würde er seinen Alligator Amok laufen lassen.

»Und wie wirst du es aufhalten?«

Er zuckte die Achseln. »Ich bin ein Mercer. Ich werde einen Weg finden.«

Sie lachte, ein hysterisches Kichern, das in wortlose, schrille Geräusche überging. »Ich weiß nicht, was ich tun soll.«

»Dann tu nichts. Ich werde mich darum kümmern.«

»Wie und warum? Warum bringst du dich in Gefahr?«

»Weil.«

»Was ist mit deiner Schwester? Ich dachte, sie wäre der Grund, warum du dich der bösen Seite zugewandt hast.«

Wes seufzte. »Ich liebe meine Schwester. Versteh mich nicht falsch. Aber ich kann nicht zulassen, dass dir und deinen Jungs etwas zustößt.« Denn wenn er das tat, würde vermutlich etwas in ihm sterben.

»Ich habe Angst, Wes.« Das leise ausgesprochene Eingeständnis tat ihm weh.

Wie konnten ihn Worte so sehr schmerzen lassen? *Das liegt daran, dass ich sie immer noch so verdammt sehr liebe.* Der Gedanke daran, wie sie zu Schaden kommt ...

»Ich habe dich, mein Engel. Ich werde nicht zulassen, dass dir etwas zustößt.« Er umfasste ihre Wangen, um sie dazu zu zwingen, ihn anzusehen. »Zuerst würde ich sterben.« Er besiegelte sein Versprechen mit einem Kuss, der durch das Salz ihrer Tränen einen Beigeschmack bittersüßer Verzweiflung bekam.

Zuerst blieb sie regungslos unter seiner sanften Liebkosung, aber dann, als wäre ein Damm in ihr gebrochen, wurde sie in seinen Armen lebendig. Sie presste ihre Lippen mit Nachdruck auf seine. Sie drehte ihren Körper und lehnte sich an ihn, wobei die Fülle ihres Hinterns an der Härte seines Schwanzes rieb.

Die verdammte Jeans engte ihn ein, aber er würde sich nicht beschweren, nicht ein Wort, nicht wenn eine einzige Umarmung all seine Sinne entfachte.

Ich stehe in Flammen. Flammen, wie er sie seit ihrer Trennung nicht mehr erlebt hatte. Er war nach Melanie mit mehr als genügend anderen Frauen zusammen gewesen, in dem Versuch, sie zu vergessen. Keine, nicht eine gottverdammte von ihnen hatte je diese Gefühle in ihm ausgelöst.

Sie gehört mir.

Das hartnäckige Reizen seiner Zunge veranlasste sie dazu, den Mund zu öffnen. Er konnte sie wirklich wieder kosten, ein sinnliches Gleiten von Fleisch, ein Knabbern an ihrer Zunge.

Sein Mund war nicht das Einzige, was beschäftigt war. Mit den Händen wanderte er über ihren Körper, der ein wenig voller war als damals, der Körper einer Frau, Kurven und attraktive Fülle.

Sie neu zu platzieren, sodass sie rittlings auf ihm saß, erforderte nur ein wenig des Manövrierens. Melanie schien genauso begierig zu sein wie er, mehr Nähe zu schaffen. Sobald sie ihm zugewandt war, rieb ihr Schritt mit voller Kraft an seiner Erektion.

Es war egal, dass sie durch Kleidung getrennt waren. Sie brannten, als wären sie Haut an Haut.

Mit dem Gedanken an Haut ließ er seine Hände unter den Saum ihres Hemdes gleiten und streichelte ihren glatten Rücken. Sein Mund verließ ihre geschwollenen Lippen und er knabberte an ihrem Hals, saugte an ihrer entblößten Kehle. Ihr Vertrauen in ihn war in diesem Moment bedingungslos.

Er küsste den flatternden Puls am Ansatz ihres Halses. Dann ging er tiefer. Mit den Händen schob er den Stoff ihres Hemdes hoch und über die Wölbung ihrer Brüste, deren Spitzen vor Erregung durch die Baumwolle ihres BHs drückten.

Er senkte den Kopf und umschloss eine Brustwarze, saugte daran, obwohl ihm der Stoff im Weg war. Sie stieß ein atemloses Stöhnen aus. Er nahm mehr von ihrer Brust in den Mund, deren Fülle er liebte.

Da sie ihre Finger in den Muskeln seiner Schultern vergraben hatte, erlaubte er sich, mit beiden Händen ihre prallen Brüste zu umfassen und zu drücken. Er vergrub sein Gesicht dazwischen, atmete ihren Duft ein.

Melanie wand sich an ihm, die Hitze ihres Schritts versengte ihn förmlich. Er musste ihn berühren. Musste sie berühren. Musste ihre Feuchtigkeit auf seinen Fingern spüren.

Ihre eng anliegende Sporthose behinderte seine Erkundung nicht, ihre Position hingegen schon.

»Dreh dich um«, bat er.

Sie fügte sich schnell und drehte sich, sodass sie noch immer auf seinem Schoß saß, aber nach vorn gewandt war. Sie lehnte sich an ihn zurück, um ihren Kopf auf seine Schulter zu legen. Er vergrub die Nase an ihrem Hals, während er eine Hand am Bund ihrer Hose vorbeiwandern ließ. Er traf auf den Rand ihres Slips, unter den er ebenfalls glitt.

Er umfasste sie und atmete angesichts ihrer sengenden Hitze zischend ein. Ihre Muschi pulsierte praktisch an ihm. Sie war feucht vor Erregung.

Mit der Spitze seiner Finger fand er ihre Klitoris und rieb sie. Sie schrie auf. Er rieb erneut, bevor er erstarrte, als ein Geräusch seine Aufmerksamkeit erregte.

»Psst«, flüsterte er in ihr Ohr, als jemand auf die Dachterrasse kam.

Er behielt die beiden im Auge, während er weiter ihre Klitoris umkreiste. Sie schienen nicht dazu geneigt zu sein, sich weit von der Tür zu entfernen, und er konnte die leise gemurmelte Unterhaltung der beiden Männer – Eindringlinge! – hören, während sie rauchten.

Zu einem anderen Zeitpunkt hätte er sie vielleicht dafür zurechtgewiesen, dass sie nicht den dafür vorgesehenen Bereich nutzten, aber da er Melanie befriedigte, entschied er, es durchgehen zu lassen.

Als sie sich wand, als wollte sie von seinem Schoß herunter, legte er seinen freien Arm um sie und flüsterte in ihr Ohr: »Du gehst nirgendwo hin. Ich bin noch nicht fertig.«

Und mit fertig meinte er mit ihr. Zu lange hatte er sich

mit den Erinnerungen an das gequält, was sie geteilt hatten. Zu viele Nächte, während er sich selbst berührte, hatte er sich an ihre hitzige Leidenschaft erinnert, an den süßen Duft ihres Honigs, wenn sie bei seiner Berührung stöhnte.

Er zwickte ihre Klitoris und sie zitterte, während sie wimmerte. Er murmelte: »Denk daran, leise zu sein, mein Engel. Wir wollen nicht erwischt werden.«

Bei seinen Worten erschauderte sie erneut. Sie hatte es immer genossen, mit der Angst der Entdeckung Sex zu haben. Es schien, als hätte sich das nicht geändert.

Sie entspannte sich an ihm und spreizte ihre Beine weit, sodass sie von beiden Seiten seines Schoßes hingen. Sie gab ihm völligen Zugang zu ihr.

Eine verdammte Pracht.

Manche Männer waren egoistische Liebhaber, die sich nur darum scherten, der Frau gerade genug Vergnügen zu bescheren, um sicherzustellen, dass sie ihren Anteil bekamen.

Nicht Wes, und niemals mit Melanie. Mit ihr liebte er es, sie zu beobachten, während er sie streichelte. Er liebte die heiße Feuchtigkeit ihrer Muschi, wenn er einen Finger zwischen ihre weichen Schamlippen gleiten ließ. Nichts war schöner als Melanie, wie sie die Augen geschlossen und den Mund geöffnet hatte, wenn er einen Finger in ihre Enge einführte.

Er fickte sie mit dem Finger und fügte seiner Penetration einen zweiten und dritten hinzu. Ihre Muschi umklammerte ihn fest, heiß und einladend. Immer noch so wunderbar eng.

Ihr Atem kam in kurzen Stößen, während er sie schneller und schneller streichelte, wobei er mit dem Daumen gleichzeitig über ihre Klitoris rieb.

Er flüsterte in ihr Ohr: »Komm für mich, mein Engel. Komm für mich. Leise. Jetzt.«

Sie stieß ein winziges Schluchzen aus, als sie gehorchte und ihre Muskeln plötzlich zuckten und krampften, als ihr Orgasmus sie durchströmte.

Er hielt sie fest, während die Wonne sie erzittern ließ, drehte den Kopf und küsste sie, um jedes Geräusch aufzufangen, das sie machen könnte.

In diesem Moment machte er sie wieder zu der Seinen.

Ja, mein.

Und diesmal würde er sie nicht gehen lassen.

KAPITEL DREIZEHN

Ein Teil von Melanie wollte die Dachterrasse mit ihrem panoramaartigen Anblick der Sterne nicht verlassen. Aber es war nicht die Aussicht, die ihr den größten Grund zu bleiben bot.

Das tat Wes.

Meine ich nicht, dass Wes es mit mir getan hat?

Sie, eine verheiratete Frau, hatte sich von einem anderen Mann berühren lassen. Mehr als berühren, er hatte sie *fühlen* lassen. Er hatte sie ein Gefühl der Nähe und Begehrenswürdigkeit spüren lassen, dessen Existenz sie vergessen hatte. Er hatte sie kommen lassen. Hart. Und verdammt, sie hatte es geliebt. Sie liebte dieses Gefühl, sich wieder lebendig zu fühlen.

Es war egoistisch. Falsch. Absolut nicht das, was sie tun oder denken sollte, aber sie bereute es nicht. *Ich weigere mich, es zu bereuen.* Sie hatte zu viele Jahre damit verbracht, als Hülle ihrer selbst zu leben, zu versuchen, jemand zu sein, der sie nicht war.

Ich bin keine perfekte Vorzeigeehefrau. Sie hatte dieses Leben gehasst. Das einzig Gute, das daraus entstanden war, waren ihre Jungs, und es stellte sich heraus, dass sie nicht einmal zu Andrew gehörten. Angesichts seiner Lügen, seiner Handlungen und ihrer, wie sie feststellte, allgemeinen Abneigung dem Mann gegenüber gehörte sie auch nicht länger zu ihm, soweit es sie betraf.

Es war an der Zeit weiterzuziehen.

Was die anging, die ihre Handlungen möglicherweise verurteilten, weil sie nicht auf eine Scheidung wartete? Denen zeigte sie den Mittelfinger. Die Ehe war an dem Tag geendet, an dem Andrew sie mit dem Sperma eines anderen befruchtet hatte.

Und in ihren Augen war er von dem Moment an, in dem er ihre Söhne bedroht hatte, ein toter Mann, dessen Zeit abgelaufen war.

»Ich kann hören, wie sich die Zahnräder in deinem Kopf drehen«, murmelte er an ihrem Ohr, wobei sie die Hitze seines Atems an ihrem Ohrläppchen spürte.

Da sie nicht über ihre aktuelle Situation sprechen wollte, fragte sie ihn etwas, das sie nie wirklich verstanden hatte. »Warum hast du mich wirklich abserviert?«

Ein schweres Seufzen.

»Wes?«

»Bist du so entschlossen, das jetzt zu besprechen?«

»Ja.«

»Wie wäre es, wenn wir es einfach dabei belassen, dass ich ein Arschloch war, das dachte, es würde das Richtige tun?«

Sie neigte den Kopf nach hinten, um ihn anzusehen. »Wie war es das Richtige, mich abzuservieren, nachdem du meinen Kuchen gegessen hattest?«

»Na ja, weil es absolut beschissen gewesen wäre, den Kuchen danach zu essen.«

Sie versetzte ihm einen Stoß mit dem Ellbogen, und doch lachte er. »Das ist nicht witzig«, grummelte sie. »Du hast mir das Herz gebrochen. Und jetzt bist du hier, tust so, als wäre ich dir wichtig, und ich bin verwirrt.«

»Ich tue nicht nur so. Du hast nie aufgehört, mir wichtig zu sein. Du warst mir zu wichtig, weshalb ich dich gehen lassen musste. Du hattest Besseres verdient als einen Sumpfalligator wie mich, der einen gewissen Ruf hat.«

»Du dachtest, du wärst nicht gut genug für mich?« Sie konnte die Ungläubigkeit nicht aus ihrer Stimme heraushalten.

»Sieh dich an. Du bist umwerfend. Klug. Wenn ich nicht im Weg war, konntest du einen Kerl mit gutem Namen heiraten. Kein Familienballast. Du konntest das Leben haben, das du verdient hast.«

»Willst du sagen, ich habe das hier verdient?«

»Scheiße. Nein. Natürlich nicht.«

»Lass mich dir etwas erklären, Wes Mercer. Ich habe mich mit Andrew begnügt. Ich habe mich mit einem Mann begnügt, der mich nicht mit einem einzigen Blick entfacht hat. Ich habe mich mit einem Kerl begnügt, der dachte, die Arbeit sei wichtiger als die Familie. Ich habe mich begnügt, weil ich dich nicht haben konnte.«

Die Worte sprudelten aus ihr heraus, schockierend in ihrer Ehrlichkeit. Ausgesprochen konnte sie sie nicht mehr zurücknehmen. Sie wartete auf seine Antwort.

»Ich kann die Zeit nicht zurückdrehen.«

»Was ist mit der Zukunft?«

»Bis ich dich hier rausbringe, gibt es keine Zukunft.«

Eine trostlose Aussicht, und eine, über die sie nicht sprechen konnte, da weitere Leute entschieden, auf die

Dachterrasse zu kommen, wobei ihre Schritte sie zu dem schattigen Pavillon führten.

Wes würdigte sie weder einer Begrüßung noch eines Blickes, als er sie von ihrem lauschigen Plätzchen zur Treppe führte. Erst als sie allein im Aufzug waren, frei von neugierigen Ohren, murmelte Wes: »Ich bringe dich und die Jungs heute Nacht raus.«

»Wie?«

»Ich habe eine Idee, also sei bereit.« Er zog sie für einen flüchtigen Kuss zu sich, bevor der Aufzug ruckartig stehen blieb. »Ich werde euch abholen.«

Würde er das wirklich tun?

Sie wollte ihm vertrauen, besonders nach seiner Enthüllung. Sie wollte ihm glauben, wenn er sagte, sie sei ihm wichtig.

Aber er hatte ihr bereits einmal wehgetan ...

Die gespannte Erwartung machte ihr das Schlafen unmöglich. Während sie in ihrem Kasernenzimmer lag und dem leisen Schnarchen ihrer Söhne lauschte, wartete sie, fantasierte sogar vielleicht ein wenig über die Zukunft.

Wenn wir hier rauskommen, werden wir vielleicht wegziehen. Ein Neustart für uns beide. Es wäre nicht nur gut für Wes, um der Mercer-Verdorbenheit zu entkommen, sondern auch für ihre Jungs. Je schneller sie ihr Leben mit Andrew vergaßen, desto besser.

Es war an der Zeit, die Fehler hinter sich zu lassen, die sie gemacht hatten, und eine neue Zukunft zu schmieden. Eine gemeinsame Zukunft.

Denn Wes wird mich abholen. Je öfter sie es wiederholte, desto öfter erinnerte sie sich an seine zärtliche Liebkosung, desto mehr glaubte sie es.

In den frühen Morgenstunden überraschte es sie

nicht, als die Tür aufgestoßen wurde. Sie war bereits wach und setzte sich auf, bereit zu handeln.

Aber der Mann, der in der Tür stand, war nicht Wes. Sie konnte nur mit fassungsloser Ungläubigkeit Andrew anstarren, besonders da er eine Waffe in ihre Richtung hielt.

Oh, oh.

KAPITEL VIERZEHN

Es kostete ihn alle Kraft, Melanie zu verlassen. Ein Teil von ihm wollte sie packen und weglaufen. Schnell und weit weglaufen. Jetzt. Während sie eine Chance dazu hatten.

Reine Dummheit. Solch kopfloses Handeln würde sie nur das Leben oder mehr kosten. Er musste ruhig und gefasst bleiben. Kein Handeln, bis er wusste, dass sie eine Chance auf Erfolg hatten.

Aber du hast ihr die Flucht heute Nacht versprochen.

Wie konnte er das nicht tun, wenn sie so verzweifelt Hoffnung brauchte? Die Sache war, er konnte es sich nicht leisten, einen Fehler zu machen, genau wie er es sich nicht leisten konnte, noch länger zu warten.

Er musste Melanie hier rausholen. Je früher, desto besser. Und nur eine Person konnte ihm helfen, das zu tun.

Er spürte Brandon auf dem Dach des Gebäudes auf, das ihr Onkel bewohnte. Eine dunkle Echse, die jeden Moment ihre Flügel ausbreiten und davonfliegen könnte, jedoch wie Wes angekettet war.

Zeit, die Fesseln loszuwerden.

Aller Wahrscheinlichkeit nach hörte sein Bruder sein Näherkommen, aber nur für den Fall hielt Wes inne und zündete eine Zigarette an. Der beißende Geruch von Rauch und das Klicken seines Feuerzeugs waren Ankündigung genug, um nicht das Raubtier zu erschrecken, zu dem sein Bruder geworden war.

Lass uns jetzt nicht sterben.

Das war nicht falsch zu verstehen. Er liebte seinen Bruder, aber gleichzeitig war Brandon ein Alligator, genau wie Wes, genau wie der Großteil der Mercers. Ihr kaltes Blut floss erbittert, wenn es darum ging, die Familienzweige stark zu halten. Aber Brandon war jetzt auch mehr als dieser Alligator. Etwas Dunkleres lebte in ihm, ein Wesen, das seinen Bruder in seiner Gänze verschlucken wollte. Diese dunkle Anwesenheit hielt Brandon davon ab, seine menschliche Gestalt wiederzuerlangen. Sie machte ihn zu einem Monster, das dazu entschlossen war, Streit zu provozieren.

»Du hast eine Dusche nötig«, bemerkte sein Bruder. »Oder versuchst du absichtlich, den Bären zu reizen, indem du mit seiner Frau schläfst?«

»Vielleicht ist es an der Zeit, ein wenig zu reizen. Ich bin es leid, Andrews verdammter Sündenbock zu sein.«

Sein Bruder blickte ihn über eine Schulter hinweg an. »War die Muschi so gut, dass sie völlig das Leben unserer Schwester entwertet hat?«

»Nein. Natürlich nicht. Ich liebe Sue-Ellen. Das weißt du. Aber ich liebe auch Melanie, verdammt. Ich habe nie damit aufgehört. Und wenn ich nicht etwas tue, um ihr zu helfen, wird Andrew ihr wehtun.«

»Also hast du mit ihr geschlafen?«

»Nicht ganz. Und das ist auch nicht der Punkt. Selbst

wenn ich sie nicht lieben würde, könnte ich nicht danebenstehen und nichts tun, wenn ich weiß, dass Andrew plant, diesen Jungs wehzutun.«

»Ah ja. Die Kinder. Sie haben einen so interessanten Geruch an sich«, flüsterte Brandon, der den Kopf wegdrehte, um sich wieder der Dunkelheit zuzuwenden.

Es ließ Wes' Blut in den Adern gefrieren, seinen Bruder so sprechen zu hören. »Wann hattest du die Gelegenheit, an ihnen zu riechen?«

»Parker hat mich Leibwächter spielen lassen, während er über das Gelände wanderte. Es scheint, als würde unser ehrwürdiger Onkel seinen neuen Lakaien nicht trauen.«

»Hat er Angst, seine Monster könnten ihm die Kehle rausreißen?« Wes war auf jeden Fall versucht, es zu tun.

»Er sollte Angst haben. Wenn Sue-Ellen nicht wäre, wäre er bereits tot.«

»Sie ist hier, weißt du.«

Sein Bruder wirbelte an der Brüstung herum. »Was?«

»Ich sagte, sie ist hier. Ich habe sie gesehen, in Parkers Wohnung.«

»Ich habe nichts gerochen.«

Es überraschte Wes festzustellen, dass er sich auch nicht daran erinnerte, sie gerochen zu haben. Dieses dämliche Parfüm. Es nahm Gestaltwandlern einen ihrer Hauptvorteile. »Ich sage dir, ich habe sie gesehen.«

»Wir müssen ihr bei der Flucht helfen. Sobald sie weg ist ...«

»Dann sind das auch die Fesseln, die uns hier halten«, beendete Wes den Satz. »Wir müssen auch Melanie und die Zwillinge mitnehmen.«

»Du willst viel, Bruder. Es wird schwierig genug für

uns drei sein, zu entkommen, aber noch andere mitnehmen? Man wird uns erwischen.«

»Ich werde nicht ohne sie gehen. Ich habe einen Plan.«

»Beinhaltet er drei magische Wünsche?«, gab sein Bruder zurück.

»Nein, aber er erfordert eine fliegende Echse.«

Brandon krümmte sich weiter. »Dann ist er zum Scheitern verurteilt.«

»Wovon sprichst du?«

»Ich gehe mal davon aus, du willst mich haben, um alle über den Zaun zu transportieren.«

»Ja. Sobald wir draußen sind, werden wir loslaufen, und du kannst vorausfliegen und jemanden zu Hilfe rufen.«

»Nur dass wir nicht auf die andere Seite des Zauns gelangen können.« Brandon sprang von der Kante und drehte sich zu ihm um. Er hakte die Finger unter dem Halsband ein, das er trug. Das Halsband, das seine Handlungen kontrollierte. »Es gab ein paar Änderungen am Halsband. Beginnend mit Peilsendern in allen und einem Auslöseimpuls, wenn wir uns dem Zaun auf drei Meter nähern.«

»Dann flieg eben sechs Meter drüber.«

Brandon schüttelte den Kopf. »Lester hat das versucht. Sagen wir einfach, geröstete Psycho-Echse riecht wie Hühnchen, wenn sie auf einen Zaun trifft und gebraten wird. Was für ein Signal auch immer Bittech aussendet, setzt sich auch in der Luft fort. Ich bin genauso eingepfercht wie du, Landratte.«

»Na, damit ist mein Plan verdammt noch mal im Arsch.«

»Es ist hoffnungslos«, sagte Brandon mit einem

Achselzucken. »Vielleicht ist es an der Zeit, dass wir es akzeptieren.«

Akzeptieren, ein Gefangener zu sein? Die Tatsache akzeptieren, dass Melanie ihn hassen und ihm die Schuld geben würde, wenn ihren Kindern etwas zustieß?

Es musste einen Ausweg aus diesem Schlamassel geben. Einen Weg, damit sie alle fliehen konnten.

Auf der anderen Seite, mussten sie alle fliehen? Was, wenn eine einzige Person entwischen konnte? Was, wenn sie die Nachricht denen in Bitten Point überbringen konnten? Sicherlich würde ihnen jemand zur Rettung eilen.

»Folge mir, aber bleib außer Sichtweite«, riet Wes, als er über das Dach schritt, um zur Tür zu kommen.

»Was zum Teufel hast du vor?«

Ein kurzer Blick zeigte, dass die Kameras hier dasselbe Schicksal erlitten hatten wie andernorts.

»Wir werden Sue-Ellen retten, und dann wird sie uns retten.«

»Wie? Ich dachte, du hättest gesagt, sie sei bei unserem Onkel.«

Wes, mit einer Hand an der Tür, antwortete: »Ich werde für eine Ablenkung sorgen. Sobald ich das tue, packst du sie, fliegst so schnell du kannst zu diesem verdammten Zaun und wirfst sie rüber.«

»Du willst, dass ich unsere kleine Schwester wie einen Football werfe?«

»Ja.«

»Und was, wenn sie auch ein Armband oder Halsband hat?«

»Dann sind wir am Arsch.«

»Mehr als am Arsch«, verkündete Parker mit einem

Stoß gegen die Tür, der Wes ins Schwanken brachte. »Was für ungezogene Neffen, die Meuterei spielen.«

»Verschwinde von hier, Brandon«, brüllte Wes, der sich auf seinen Onkel stürzte.

Aber Brandon ging nicht, und Parker war nicht allein gekommen. Übersät mit Betäubungspfeilen, sank Wes langsam blinzelnd auf die Knie.

Er flüsterte: »Melanie«, dann hüllte ihn ein Schlag gegen den Kopf in Dunkelheit.

KAPITEL FÜNFZEHN

Wo ist Wes? Melanie scheiterte kläglich bei dem Versuch, ihren Schock darüber zu verbergen, Andrew in der Tür stehen zu sehen.

»Hast du jemand anderen erwartet, liebste Frau?«

»Was machst du hier?«, fragte sie, während die einsetzende Angst sie zum Zittern brachte. »Es ist mitten in der Nacht.«

»Ich weiß, und doch konnte ich nicht schlafen. Ich habe schlechte Neuigkeiten bekommen, weißt du, und da ich wach war, dachte ich, warum komme ich nicht rüber und bringe dich in deine neue Unterkunft.«

»Ich gehe nirgendwo hin.«

Andrew zog eine Augenbraue hoch. »Wirklich? Seltsam, denn so wie ich es gehört habe, bist du nicht glücklich mit deiner aktuellen Situation. Gerüchten zufolge denkst du darüber nach wegzulaufen.«

»Ich weiß nicht, wovon du sprichst«, log sie.

»Dachtest du wirklich, ich würde nicht von deinem kleinen Fluchtplan mit dem Alligator erfahren? Er hat mir alles erzählt.«

»Du lügst.«

»Vielleicht tue ich das. Vielleicht nicht. Ist auch egal. Du ziehst trotzdem um. Ich habe Pläne für dich.«

»Du kannst diese Pläne nehmen und sie dir in deinen engen, verklemmten Arsch schieben.« Es war vermutlich nicht die beste Idee, ihn zu verärgern, aber sie konnte sich nicht zurücklehnen und ihm erlauben, sie zu bedrohen.

Seine Augen wurden schmal, kalt und bedrohlich. »Wenn ich du wäre, würde ich wirklich auf meine spitze Zunge aufpassen. Für das, was ich geplant habe, brauchst du sie nicht.«

Glühend heiße Wut, gemischt mit eisiger Angst, erlaubte es ihr nicht, den Kopf einzuziehen. »Rühr mich an und ich werde dich umbringen.«

»Wusstest du, dass dein Alligator-Geliebter mir vor nicht einmal einer Stunde dasselbe angedroht hat? Ich habe ihn in die Schranken gewiesen.«

Die Worte jagten ihr einen Schauer über den Rücken. »Was hast du Wes angetan?«

»Du solltest mehr darüber besorgt sein, was ich dir anzutun gedenke.«

»Fass nicht meine Mama an!«, rief Rory, bevor er sich vom oberen Stockbett stürzte.

Er traf nie sein Ziel. Eine schnelle, verschwommene Bewegung resultierte darin, dass ein großer Echsenkerl ihren Sohn mitten im Flug auffing.

Es war nicht Ace. Noch beunruhigender war, dass im Blick dieses Reptils nichts Menschliches zu erkennen war. »Riecht gut.«

Es ließ seine Zunge hervorschnellen, um ihren Sohn abzulecken, und es war nur ihr vorheriges Wissen, dass der Speichel als Lähmungsmittel fungierte, das sie davon abhielt auszuflippen, als Rory erschlaffte. Sie wagte es nicht, etwas zu tun, damit die scharfen Klauen, die Rory hielten, keine Kinderhaut durchbohrten.

Tatum begann, in seinem Bett zu jammern. »Du bist gemein!«

Mit finsterer, genervter Miene blaffte Andrew: »Hör sofort mit dem Lärm auf.«

»Zwing mich doch!« Tatum stürzte sich auf den Mann, den er für seinen Vater hielt. Da er im unteren Bett war, hatte er kein Problem damit, über den Boden zu flitzen, bis er seine Zähne in Andrews Bein vergrub.

»Du kleiner Mistkäfer!«, schrie Andrew.

Weichei.

Mit der Ablenkung wusste Melanie, dass sie handeln musste, und betete, dass sie sich nicht verkalkulierte. *Sie brauchen die Jungs. Das Echsending wird Rory nicht wehtun.* Das hoffte sie.

Sie hechtete zu Andrew mit der Absicht, die Waffe in die Hände zu bekommen, aber sie hatte nicht mit der dritten Person gerechnet, die den Raum betrat.

Parker.

Allein sein Blick und die knappe Aussage: »Hör sofort mit diesem Unsinn auf, sonst werden deine beiden Kinder sterben«, reichten aus, um sie erstarren zu lassen.

Andrew wollte ihre Babys vielleicht nicht töten – er brauchte sie für seine perversen Pläne –, aber dieser Mann ... dem Bösen in ihm war es egal, wem er wehtat.

»Nimm dieses Ding von mir«, verlangte Andrew, der sein Bein schüttelte, Tatum aber nicht loswerden konnte.

Das Echsending warf den schlaffen Rory auf das Bett, eilte seinem Boss zu Hilfe und leckte · ihren armen Sohn ab.

Widerlich, aber sie würden sich erholen. Sie hingegen? Sie steckte in großen Schwierigkeiten.

»Muss Fang dich auch kosten oder wirst du ein braves Mädchen sein und dich benehmen?«

Da sie überleben musste, um fliehen zu können, senkte sie den Kopf mit einer Demut, die sie nicht fühlte. Aber sie würde nichts versprechen. Sie schlurfte einfach mit den Füßen in die Richtung, in die sie zeigten, und während sie das tat, übermittelte sie ihren Jungs eine Nachricht. »Keine Sorge, Babys. Warum spielt ihr nicht eine Runde Verbrecherjagd, während ihr darauf wartet, dass Mama zu euch zurückkommt?«

»Wie optimistisch von dir, liebste Frau.«

Sie funkelte Andrew an. »Ich bin nicht mehr lange deine Frau, denn bei der ersten Gelegenheit, die sich mir bietet, mache ich mich zur Witwe.«

»Ist das der Punkt, an dem ich die Tatsache erwähne, dass unsere Ehe nie rechtskräftig war?«

Sie blinzelte, durch seine Worte völlig aus der Bahn geworfen. »Wovon sprichst du? Natürlich sind wir verheiratet. Wir haben das verdammte Ding auf Video.«

»Mein Vater hat es geschafft, die Ehe annullieren zu lassen, als die Bälger geboren wurden.«

Als sie in den Aufzug gestoßen wurde, wirbelte sie herum und musste fragen: »Warum?«

»Weil mein Vater mich da in seine Pläne eingeweiht hat. Ich bin zu Höherem bestimmt. Ich verdiene Besseres als ein Sumpfmädchen als Ehefrau.«

»Du bist ein Snob.«

»Danke.« Andrews lüsternes Grinsen war breit.

Parker schloss sich ihnen im Aufzug nicht an, da er an der Schwesternstation in der Kinderetage angehalten hatte, um sich zu unterhalten.

Gefangen zwischen Andrew und seinem Echsen-Handlanger, während der Aufzug nach unten fuhr –

zwei, eins, Erdgeschoss, Untergeschoss A, B –, hatte sie keine Chance wegzulaufen.

Selbst wenn ich es schaffe, ihnen zu entwischen, wo sollte ich hin? Sie hatte immer noch keinen Weg über den Zaun hinweg, und sie konnte nicht ohne ihre Jungs gehen.

Schließlich blieb der Aufzug stehen und die Türen öffneten sich. Da sie unheilvolle Musik in ihrem Kopf hören konnte, erwartete sie irgendwie, im Inneren der Hölle zu landen. Stattdessen bemerkte sie, dass sie sich in einem großen Kontrollraum befanden. Mehrere Bildschirme hingen an der Wand, beobachtet von zwei menschlichen Wachmännern.

Sie konnte nicht umhin, die Bilder auf dem Bildschirm zu betrachten, welche überwiegend Käfige entlang eines leeren Korridors zeigten. »Was ist das?«

»Willkommen in unseren Versuchsetagen. Hier halten wir unsere Testpersonen fest, während sie ihre Veränderungen durchmachen.«

Veränderungen? Allein der Gedanke daran drehte ihr den Magen um. »An wie vielen Leuten experimentiert ihr?«

»Es sind nicht so viele, wie wir es gern hätten. Während des Umzugs mussten wir ein paar loswerden. Aber keine Angst. Wir werden mehr besorgen.«

»Um was zu tun?«

»Ah, da ist die berühmte Neugier, für die Katzen bekannt sind.« Andrews Lächeln offenbarte zu viele Zähne. »Willst du es sehen? Willst du es wirklich *sehen*?«, fragte er, wobei seine Stimme um ein paar Oktaven sank. Andrew erreichte eine Dunkelheit in seinen Worten und eine Kälte in seinen Augen, die ihr ein Schaudern entlockten.

Kluge Leute liefen weg, wenn sie die Anwesenheit wahrer Boshaftigkeit erkannten. Melanie neigte ihr Kinn. Sie hatte dieses Monster geheiratet. Sie sollte die Last tragen zu sehen, was er direkt vor ihrer Nase angerichtet hatte. »Zeig mir, was du getan hast.«

»Mit Freuden. Komm und sonne dich in der Herrlichkeit der Wissenschaft.« Andrew trat auf den verschlossenen Durchgang aus Metall zu. »Macht die Türen auf.«

Die Türen klirrten und Luft zischte, als sie sich öffneten. Ein wahrhaftiger Bunker, der Dinge in seinem Inneren halten und nicht hinauslassen sollte.

Andrew trat ein. Da sie von hinten gestoßen wurde und durch Fang beunruhigt war, der »Lecker« flüsterte, folgte Melanie ihm.

Der Geruch von Verkehrtheit traf Melanie, als sie über die Türschwelle ging, und sie erstarrte.

Ich kann da nicht reingehen. Dort hineinzugehen bedeutete, den Wahnsinn zu Gesicht zu bekommen. Ihre mögliche Zukunft zu sehen.

Sie drehte sich um, bereit wegzulaufen, aber sie konnte nirgendwo hin. Mit Klauen versehene Finger packten sie und wirbelten sie nach vorn. Der Reptil-Handlanger schleppte sie in die Hölle.

Sobald sie eintrat, konnte sie nicht anders, als ein entsetztes Schluchzen auszustoßen, als sie den wahren Zweck von Bittech sah.

Die ersten Käfige enthielten ein paar Leute, die noch scheinbar normal waren. Laut ihrer Nase waren einige von ihnen tatsächlich Menschen. Verwandelte er sie auch in Monster?

Diese verängstigten Leute in Käfigen umklammerten

die Gitterstäbe, als sie näher kamen, und sahen sie flehend an. »Helft uns.«

»Ich werde helfen, und zwar bald. Dann werdet ihr mir alle dafür danken, euch verbessert zu haben«, verkündete Andrew mit der Arroganz eines Geisteskranken, der eine verzerrte Krone aus Blut und Wahnsinn trug.

So weit nicht so schlimm, aber der Geruch der Verkehrtheit blieb, und er ging nicht von diesen Leuten aus. Sie marschierten weiter in die verborgene Etage hinein, wobei ihr eine Ansammlung leerer Käfige eine Atempause bot. Dennoch hätte sie nichts auf das Erscheinen der Monster dahinter vorbereiten können.

Ihr fremdartiger Gestank traf sie hart, aber nicht so hart wie der beängstigende Hunger in ihrem unmenschlichen Blick.

»Du hast mehr von den Echsendingern«, merkte sie dümmlich an.

»Wir bezeichnen sie als unsere Jagdmodelle.«

»Eure was?« Melanie löste den Blick von den raubvogelähnlichen Monstrositäten mit hakenförmigen Schnäbeln, herumschnellenden Schwänzen und ledrigen Flügeln, die an den Enden spitz waren. Der beängstigende Fang, der ihre Schritte führte, sah im Vergleich zu ihnen süß und knuddelig aus.

»Du betrachtest unsere Luftsoldaten-Modelle. Schnell. Tödlich. Und –«

»Verdammt verrückt.« Sie meinte nicht Andrew und seinen Stolz auf seine verkorkste Kreation, sondern den tödlichen Hunger in diesen monströsen Augen. »Das sind Killermaschinen.« Killermaschinen, die keinerlei Menschlichkeit mehr in sich hatten. Aber war das verwunderlich, wenn sie in Käfigen gefangen gehalten wurden, die kaum groß genug waren, um darin zu stehen?

»Killermaschinen.« Andrew lachte leise. »Das sind sie tatsächlich, und bei gewissen Regierungsfraktionen sehr gefragt. Sobald wir die Befehlshalsbänder abgestimmt haben, werden sie eine schöne Summe einbringen.«

»Ihr verkauft sie?«

»Bittech verkauft allerhand Dinge. Soldaten, Verbesserungen, selbst die Chance für die reicheren Menschen, selbst zum Gestaltwandler zu werden. Zum richtigen Preis, versteht sich.«

»Die Welt wird bemerken, was du tust. Du kannst diese Dinger nicht einfach loslassen und nicht erwischt werden. Wie kannst du unsere ganze Art für Geld riskieren?«

»Vielleicht ist es an der Zeit, dass wir aufhören, uns zu verstecken. Parker sagt —«

»Das ist Parkers Idee?«

»Parker hat eine Vision. Eine, in der sich die Wölfe nicht vor den Schafen verstecken, sondern sich über sie erheben und ihren rechtmäßigen Platz einnehmen.«

»Die Menschen werden das nicht hinnehmen. Sie sind uns zahlenmäßig überlegen. Du wirst uns alle umbringen, wenn du uns verrätst.«

»Nicht, wenn wir sie zuerst umbringen. Und du wirst uns dabei helfen. Wir werden Soldaten brauchen. Starke, körperlich gesunde Gestaltwandler, die uns treu ergeben sind, geboren und aufgewachsen unter einer neuen Doktrin.«

Was für eine beängstigende Vision. »Ich werde euch nicht helfen.«

»Du hast keine Wahl.« Andrew blieb vor einer leeren Zelle stehen. »Sag Hallo zu deinem neuen Zuhause.«

Panik krallte sich in ihr fest, aber ihr innerer Panther kratzte stärker.

Lauf, schrie ihre Katze. *Lauf, bevor sie uns einsperren.*

Ihr plötzliches Rucken löste sie aus dem Griff der Echse und sie sprintete, lief so schnell sie konnte, bis ein schwerer Körper von hinten gegen sie prallte.

Es war nur ein schleimiges Ablecken nötig, damit sie zusammensackte. Aber es war die Nadel, mit der sie in den Arm gepikst wurde, die ihre Augenlider schwer werden ließ.

KAPITEL SECHZEHN

»Argh.« Wes nahm einen tiefen Atemzug, ähnlich dem eines Mannes, der seinen ersten Atemzug nimmt, nachdem er fast ertrunken wäre. Eine Nadel wurde von ihm zurückgezogen, das zwickende Gefühl, als sie herausglitt, war nichts, was ein Mann jemals vergaß. Der Adrenalinschuss schnellte durch seinen Körper und zerrte sein Bewusstsein aus einem dunklen Abgrund, wobei es grob in das grelle Licht von Neonröhren gestoßen wurde. Die Art von Licht, das »Oh scheiße« ausdrückte.

Oh scheiße Nummer zwei kam, als Wes feststellte, dass die Fesseln, die seine Hand- und Fußgelenke fixierten, nicht nachgaben.

Ein Ratschlag für alle, denen so etwas einmal zustoßen sollte. Es bedeutete nie etwas Gutes, gefesselt und ausgebreitet in einem OP-Raum aufzuwachen. Für niemanden! Ernsthaft. Das tat es wirklich nicht, besonders da er den Großteil seiner Kleidung verloren zu haben schien. Er trug nur seine engen Boxershorts. Und bevor falsche Schlüsse gezogen wurden, dass kitschige Musik ertönte, bevor irgendwelche Orgien begannen, sollte man daran denken, dass sich das echte Leben beim Verlust der Hose nicht plötzlich in einen Porno verwandelte. Wenigstens hatten sie ihm mit seiner Unterwäsche einen kleinen Teil seiner Würde gelassen.

Nicht klein, warf sein Alligator ein. *Diese mickrigen Feiglinge würden unseren beeindruckenden Umfang nicht entblößen wollen.*

In der Welt eines Alligators war Größe in vielerlei Hinsicht wichtig.

Wes drehte den Kopf und bemerkte Dr. Philips, den er vom alten Bittech erkannte. Der Arzt ohne Skrupel, der von einem Pharmaunternehmen wegen gesetzeswidriger Experimente entlassen worden war, hatte in der geheimen Einrichtung gearbeitet. Es gab nichts, was dieser Arzt nicht tun würde. Die Wissenschaft hatte ihn hart gemacht. Testpersonen, die aufgrund von Fehlschlägen starben, störten ihn nicht im Geringsten.

Ihn zu sehen machte seinen Alligator misstrauisch, besonders da Dr. Philips eine verdammt große Spritze in der Hand hielt.

»Was zur Hölle haben Sie mit diesem Ding vor?« Denn in keiner vernünftigen Welt verrichtete eine Spritze dieser Größe gute Dinge. Niemals.

»Was ich vorhabe?« Dr. Philips schien die Frage zu überraschen. »Meinen Job zu erledigen natürlich.« Nicht gerade beruhigende Worte.

Blass-blaue Augen betrachteten ihn. Wes brauchte einen Moment, um festzustellen, dass Dr. Philips nicht länger seine Brille trug. Er hatte auch seine gebeugten Schultern verloren. Das dünner werdende Haar auf seinem Kopf hing in üppigeren Strähnen herunter. Tatsächlich sah Dr. Philips wie eine größere, stolzere, kräftigere Version seiner selbst aus.

»Was zur Hölle haben Sie mit sich gemacht?«, fragte Wes mit einem Hauch Ungläubigkeit. Es war jedoch keine Antwort nötig, um es sich zusammenzureimen. Er musste sich jedoch fragen, welcher vernünftige Mann sich diese gefährlichen Cocktails in seinen eigenen Körper injizierte, nachdem er aus erster Hand den möglichen Wahnsinn und die Missbildungen gesehen hatte.

Nicht alle scherten sich um das Risiko, nicht, wenn sie so viel zu gewinnen sahen.

Er sieht die Kraft, die er haben kann.

Eitelkeit. Gier. Verlangen. Sein Alligator verstand es, der Größte und Böseste sein zu wollen. Die stärksten Männchen kontrollierten. Die stärksten Männchen überlebten. Aber was, wenn die Niedrigsten unnatürliche Verbesserungen einsetzten? Wer wurde dann zum Alpha?

»Was ich getan habe?« Der Arzt lächelte. »Das, worum sich alle bald reißen werden. Eine neue Evolution kommt auf die Menschheit zu. Wir werden den nächsten Schritt wagen, und als einer der Schöpfer bin ich einer der Ersten, der die Früchte meiner Arbeit genießen darf.«

»Haben Sie bereits den verdammten Verstand verloren? Haben Sie die tobenden Geisteskranken vergessen, die aus einigen dieser Tests hervorgegangen sind?«

Der Arzt machte ein abschätziges Geräusch. »Frühe Fehler, die seither korrigiert wurden.«

Die Spritze schwebte noch immer über ihm und Wes hasste die Beklemmung, die er spürte, als er fragte: »Was ist in diesem Ding drin? Es ist besser nicht eine Ihrer gottverdammten Verbesserungen. Ich mag mich so, wie ich bin.«

»Als würden wir ein solches Elixier an jemandem wie dir verschwenden.« Dr. Philips spritzte ein wenig der

Flüssigkeit in die Luft, die winzigen Tropfen fingen das Licht und Wes' Aufmerksamkeit ein. »Die Flüssigkeit in dieser Nadel soll dich auf die Besamungsphase vorbereiten.«

Was zum Teufel? Wes' Verstand verarbeitete die Worte. Wies sie zurück. Versuchte es erneut. Flippte aus. Flippte noch mehr aus, als er nichts tun konnte, um zu verhindern, dass die Nadel in seinen Oberschenkel gestochen wurde. Er bäumte sich unter seinen Fesseln auf. »Was zur Hölle haben Sie mir gerade gegeben? Was werden Sie mit mir machen?«

»Lass es mich mit Worten erklären, die mein dummer Neffe verstehen wird. Dr. Philips hier wird dafür sorgen, dass deine Schwimmer einsatzbereit sind, denn du wirst sie brauchen, um eine Frau zu vögeln und zu schwängern.« Die kalte Aussage seines Onkels veranlasste Wes dazu, den Kopf zu drehen, um zu seiner anderen Seite zu spähen. Der Mistkerl hatte sich an ihn herangeschlichen. Wie ihn das ärgerte. Aber Wes konnte nur sich selbst und seinen Zigaretten die Schuld geben.

Das verdammte Rauchen stumpfte seinen Geruchssinn ab. Das Nikotin blieb haften und hielt ihn davon ab, die Gerüche wirklich wahrzunehmen.

Falls ich hier rauskomme – nein, wenn –, mache ich einen kalten Entzug.

Der Anblick von Parkers selbstgefälligem Lächeln ließ Wes die Fesseln vergessen, die ihn hielten. Er stürzte los, sein Körper wölbte sich vom Tisch, und doch blieb er trotz aller Anstrengung fixiert.

»Du verfluchter Mistkerl. Ich werde dich verdammt noch mal umbringen.«

Parker neigte den Kopf, während er ein abfälliges Geräusch machte. »Was für eine zwecklose Drohung, wenn man bedenkt, dass du gerade so hilflos bist, dass ich dir die Kehle durchschneiden könnte, und es gäbe nichts, was du dagegen tun könntest.«

»Versuch es doch.« Der Tod wäre möglicherweise dem vorzuziehen, was sie planten.

Sterben ist feige.

Verdammte Ehre.

Parker näherte sich und starrte auf ihn hinab. Wes' entblößte Haut kribbelte angesichts seiner Begutachtung.

»Führe mich nicht in Versuchung, Neffe. Ich war kurz davor, als ich von deiner Verschwörung erfahren habe. Zu deinem Glück hast du hervorragende Gene.«

Schnaub. »Da es Mercer-Gene sind, bin ich da anderer Meinung«, erwiderte Wes.

Seine Worte wurden mit einer Hand abgetan. »Du siehst nur den Ruf. Einen Ruf, den ihr Idioten stärkt. Zieh von hier weg und fang neu an. Leb das Leben, das du wählst. Die Mercers in Bitten Point sind nur durch sich selbst begrenzt. Sie müssen nicht unter diesem Makel leben.«

»Witzig, du bist weggezogen und doch bist du vermutlich der schmutzigste Mercer von allen.«

»Schmutzig, weil ich Besseres für mich will? Ist es falsch, Großes zu wollen? Macht?« Sein Onkel zog die Augenbrauen hoch. »Und das ist das Problem mit den Mercers von Bitten Point. Sie denken immer klein.«

»Warum bist du dann zurückgekommen? Warum benutzt du uns, um deine kranken Ziele voranzubringen?«

»Der Grund ist einfach. Der Mercer-Zweig von Bitten Point hat hervorragende Gene. Gesunde Gene. Starke Gene.«

»Wenn sie so stark sind, warum daran herumpfuschen?«

»Weil es genau diese Kraft ist, die wir brauchen. Wenn man die Elemente anderer Spezies hinzufügt, kommt unsere starke DNA besser damit klar als die meisten anderen. Deshalb sind die Mercers so wertvoll für dieses Projekt. Unser Blut scheint mit allem umgehen zu können.« Parkers Augen schimmerten, aber das Beängstigende an seinem Eifer? Der Wahnsinn, den Wes zuvor bemerkt hatte, lag nicht länger in seinem Blick.

Er ist nicht mehr verrückt. Er ist ruhig und überzeugt.

Irgendwie erschien das beunruhigender.

»Habt ihr euch deshalb Brandon geschnappt? Und jetzt mich? Um euren Cocktail an uns zu testen?«

»Dein Bruder hat als die Antwort gedient, warum es nicht funktioniert hat. Du wirst helfen, die nächste Generation zu erschaffen, die es tut.«

»Wovon zur Hölle sprichst du? Ich helfe euch bei gar nichts.«

»Wirklich?« Das Lächeln im Gesicht seines Onkels nahm sein kaltes Blut und verwandelte es zu Eis. »Dann schätze ich, es macht dir nichts aus, wenn wir jemand anderen nutzen, um Melanie zu befruchten. Seltsam, denn ich hätte gedacht, dass du es vorziehen würdest, es selbst zu übernehmen.«

Schnapp. Mit einem Brüllen, das nicht für menschliche Lippen bestimmt war, erhob Wes sich vom Bett, als sich Teile von ihm verwandelten und anschwollen. Ein grauer, tödlicher Schleier lag über seinen Augen, während Kraft durch seine Gliedmaßen strömte.

Die mickrigen Fesseln konnten seinem Zerren nicht standhalten. Nichts konnte ihn einsperren. Er würde das

Ding vor ihm umbringen, das es wagte, sich als Familie zu bezeichnen.

Er holte aus und der Mann wich seinem Schlag aus, bevor er ihn mit Worten aufhielt.

»Wenn du mich verletzt, werde ich Melanie an die weniger angenehmen Ergebnisse unserer Experimente geben.«

Trotz der kalten Gedanken, die ihm durch den Kopf gingen, blieb Wes genügend Verstand, um zu wissen, dass Parker es ernst meinte.

Er will meinem Engel wehtun. Er konnte nicht zulassen, dass Melanie Schaden erlitt, und doch kämpfte sein Bedürfnis, die Frau zu beschützen, die er als seine Gefährtin sah, mit seinem Instinkt, seine Schwester zu beschützen. Wie sollte er es lösen?

Bring ihn um.

Die einfachste Lösung und der einzige Weg, um sicherzustellen, dass der Mann niemandem mehr wehtun konnte, der ihm wichtig war. Aber ein Versuch in diesem Moment würde niemals funktionieren.

Wir müssen den richtigen Augenblick abwarten, mein kalter Freund. Tu für den Moment, worum ich dich bitte, und wenn die Gelegenheit kommt, werden wir Rache nehmen.

Ein paar Knochen brechen?, fragte seine Alligatorseite.

Sie mit Freuden brechen – nachdem er sie mit scharfer Soße übergossen hatte. Sein Alligator mochte Dinge, die ein wenig Biss hatten.

Lassen wir ihn denken, er hätte gewonnen. Er musste mehr über die Situation erfahren. Wes ließ den Kopf hängen, unfähig, dem Blick seines Onkels standzuhalten, da ihn das triumphierende Grinsen, das Parker sicherlich zur Schau stellte, vermutlich wieder ausrasten lassen würde.

»Ich werde tun, was du willst.« Er erstickte beinahe an den Worten. Er wollte nicht länger zuhören. Er war fertig damit, eine Schachfigur für seinen Onkel und Andrew zu sein. Aber er musste die Sache klug angehen.

»Zu gehorchen wird nicht die schreckliche Aufgabe sein, um die du besorgt bist, Neffe. Du darfst deine alte Freundin Melanie vögeln. Du wirst dein Bestes tun, sie zu schwängern.«

War es möglich, das, was Parker ihm anbot, gleichzeitig zu hassen und zu wollen?

»Das werde ich tun.« Denn hoffentlich würde sie seine Berührung als das Geringere der so vielen Übel sehen. Er hoffte es. Er hoffte auch, eine Gelegenheit zur Flucht zu finden.

Und dabei ein paar Knochen zu brechen. Schnapp.

»Halt still, während Dr. Philips dir deine zweite Spritze gibt.«

Weitere verdammte Nadeln. »Wofür ist die zweite?«

»Um sicherzustellen, dass du für die Aufgabe bereit bist. Wir können dich in der nächsten Phase nicht schlaff gebrauchen.«

»Ich brauche keine Hilfe.«

»Vielleicht nicht, aber nur um sicherzugehen, dass du nicht verweigerst, wirst du es dir vom Arzt verabreichen lassen. Oder sonst.«

Erneut die Drohungen, die ihn machtlos machten. Was konnte er tun? Nichts weiter, als Dr. Philips mit seiner zweiten, kleineren Spritze näher kommen zu lassen. Wes lehnte sich an das medizinische Bett und starrte seine nackten Füße anstelle des Arztes an. Er musste den Blick abwenden, da er ansonsten völlig ausrasten und ihn umbringen könnte. Der Zorn brodelte unter der Oberfläche, fast schon ein lebendiges, atmendes Ding.

Eine Macht, die er nutzen würde, wenn der richtige Zeitpunkt kam.

Noch nicht.

Aber bald. So bald.

Das scharfe Piksen der Nadel störte ihn nicht. Es war der Gedanke daran, was sie ihm injizierten.

»Wenn das irgendeine Art Aphrodisiakum ist, was war dann das Erste, was ihr mir gegeben habt?«

»Diese Mischung war ein Serum, um vorübergehend deine tierische Seite zu stärken und die Blockade zu lösen, die wir deiner Fähigkeit zur Verwandlung auferlegt haben.«

»Ihr habt was getan?« Er vergaß sein eigenes Versprechen, nicht hinzusehen, und funkelte seinen Onkel an.

»Das geben wir allen Gestaltwandlern unter unserer Kontrolle, um für Gehorsam zu sorgen. Außerdem sind wütende Tiere hart für unsere menschlichen Mitarbeiter. Du würdest nicht glauben, wie viel es heutzutage kostet, einen Tod zu vertuschen.«

Eines musste er dem Kerl lassen. Man brauchte Eier, um sich über das Elend zu beschweren, das mit dem Dasein als mordender Soziopath einherging. »Wann zur Hölle habt ihr mir diesen blockierenden Mist gegeben? Ich hatte seit einer Weile keine Spritzen oder Bluttests mehr.«

»Es ist im Essen.« Sein Onkel grinste. »Und es ist dir nie aufgefallen.«

»Es hat auch nicht allzu gut funktioniert«, gab Wes spöttisch zurück, »nachdem ich mich vor ein paar Minuten zur Hälfte verwandeln konnte.«

Das entlockte Parker ein Stirnrunzeln. »Das ist mir aufgefallen. Seltsam, denn das Serum hätte nicht so schnell anschlagen sollen. Die Formel muss vielleicht noch ein wenig verändert werden.«

Großartig. Wes und seine große Klappe hatten gerade dafür gesorgt, dass er beim nächsten Mal mit einer härteren Dosis versorgt wurde. »Warum nehmt ihr diese Blockierung überhaupt weg? Habt ihr keine Angst, dass ich durchdrehe und ein paar Wachmänner fresse?« Wes konnte sich das raubtierhafte, breite Grinsen nicht verkneifen.

»Wir sind auf ein interessantes Dilemma gestoßen. Die Unterdrückung der bestialischen Seite beeinflusst die beim Höhepunkt ejakulierten Spermien. Mit anderen Worten, du schießt. Wenn wir erfolgreich sein wollen, dann müssen deine tierischen Gene befruchten.«

»Warum macht ihr nicht einfach Reagenzglasbabys?«, fragte er, nicht weil er sich nicht nach Melanies Körper an seinem sehnte, sondern weil es für ihn keinen Sinn ergab. »Du weißt, dass artübergreifende Paarung schwierig ist. Die Chancen, dass ich sie schwängere, sind ziemlich gering.«

»Bis auf die Tatsache, dass ihr Körper mit Fruchtbarkeitsbehandlungen konditioniert wurde, um Einnistung zu akzeptieren. Und wir haben ihre Eizellen in ihren Eierstöcken gestärkt und nicht erst, nachdem wir sie entnommen hatten. Aus irgendeinem Grund überleben nur sehr wenige gestärkte Exemplare im Reagenzglas. Ihnen fehlt etwas in ihrer Zeugung, von dem wir denken, dass es mit richtiger koitaler Fortpflanzung gelöst werden kann.«

»Weiß Melanie, dass ihr ihren Körper in eine Art genetische Farm verwandelt habt?«

Parker lächelte. »Andrew hat sie klugerweise denken lassen, dass all die Behandlungen, die sie bekommen hat, dafür gedacht waren, sie fruchtbarer zu machen. Was nicht ganz die Unwahrheit ist. Es hat sie nur nicht für seine Spermien fruchtbar gemacht. Die Eier des Mannes sind frei von Leben, ähnlich wie seine Persönlichkeit«, offenbarte ihm sein Onkel.

»Warum erzählst du mir das alles?«

»Warum nicht? Wem wirst du es sagen? Und selbst wenn du jemanden fändest, der dir zuhört, was soll's? Ich denke, es ist an der Zeit, dass die Welt weiß, wer wir sind, damit ich mit anderen teilen kann, was wir tun.«

Die Behauptung erregte seine Aufmerksamkeit. »Was meinst du mit der Welt? Du klingst, als würdest du planen zu verkünden, was du tust und wer wir sind.«

»Weil ich das tue.« Parkers Blick wurde berechnend. »Es ist an der Zeit, dass wir aus dem Schatten treten, Neffe, und unseren rechtmäßigen Platz einnehmen. Als Anführer.«

»Du kannst uns verdammt noch mal nicht —«

»Den Menschen offenbaren? Warum nicht?« Parkers Grinsen sagte alles.

Und Wes erkannte plötzlich, dass nicht nur er, Melanie und alle anderen, die bei Bittech gefangen gehalten wurden, in Schwierigkeiten steckten, sondern alle Gestaltwandler.

Scheiße. *Der Ruf der Familie Mercer wird noch viel schlechter werden.*

KAPITEL SIEBZEHN

Melanie setzte sich auf dem Betonboden – dem es wirklich an dem Komfort ihrer Matratze zu Hause mangelte – auf und versuchte, die Angst nicht ihren ersten wachen Gedanken kontrollieren zu lassen. Obwohl sie sicherlich Grund dazu hatte, zu zittern wie Espenlaub.

Sie war überwiegend nackt, bis auf den Papierkittel, der sie bedeckte, ein riesiges Tuch mit Löchern für ihre Arme und einer großen, offen stehenden Naht auf der Rückseite. Sie hatte es sich jedenfalls nicht angezogen, und die Tatsache, dass sie sich an nichts mehr erinnerte, nachdem das Echsending sie betäubt hatte, beunruhigte sie.

Was ist passiert, während ich geschlafen habe? Man brauchte keine lebhafte Fantasie, um sich allerhand schreckliche Dinge vorzustellen. Sie tastete sich ab, fuhr mit den Händen über ihre Gliedmaßen, auf der Suche nach wunden Stellen, nach irgendetwas, das auf Misshandlung oder Schlimmeres hindeuten könnte.

Mit verkrampftem Magen starrte sie die Einstichstelle an ihrem Arm an. Von einer Spritze. Was hatten sie ihr injiziert?

Sie fühlte sich nicht anders. *Kätzchen, bist du da drin?*

Grr. Das missmutige Grummeln ihrer Katze erleichterte sie, aber das Gefühl war von kurzer Dauer, als sie versuchte, sich zu verwandeln, und es nicht konnte.

Nicht einmal ein einziges Haar.

Mist. Immer noch blockiert.

Miau. Ein traurigeres Geräusch, das sie noch nie gehört hatte.

Keine Sorge, Kätzchen. Ich werde einen Weg finden, um dich rauszuholen.

Da sie ihre Bestie nicht entfesseln und ihren Unmut herausbrüllen konnte, betrachtete sie ihr Gefängnis.

Ihr neues Schlafzimmer war mit dem neuesten Gefängniszellen-Dekor ausgestattet. Dieser beinhaltete eine Betonwand an der Rückseite und Gitterstäbe an den drei anderen Seiten. »Er hat mich in einen dieser gottverdammten Käfige gesteckt.« Sie konnte nicht umhin, ihren Unglauben laut auszusprechen. Sicher, Andrew hatte gesagt, er würde es tun, aber ein Teil von ihr hatte es wirklich nicht geglaubt. Hatte gedacht, es sei ein Trick, um sie zum Gehorsam zu zwingen.

Wow, sie hatte falschgelegen. Erneut. Sie musste wirklich aufhören, diese neue Version von Andrew zu unterschätzen. Er schien bereit zu sein, alles zu tun.

Die ganze Situation war nicht gut. Überhaupt nicht gut. Zum einen zog sie wirklich bequeme Baumwolle vor – die scheuerte weniger an der Haut. Zum anderen hatten Leute, die in Papierkittel gekleidet in einem Käfig saßen, keine gute Prognose. Besonders wenn sie von

Bittech und den Geisteskranken gefangen gehalten wurden, die das Institut leiteten.

Ich will kein Monster sein.

Sie setzte sich auf und sah sich um. Immer noch dieselben Gitterstäbe, dieselbe Entsetzlichkeit. *Ich muss aus diesem Käfig raus.*

Aber wie? Sie stand auf, ging zu den Gitterstäben und spähte durch sie hindurch zu denen ihr gegenüber. Wer auch immer in diesem Käfig lebte, schlief, ein Haufen unter einer Wolldecke. Aber die Person in dem Käfig war ihr egal. Sie betrachtete das Schloss und hätte jubeln können, als sie feststellte, dass sie sich für ein altmodisches Vorhängeschloss entschieden hatten. Es war schwer, sodass es durch einen ordentlichen Ruck nicht kaputtgehen würde. Die Art, für die man einen Schlüssel brauchte.

Gutes altes Sicherheitsschloss. Elektrische Bedienfelder waren zwar schick und modern, waren aber auf Elektrizität und ideale Bedingungen angewiesen. Etwas zu viel Feuchtigkeit, Staub oder selbst ein Anstieg des durchfließenden Stroms, und die Komponenten schmorten durch.

Auf keinen Fall wollten sie, dass ein Schloss versagte und ein Monster befreit wurde.

Ich frage mich, ob ich es öffnen kann.

Die meisten Leute kannten Melanie als die achtbare Ehefrau von Andrew Killinger. Sie hatte ein schönes Zuhause – wenn die Jungs es nicht gerade zerstörten. Sie kochte wunderbare Mahlzeiten – oft mit ein wenig Schärfe, da es der einzige Weg war, um ihren Mann jemals zum Schwitzen zu bringen. Außerdem hatte sie eine Sexspielzeug-Party veranstaltet – um die Damen im Institut zu schockieren, nur um letzten Endes selbst scho-

ckiert zu sein, da die meisten von ihnen bereits die Gerät-
schaften zur sexuellen Folter besaßen.

Es war traurig, sich einzugestehen, dass sie die Prüde
der Gruppe war.

Allerdings war all das Zeug nicht das, wer Melanie
wirklich war. Melanie war auf derselben falschen Stra-
ßenseite von Bitten Point aufgewachsen wie die Mercers.
Ihre Familie war nur kleiner und netter zu den Leuten.

Und doch bedeutete nett zu sein nicht, dass sie nicht
ihre Laster hatte. Während ihrer Jugend hatte das
Knacken von Schlössern zu ihren Interessen gehört. Sie
war davon besessen gewesen. Die Vorstellung, dass Leute
Geheimnisse verstecken konnten, oder im Fall ihrer
Mutter die Süßigkeiten, die ihre Zähne verfaulen lassen
würden.

Schlanke Finger waren flink. Und Nägel, besonders
die langen einer Katze, konnten mehr tun als nur kratzen.
Das Knacken von Schlössern wurde zu einer Kunst.

*Aber damit es funktioniert, muss ich mir Katzen-
krallen wachsen lassen.* Sie hatte es soeben versucht und
ihre Katze nicht herausholen können.

Versuch es noch mal.

Sie konnte sich nicht den Kopf zerbrechen, wenn sie
es nicht einmal versuchte.

Sie schloss die Augen und nahm einen tiefen
Atemzug.

Komm, Kätzchen.

Wirklich? Sie konnte praktisch die Verachtung im
geneigten Kopf ihrer Katze sehen.

Willst du mit einem Schloss spielen? Denn sobald sie
aus diesem Käfig herauskamen, würde ihre Katze vermutlich viel Zeit zum Spielen haben. *Ich hoffe, du bist in der
Stimmung, zu kämpfen und zu laufen.*

Immer. Ihre Katze schnurrte praktisch in ihrem Kopf.

Okay, wird schon schiefgehen. Sie stellte sich vor, wie ihre Kralle aus der Spitze ihres Zeigefingers wuchs.

Angesichts ihres letzten Scheiterns erwartete sie fast schon, dass es nicht funktionierte. Aber sie hätte weinen können, als die scharfe Spitze an ihrem existierenden Nagel zog und sich zu etwas Längerem, Nadelähnlichem formte. Es folgte der Zeigefinger ihrer anderen Hand. Dann umarmte sie ihren Käfig.

Ihre Arme glitten mühelos zwischen den Gitterstäben hindurch. Einen Moment lang befürchtete sie, dass Kameras zusahen. *Sie werden wissen, was ich tue.*

Dann mache ich besser schnell.

Das Gesicht an die Gitterstäbe gepresst, um ihren Armen den größtmöglichen Spielraum zu bieten, machte sie sich an die Arbeit, stocherte im Schloss herum und wünschte sich, sie wäre nicht bereits seit Jahren aus der Übung.

Ein Klicken ertönte, ein mechanisches Zeichen, dass sich eine Tür geöffnet hatte. Da es nützliche Hinweise liefern konnte, die Schlafende zu spielen, legte sie sich auf den Boden, schloss die Augen und tat so, als würde sie schlafen.

Schritte näherten sich und sie hörte das Murmeln zweier Männer, die sich leise unterhielten.

»Hast du die vorläufige Aufarbeitung an Patientin PK1 beendet?«

»Ja. Ihr Blutbild passt zu dem vorherigen in den Akten. Eine weitere Dosis von DRG4.1C wurde verabreicht.«

»Sie hat keine negativen Auswirkungen gezeigt?«

»Nein.«

»Was ist mit den beiden Subjekten, die in der Kinderstation festgehalten werden?«

Melanie biss sich in die Faust, als sie sich darum bemühte, nicht die Frage herauszuschreien, die ihr auf der Zunge brannte – *sprechen sie von meinen Jungs?*

»Die ersten Blutproben und Maße wurden genommen. Die Ergebnisse sind gut. Irgendwann später oder morgen werden wir beginnen, den Subjekten PK2 und PK3 ihre Dosen zu verabreichen.«

»Warum später?«

Der andere Mann antwortete nicht.

Ein ungeduldiges Schnauben erfüllte die Stille. »Ich habe gefragt, warum später? Mr. Parker wird wissen wollen, warum es erneut eine Verzögerung dabei gibt, diesen Teil des Projekts in Gang zu setzen.«

Ein schweres Seufzen, gefolgt von dem Schlurfen von Füßen, als jemand sein Gewicht verlagerte. »Die Subjekte scheinen verschwunden zu sein.«

»Was meinst du mit verschwunden?«

»Genau das. Die diensthabende Krankenschwester hat sie sicher in dem eigens entworfenen Spielzimmer gelassen. Als sie zurückkam, waren sie weg.«

»Weg? Wie zur Hölle haben sie es geschafft, beide Jungs zu verlieren?«

Wenn Melanie sich zuvor gefragt hatte, wusste sie es jetzt. *Sie reden von Rory und Tatum.* So wie es klang, hatten ihre Jungs es geschafft, sich zu verstecken.

Sie wünschte, sie könnte vor Freude die Faust in die Luft stoßen. Vielleicht hatten sie einen Weg gefunden, zu fliehen oder sich zumindest zu verstecken, bis die Kavallerie kam, was mittlerweile jeden Tag, jede Stunde, jede Sekunde passieren sollte. Immerhin war das der Plan, den sie ausgeheckt hatte, als sie den zweiten kleinen Peilsender in Kaugummi wickelte und schluckte, bevor sie ihren Ausflug mit Parker angetreten hatte. Sie musste hoffen, dass Daryl sein Verschwinden bemerkte. In dieser Nacht war keine Zeit gewesen, um eine Nachricht zu hinterlassen, und sie hatte es nicht gewagt, etwas laut zu sagen, für den Fall, dass Andrew oder seine Schlägertypen zuhörten. Zum Teufel, sie hatte seit ihrer Gefangennahme nicht einmal an das verdammte Gerät gedacht, das sich seinen Weg durch ihren Verdauungstrakt bahnte. Mit den Monstern, die Andrew schuf, wer wusste da schon, wozu er fähig war? Was, wenn Fliegen nicht die einzige Fähigkeit war, die er kultivierte? Was, wenn er einen Weg gefunden hatte, um Gedanken zu lesen?

Dann würde er wissen, wie sehr ich ihn gehasst habe.

Man brauchte jedoch keinen Gedankenleser, um das zu entschlüsseln. Sie tat ihre Abneigung jedes Mal kund, wenn sie mit oder über Andrew sprach.

Zurück zu dem Peilsender. Daryl hätte sein Verschwinden bemerkt und die Verbindung gezogen, was bedeutete, dass er ihr gefolgt war. Das hoffte sie. Sie war sich nicht allzu sicher, ob das Signal immer noch funktionierte, nachdem sie das Gerät geschluckt hatte.

Wenn sie sich verkalkuliert hatte, dann steckte sie in wesentlich größeren Schwierigkeiten als erwartet. Sie hatte nicht erwartet, dass sie, sobald sie sich innerhalb des neuen Bittech-Komplexes befand, keine Gelegenheit haben würde, mit irgendjemandem außerhalb Kontakt aufzunehmen.

Jetzt ruht alles auf Daryl.

Was war mit Wes? Nach Andrews Behauptung konnte sie nur hoffen, dass er noch am Leben war.

Der Kerl vor ihrer Zelle klang nicht sonderlich fröhlich, als er sagte: »Ich will, dass diese Bälger gefunden werden. Dämliche, niederträchtige Katzen. Ich hasse es, mit ihnen zu arbeiten. So hinterhältige, widerliche Kreaturen.«

Ich werde dir hinterhältig das Gesicht zerfetzen. Grr.

Ihre Katze nahm Beleidigungen sehr persönlich.

»Wann beginnen wir die nächste Phase mit der Frau?«

»Sie wurde bereits auf die Einpflanzungsliste gesetzt. Sie wollen, dass sie so schnell wie möglich anfängt.«

»Ich dachte, das andere Katzen-Subjekt wäre schwanger.«

»Es gibt Komplikationen.«

Sie brauchte jeden Fetzen ihrer Selbstbeherrschung, um nicht zu erschaudern bei der Erinnerung an den Haufen Fell mit unförmigen Gliedmaßen, aufgedunsenem Bauch und ausdrucksstarken Augen, der um den Tod gebettelt hatte.

Und jetzt wollte ihr dieser Psycho dasselbe antun!

»Welche In-vitro-Behandlung bekommt sie?«

»Kein in vitro für sie. Die Herren Parker und Killinger bestehen beide darauf, dass sie für eine Befruchtung durch ein anderes Subjekt vorgesehen ist.«

»Wer ist der Glückspilz, der an sie ran darf?«

»Wen auch immer der Boss bestimmt. Da wünsche ich mir irgendwie, wir würden die Medikamente zur Modifikation nehmen. Das könnten wir sein.«

»Bereite ihren Raum vor. Sobald wir hier fertig sind, werde ich von den Chefs herausfinden, wen sie bei ihr benutzen wollen.«

»Ich werde sie in Befruchtungszimmer Nummer zwei bringen. Das hat Beobachtungsfenster.«

»Großartiger Plan. Hast du die Spritze bereit? Wir müssen ihr das Serum injizieren, um die Blockierung aufzuheben, bevor sie transportiert wird.«

»Geladen und entsichert.«

Das Rasseln von Schlüsseln und das Kratzen an Metall ließen sie wissen, dass sie beabsichtigten, zu ihr in den Käfig zu kommen.

Es kostete sie jeden Funken ihres Willens, sich nicht zu rühren. Sie wollte auf die Füße springen und gegen die Gitterstäbe hämmern, während sie die Dinge erklärte, die sie den beiden antun würde, sobald sie frei war. Sie waren einfallsreich und beinhalteten in einem Fall ein gewisses scharfes Gewürz, das dorthin geschoben wurde, wo die Sonne niemals schien.

Die erfinderischen Arten, wie sie den Männern wehtun wollte, hielten sie lange genug davon ab, sich zu bewegen, dass sie den Käfig öffneten und hineinkamen.

Nur zu. Kommt näher. Kommt her, ihr Mistkerle, damit ich euch schön kratzen kann.

Sie konnte spüren, wie sie sie anstarrten.

»Sie ist heiß. Ich kann immer noch nicht glauben, dass der Boss sie hierher hat bringen lassen. Ich dachte, sie wären verheiratet.«

»Es steht uns nicht zu, zu spekulieren. Verabreiche es ihr.«

»Bist du sicher, dass sie schläft?«, fragte er ein wenig ängstlich.

»Das sollte sie noch mindestens eine Stunde lang tun. Sie ist keins der verbesserten Subjekte, also wirken die Medikamente bei ihr immer noch gut.«

Nein, das taten sie nicht, aber sie würde sie nicht korrigieren. Genauso wenig war sie begierig darauf, sich von ihnen mit der Spritze piksen zu lassen. Aber konnte sie es ohne ihre Katze wirklich mit zwei Männern aufnehmen?

Piks.

Die inneren Träumereien dauerten zu lange. Der Kolben wurde gedrückt und sie bäumte sich mit einem Schrei auf.

In der Sekunde, die sie brauchte, um die Augen zu öffnen, wirklich zu öffnen, bemerkte sie Dinge mit einer Klarheit, die nur in Zeiten großer Aufruhr zu kommen schien.

Zum einen waren die beiden Kerle bei ihr im Käfig menschlich. Mickrige. Verängstigte. Menschen.

Und was auch immer in dieser Spritze war, ließ sie weder schlafen, noch tat es ihr weh.

Im Gegenteil, es entfachte ihre Sinne, besonders die ihrer Jägerseite. Sie rollte sich auf die Hände und Knie, den Bauch tief, die Oberlippe in einem Knurren zurückgezogen. Sie mochte sich noch immer in ihrer menschlichen Gestalt befinden, aber sie hatten genügend Verstand, um die Bedrohung zu spüren, die von ihr ausging.

Der ältere der beiden Männer hastete zur offenen Käfigtür, während sich der andere an die Rückseite drückte. Sie stürzte sich auf den, der versuchte, ihr die Freiheit zu nehmen.

Sie griff ihn an, wobei ihr geschmeidiger Körper durch die Luft flog und den seinen mit solcher Wucht traf, dass er zu Boden fiel. Sein Kopf schnellte nach hinten, prallte auf den Beton und er schloss die Augen, als sein Körper erschlaffte. Und sie sorgte dafür, dass es so blieb – dauerhaft.

Im Sumpf gab es nur ein Gesetz, wenn es um das Überleben ging – töten oder getötet werden.

Einer weg. Noch ein heulender übrig. Sie drehte sich um, eine kleine Latina in einem blauen Papierkittel, und doch zitterte der andere Mann in der Zelle, die Augen weit aufgerissen.

»Tu mir nicht weh.«

Sie machte einen Schritt auf ihn zu und freute sich, als aus ihren Fingern Krallen herausschossen.

»OHGOTTNEIN!«

Er flehte. Er schrie. Sie zeigte ihm keine Gnade. Sie konnte nicht. Er hätte ihr keine gezeigt, und nach dem zu urteilen, was sie gesehen hatte, stieß das Betteln aller Gefangenen auf taube Ohren.

Die Schuldigen sollten leiden. Er bezahlte für seine Verbrechen, lautstark, und dennoch kam ihm niemand zu Hilfe.

Sobald er tot war, brach Stille über das riesige Haftstockwerk herein. In den anderen Käfigen um sie herum war es ruhig, bis auf gelegentliches Wimmern. Die Verzweiflung in der Luft versuchte zu haften. Wie lange hatte es gedauert, diese Leute zu brechen? Sie beabsichtigte nicht, zu bleiben und es herauszufinden.

Sie verließ den Käfig und bückte sich, um den Schlüsselbund zu nehmen, den der erste Mann bei sich getragen hatte.

»Was tust du da?«, flüsterte eine Stimme.

»Von hier verschwinden«, antwortete sie, als sie dem Kerl auch das Ausweisarmband abnahm. Es würde für sie vermutlich nicht funktionieren, aber es konnte nicht schaden, es zu haben.

»Diejenigen, die zu fliehen versuchen, werden immer bestraft.«

Melanie ließ den Blick wandern, bis sie den Sprecher zwei Zellen zu ihrer Linken ortete. Der junge, rundliche Mann klammerte sich an seine Gitterstäbe.

»Sie werden mich auch bestrafen, wenn ich bleibe.

Ich gehe das Risiko ein. Du kannst auch fliehen.« Sie wackelte mit den Schlüsseln vor ihm.

»Nein danke. Ich will nicht bestraft werden. Es gefällt mir hier.«

Es gefiel ihm? Sie konnte nicht umhin, ihn mit offenem Mund anzustarren. »Bist du verrückt? Wie kann dir das gefallen? Sie planen, dir Drogen zu verabreichen, um dich zu verändern.«

Der Mann zuckte die Achseln. »Zuerst war ich irgendwie wütend, aber die Spritzen, die sie uns geben, sind gar nicht so schlecht. Manchmal sind sie besser als die Drogen, die ich genommen habe.«

Sie betrachtete den Kerl mit zusammengekniffenen Augen. »Sie haben an dir experimentiert?«

»Ja.« Er klang so glücklich, und sie bemerkte das wahnsinnige Schimmern in seinen Augen. »Die Droge, die sie zuletzt an mir ausprobiert haben, erlaubt es mir fast, mich in einen Bären zu verwandeln. Zumindest meine Arme und Beine.«

»Was warst du davor?«

»Ein Niemand. Ich wusste nicht einmal, dass sich Menschen in Tiere verwandeln können, bevor ich herkam.«

Sie war näher getreten, während sie mit ihm sprach, nahe genug, dass sie sein verdorbenes Wesen riechen konnte. »Du bist menschlich.«

»Nicht mehr«, sagte er voller Freude. »Und du wirst es auch nicht mehr sein. Wenn du überlebst, lassen sie mich dich vielleicht sogar haben. Die nächste Phase des Programms soll zeigen, ob wir uns kreuzen können.« Er blickte lüstern durch die Gitterstäbe hindurch. »Ich kann es nicht erwarten anzufangen.«

Mit ihr würde er das nicht tun. Jeder Gedanke, den

sie daran hatte, ihn rauszulassen, verflüchtigte sich. Im Moment musste sie ihre eigene Flucht gewährleisten, was bedeutete, dass sie ihren Hintern hier rausschaffen musste, bevor sie verrückter Patient Nummer einhundertsiebenundneunzig wurde.

Melanie ignorierte den Kerl, der jetzt stöhnte und die Gitterstäbe trockenbumste, und ging an seinem Käfig vorbei zum anderen Ende der riesigen Haftetage.

Aber der Kerl ließ sie nicht einfach so gehen.

»Was tust du da? Geh zurück in deinen Käfig. Wache! Wache, sie entkommt!«

Melanie konnte nicht glauben, dass der Kerl sie verpfiff. Noch schlimmer, die anderen Gefangenen fingen an, ebenfalls an ihren Gitterstäben zu rütteln und zu schreien.

Scheiße, nein. Sie durfte nicht erneut geschnappt werden. *Ich muss hier raus.* Sie lief an den Käfigen vorbei, in denen sich Leute – und Dinge – brüllend erhoben.

»Sie flieht.«

»Lass mich nicht hier.«

»Mir ist heute Abend nach Hähnchen.«

Die Vielfalt an Aussagen zeigte die unterschiedlichen Ebenen, die jeder Gefangene erreicht hatte. Manche waren fast bereit, zum Jäger zu werden.

Sie waren beängstigend, fast so beängstigend wie die Tatsache, dass es nur eine Tür hier raus gab, die sie sehen konnte. Aus irgendeinem Grund ließ es sie an das Lied »Hotel California« von den Eagles denken. Konnte sie entkommen, sobald sie eingecheckt hatte? Das musste sie. Wenn sie geschnappt wurde, bekäme sie vielleicht nie wieder eine Gelegenheit.

Die Aufzugtür gab angesichts ihres Stoßens nicht

nach. Der Videobildschirm daneben zeigte nur: »Bitte halten Sie ihre Zugangskarte hoch.«

Leider bekamen die Gefangenen nicht dieselben Vorteile wie die Ärzte und Handlanger. Sie wollte über die Ungerechtigkeit schluchzen. Was für ein dummes Gebäude erforderte spezielle Privilegien, um sich von einem Stockwerk zum anderen zu bewegen?

Eines, das dafür bestimmt war, Geheimnisse zu wahren.

Sie versuchte es damit, das Zugangsarmband dagegenzuhalten, das sie vom Handgelenk des toten Kerls genommen hatte.

Der Bildschirm wurde rot. Ungültiger Zugang. Eine Sirene begann zu heulen.

»Sicherheitsteams zu Etage drei B.«

Niederlage lachte gackernd im Hintergrund und ihre innere Kratze kratzte daran, bis sie sich zurückzog. Es musste einen anderen Weg nach draußen geben. Luftschächte. Schlösser knacken. Apropos Schlösser ...

Hatten Türen mit elektronischem Zugang nicht immer eine manuelle Überbrückung? Sie musterte das Bedienfeld, das in einen Rahmen eingelassen war, welcher sich wiederum bündig in der Wand befand. Was war dahinter?

Finden wir es heraus. Sie ließ sich Krallen aus den Fingerspitzen wachsen. Mit den Spitzen bearbeitete sie die Tafel und hakte sie unter das Metall ein. Es hielt. Sie schrie frustriert und schlug darauf ein.

Sie leuchtete weiter rot, während sie sie verspottete.

Also schlug sie erneut zu. Und erneut und erneut, bis die Tür sich öffnete. Ein Blick auf den Echsenkerl, der mit Andrew in der Kabine stand, und sie drehte sich auf dem Absatz um, um zu flüchten, in dem vollen Wissen, dass es kein Entrinnen gab. Egal. Sie würde nicht einfach dastehen und sich von ihnen einfangen lassen.

»Hol sie.«

Sie lief schneller, aber es war zwecklos. Eine Hand landete in ihrem Haar und sie schrie vor Schmerzen auf, als sie von den Füßen gehoben wurde. Sie kratzte an der schuppigen Faust, die sie in die Höhe hielt. Der Schmerz war unerträglich, und doch tat der Schreck darüber, was ihre Gefangennahme bedeutete, noch mehr weh.

Fang stellte sie auf die Füße und beachtete sie gar nicht, als er zurück zum offenen Aufzug marschierte. Sie musste hinter ihm her stolpern, damit er sie nicht hinter sich nachzerrte. Tränen der Niederlage brannten ihr in den Augen, aber das bedeutete nicht, dass sie ihren Kampfgeist gebrochen hatten.

»Ich werde dir die Eier abreißen und sie mit Reis und Gewürzen füllen, bevor ich sie esse!«

Und sie würde sie mit Freuden verzehren.

Bevor jemand sie verurteilte, sollte man bedenken, dass sich das menschliche Zartgefühl bei einer solch kannibalistischen Drohung vielleicht beleidigt fühlte, aber Gestaltwandler waren nicht menschlich. Nicht gänzlich. Die meisten von ihnen teilten sich ihren Verstand mit einem Raubtier, das gern seine Nahrung jagte, tötete und fraß. Für gewöhnlich roh.

Grr. Was konnte ein Mädchen tun, wenn ihre Katzenseite auf jemanden losgehen und ihn zu Fleischbrocken verarbeiten wollte? Sie konnte sie wenigstens kochen, bevor sie gegessen wurden.

Indem ich den Feind fresse, übernehme ich seine Kraft. Ein alter Glaube ihrer Mutter, der hin und wieder gern seinen weisen Kopf hob.

Aber Melanies einfallsreiche Vorschläge der vielfältigen Möglichkeiten, die Körperteile des verrückten Fang zu kochen, lockerten seinen Griff nicht. Im Gegenteil, er wurde noch dümmer, als das Blut oberhalb seiner Taille gen Süden floss.

Scheinbar waren temperamentvolle Frauen, die ihn zum Essen töten wollten, wie ein Aphrodisiakum.

Igitt. Es stellte sich heraus, dass die verrückten Jäger einen Penis hatten. Er löste sich von dem Versteck an seinem Körper und pikste sie.

»Was ist das mit dir und Reptilien?«, fragte Andrew angewidert. »Ich hätte darauf achten sollen, einen Bogen um dich zu machen, als du dich von Wes getrennt hast. Ich verdiene Besseres als die Reste eines Alligators.«

»Ich habe auch Besseres verdient«, murmelte sie. »Du warst immer schlecht im Bett.«

Da sie die Ohrfeige erwartete, schaffte sie es, ihr Gesicht mit ihr zu bewegen, was den Aufprall reduzierte, aber dennoch brannte es.

»Hure«, spuckte Andrew.

»Winziger Schwanz.«

Ohrfeige.

Schön zu wissen, dass sie immer noch ein Händchen dafür hatte, andere zu provozieren. Noch schöner zu wissen, dass sie endlich aufgehört hatte, vor Andrew dem Arschloch zu katzbuckeln. Sie lächelte durch den Schmerz hindurch, als sie spottete: »Ich hatte beim Masturbieren bessere Orgasmen.«

Aber sie bekam keine dritte Ohrfeige.

Ein höhnisches Grinsen verzerrte seine Züge. »Ich erkenne dein Spiel. Du denkst, du kannst mich wütend genug machen, dass ich dir wehtue und du nicht an der nächsten Phase teilnehmen musst. Nicht ganz. Ich werde zusehen, während du von einem der besonderen Projekte genommen wirst. Vielleicht wird es sogar Fang hier sein.«

Das Grunzen hinter ihr veranlasste sie dazu, die Lippen fest aufeinanderzupressen. Der Schreck stahl ihr den Atem.

Die Aufzugfahrt war glücklicherweise kurz. Als die Türen sich öffneten, bemerkte sie einen langen Korridor, in den sie hineingestoßen wurde, als Fang sie von hinten drängte.

Bitte lass das ein Finger und nicht etwas anderes sein.

Nur ein paar Türen säumten diese nichtssagende Etage. Nichts deutete auf ihren Zweck hin. Keine Beschilderung, keine Fenster zum Hineinspähen, nichts.

Im Flur befand sich versenkte Beleuchtung hinter Käfigen aus massivem Stahl. Eine Vorsichtsmaßnahme, um kaputte Lichter zu verhindern? Nur jemand, der erwartete, seine Gefangenen zu verärgern, würde sich darum Gedanken machen. Die wenigen Türen in diesem Stockwerk befanden sich in schweren Metallrahmen, mit eingelassenen Tastenfeldern daneben.

Aus irgendeinem Grund machte ihr dieser Bereich mehr Angst als die Reihe von Käfigen. Welche Schrecke verbargen sich hinter diesen harmlosen Türen? Welche Folter würde sie überleben müssen?

Und ich werde überleben. Sie weigerte sich, daran auch nur einen Zweifel zu haben.

Egal was sie ihr jetzt antaten, sie musste leben, damit sie ihre Jungs retten konnte – *und diesen Mistkerl Andrew in Fetzen reißen.*

Andrew blieb vor einer Tür mit der Bezeichnung *Beobachtung* C stehen und drückte auf den Scanner, hob jedoch nicht sein Handgelenk davor.

»Identifizieren Sie sich«, sagte ein Mann.

Ich erkenne diese Stimme, stellte sie fest.

Ihre Katze wusste bereits, wer es war, und stellte sich einen Mann in Laborkittel mit Brille vor.

Dr. Philips. Er hatte sie den Fruchtbarkeitsbehandlungen unterzogen.

Oh, scheiße.

»Hier ist Killinger. Ich habe die Frau.«

»Hervorragend. Der Mann wartet bereits drin.«

»Was meinen Sie, dass Sie bereits einen Mann haben? Wer hat ihn ausgesucht?«, fragte Andrew.

»Parker. Er will, dass sein Neffe als Erster versucht, sie zu schwängern.«

Melanie spürte eine Welle der Erleichterung. Sie wollten sie mit Wes zusammenbringen? Damit konnte sie umgehen.

»Warum er?«

»Es steht mir nicht zu, das infrage zu stellen«, erklärte Dr. Philips. »Wenn Sie ein Problem damit haben, dann besprechen Sie es mit Ihrem Partner. Wenn Sie jetzt mit den Fragen fertig sind, bringen Sie die Frau rein.«

Missfallen verzog Andrews Gesicht, aber er machte keine weiteren Einwände. »Bevor ich den Raum öffne, ist der Mann unter Kontrolle? Ich will keine Vorfälle.«

»Weichei«, spottete sie.

Andrew grinste sie an. »Vielleicht solltest du ein wenig mehr Angst zeigen, da du gleich mit ihm in einem Raum eingesperrt sein wirst. Habe ich vergessen zu erwähnen, dass der Alligator sich vielleicht nicht wie er selbst verhält?«

»Was meinst du?«

»Du dachtest nicht, dass wir einfach normale Babys wollen, oder? Wes wurde etwas gegeben, um diesen Moment besonders zu machen.«

Damit öffnete sich eine Tür und sie taumelte durch einen harten Stoß hinein. Sie machte ein paar stolpernde Schritte, bevor sie stehen bleiben konnte. Hinter ihr fiel die Tür zu und sie hörte das Klicken eines Schlosses.

Großartig. Einfach verdammt großartig. Nervös umarmte sie sich selbst und sah sich um. Es gab nicht viel zu sehen. Vier Wände, gepolstert mit einer seltsamen Substanz. Sie drückte ihre Finger dagegen.

Es gab nach, aber als sie mit den Fingernägeln darüberfuhr, bekam es keinen einzigen Kratzer.

Der Boden schien aus demselben Material gemacht zu sein. Es machte das Gehen ein wenig federnd.

Eingelassen in eine andere Wand, die in ihrem Rücken, bemerkte sie dunkles Glas. Auf ihrer Seite spiegelte es und zeigte eine derangierte Frau in einem teilweise zerrissenen Papierkittel, deren Haare ein zerzaustes Durcheinander waren. Sie starrte weiter, wobei ihr die Erkenntnis dämmerte, dass das Glas als Beobachtungsfenster diente.

Leute sahen zu. Andrew sah zu. Was bedeutete, dass sie eine Show erwarteten.

Sie gab ihnen eine. Zwei langsam erhobene Finger und ein Grinsen. Sie mochten im Moment die Oberhand haben, aber sie hatte noch nicht aufgegeben.

Bei dem Geräusch knirschenden Metalls hinter ihr wirbelte sie herum, um zu sehen, wie ein Abschnitt der Wand geteilt wurde. Als die Öffnung sich verbreiterte, traf sie ein Duft.

Muffig. Reptilienartig. Männlich. Wes. Ein weiteres Schnuppern und sie konnte einen weiteren Duft bestimmen – Gewalt. Wahnsinn.

Raubtiere kannten diesen Geruch. *Nicht rühren*, zischte ihre Katze.

Während sie regungslos blieb, betrachtete sie den jetzt wesentlich größeren Bereich. Da die Trennwand verschwunden war, offenbarte sich der Raum als rechteckig, lang und schmal. Und schummrig. Sehr schummrig.

So schummrig, dass sie den Schatten am anderen Ende zuerst nicht sah.

Das Wissen, dass es Wes war, linderte ihre Angst nicht, nicht mit dem Hauch von Gewalt in der Luft.

»Wes?«

Keine Antwort. Der Schatten trat näher, eine dunkle, schwerfällige Gestalt, die ihr ein Schaudern entlockte.

»Du machst mir Angst.« Ein Eingeständnis, das sie nur äußerst ungern machte, und doch lag etwas in seinem langsamen Näherkommen, in der Art, wie er sich bewegte, das ihr Angst machte.

Ich glaube nicht, dass Wes zu Hause ist.

Der fremdartige Duft kam näher und sie merkte nicht, dass sie rückwärtsging, bis sie mit dem Rücken an die glatte Glaswand hinter ihr prallte.

Die Angst hämmerte, ein unregelmäßiges Stottern ihres Herzens, während ihre Atmung flach und stockend wurde.

In ihrem Kopf jaulte ihre Katze. Sie wollte raus. Sie wollte standhaft bleiben vor dieser Bedrohung.

Aber die arme Katze war eingesperrt. Melanie hatte es auf dem Weg hierher so oft versucht, und nichts als das Hervorschnellen von ein paar Krallen hatte funktioniert.

Es waren nur sie, ein Papierkittel und was auch immer aus Wes geworden war.

Was, wie sich herausstellte, ein gehender, sprechender Dinosaurier war.

Und er packte sie am Hals!

KAPITEL ACHTZEHN

Er hielt die Frau vom Boden hoch, hoch genug, dass er sie vernünftig betrachten konnte. Seine Gefährtin schien unverletzt zu sein, und doch konnte er die von ihr ausgehende Angst riechen. Er brachte seine Schnauze näher, atmete ihr Aroma ein und rieb sich an ihrer Haut, um sie mit seinem Duft zu markieren. Das Tragen der Markierung eines Alligatormännchens versicherte der Frau, dass er sie vor Gefahren beschützen würde.

Zumindest jetzt würde er das tun. Sein menschliches Ich hätte vielleicht Probleme gehabt, diese Aufgabe zu erfüllen, aber er war jetzt stärker. Und er hatte die Kontrolle.

Solche Kraft floss durch ihn hindurch. *Ich bin der Stärkste.* Und für ihn kamen die Belohnungen zusammen mit Reizungen.

Eine Fliege summte in seinem Kopf. *Lass sie runter. Sie ist zerbrechlich, du großer, dummer Alligator.*

Kein Reden. Ich habe die Kontrolle.

Für den Moment. Und nur wegen dieser Medikamente.

Ich bin stark. Ich werde unsere Feinde fressen.

Ja, na ja, wenn du das tun wirst, dann musst du ein wenig Geduld haben, denn wir kommen nicht aus diesem Raum raus, bis wir es mit ihr getan haben.

Die Frau braucht Befruchtung.

Lass uns versuchen, es nicht als Befruchtung zu bezeichnen. Und vielleicht sollte ich für diesen Teil ans Steuer.

Wenn ich diesen Teil aufgebe, wirst du mir die Jagd lassen?

Ja.

Wir haben eine Abmachung. Schnapp.

Das schnelle Blitzen von Gedanken zwischen ihnen dauerte einen Moment, genau wie die Veränderungen zurück zu ihm selbst. Wes' vernünftigeres und menschlich aussehendes Ich.

Mit seiner menschlichen Haut ging Scham einher.

»Verdammt.« Er konnte nicht umhin zu fluchen, als er Melanie losließ.

Er wartete darauf, dass sie auf ihn losging. Er wusste, dass er es bei vertauschten Rollen getan hätte.

»Geht es dir gut?«, fragte sie.

Das fehlende Ausflippen verärgerte ihn nur noch mehr. »Nein.« Die einzelne Silbe war ein kehliges Grunzen. Nein, es ging ihm verdammt noch mal nicht gut. Genauso wenig wie ihr. Nichts hiervon war gut.

Er wandte sich von ihr ab und entfernte sich mit wenigen kurzen Schritten von der Erinnerung an sein Versagen.

Ich habe sie nicht gerettet, und jetzt sitzen wir beide hier fest.

»Argh!« Er schlug mit der Faust auf die Wand neben

ihm, nur um zu spüren, wie sie nachgab und zurückprallte.

Er lehnte den Kopf an die Wand und atmete langsam in dem Versuch, von der Tatsache herunterzukommen, dass seine kältere Seite übernommen hatte. Noch beängstigender war, dass er sie dazu hatte überreden müssen, ihm die Kontrolle wiederzugeben.

Die Injektion sollte ihn zwar nicht verwandeln – zumindest nicht laut Aussage des Arztes –, aber sie verlieh seiner inneren Bestie mehr Kraft.

Nicht zwingend eine gute Sache.

»Darf ich dich daran erinnern, dass ihr Zeit verschwendet und du sie noch immer nicht gevögelt hast?« Parkers durchtriebene Worte klangen an diesem seltsamen Ort gedämpft. Einen Moment lang übernahm sein Alligator wieder die Kontrolle über seine Bewegungen, woraufhin er sich umsah auf der Suche nach einem Feind, in den er hineinbeißen konnte.

Niemand erschien. Feiglinge. Es waren nur er und Melanie hier.

Schade. Er hatte ein wenig aufgestaute Energie, die verbraucht werden musste.

»Muss ich einen anderen Mann finden, der deinen Platz einnimmt?«, drohte Parker.

»Nein.« Als er das Wort ausspuckte, stieß er sich von der Wand ab und ging auf steifen Beinen zurück zu Melanie. Er ragte über ihr auf, während er nach unten starrte. Seine Haut kribbelte vor Bewusstsein. Er wusste, dass das Fenster, gegen das sie gelehnt war, Zuschauer verbarg.

Er beugte sich nach unten, tief genug, dass seine Stirn die ihre berührte. Er atmete ihren Duft ein und hörte das schnelle Flattern ihres Herzens.

Sie war noch immer verängstigt, strahlte aber auch ein Gefühl der Erwartung aus. Wusste sie, was passieren würde? Würde sie ihn dafür hassen?

»Du musst das nicht tun«, sagte sie leise.

»Würdest du es lieber mit einem anderen tun?« Er konnte sich die eifersüchtige Anschuldigung nicht verkneifen. Sie kam aus einem ursprünglichen Teil von ihm.

»Was? Nein. Ich will es gar nicht tun. Du weißt, was sie versuchen. Wenn wir das tun, spielen wir ihnen direkt in die Hände.«

»Und wenn wir es nicht tun, dann wirst du von einem anderen dazu gezwungen. Wir haben keine Wahl, mein Engel. Es tut mir so leid.« Das tat es ihm wirklich. Er nahm die ganze Schuld auf sich. Die Dinge wären vielleicht anders gelaufen, wenn er in dieser Nacht gehandelt hätte, als Andrew sie geholt hatte. Das war die Nacht, in der wirklich alles angefangen hatte, den Bach hinunterzugehen.

Oder warum nicht weiter zurückgehen? Wenn ich sie vor all den Jahren nicht losgelassen hätte, dann wären sie und ich zusammen. Und sie wäre Andrew oder seinem Onkel vielleicht nie aufgefallen.

Vielleicht werden Alligatoren fliegen, prustete seine Bestie.

Moment, das taten sie.

Verdammt.

»Ich warte. Tick. Tack. Soll ich reinkommen und dir zeigen, wie man es macht?« Der Spott seines Onkels entlockte ihm ein grummelndes Knurren und er funkelte verspiegeltes Glas an, wobei er nur die Schrecklichkeit seiner Augen sah. Seine dunklere Seite schwamm dicht unter der Oberfläche.

Weiche Hände umfassten seine Wangen und richteten seinen Blick auf einen sanfteren. »Ignoriere ihn.«

»Ich wünschte, das könnte ich.«

»Aber du hast recht. Wir können nicht. Also lass es uns tun. Jetzt.«

Ein Grinsen drohte seine Lippen zu umspielen. »Ist das nicht das, was du gesagt hast, bevor wir zum ersten Mal gevögelt haben?«

Sie lächelte. »Du erinnerst dich.«

»Natürlich tue ich das. Ich habe nie etwas über dich vergessen.« Nicht die Art, wie sie sich an ihn klammerte und seinen Namen schrie. Die Art, wie sie schüchtern zugab, ihn zu lieben.

»Bla, bla, bla. Komm in die Gänge, Neffe.«

»Argh.« Er schlug auf das Glas und spürte die leichte Vibration des Aufpralls. Dämliches Mistding. Er wollte hindurchschlagen und diejenigen umbringen, die auf der anderen Seite zusahen. Stattdessen konnte er nur seufzen. »Tut mir leid, dass es dazu gekommen ist.«

»Das ist nicht allein deine Schuld. Ich meine, du hast nicht das Arschloch geheiratet, das mich hineingezogen hat.«

»Dieses Arschloch sieht zu«, verkündete Andrew.

»Sieh weiter zu. Vielleicht siehst du dann, was du immer wieder falsch gemacht hast«, fauchte sie.

Wes lachte beinahe. »Du weißt, dass du ihn damit nur reizt.«

»Das ist mir egal. Was kann mir der Mistkerl sonst noch antun?«

»Frag nicht und bring ihn nicht in Versuchung. Und vergiss nie, dass ein Mercer die ganze Sache leitet.«

»Und dieser Mercer«, sie pikste ihm in die Brust, »wird einen Weg finden, um es in Ordnung zu bringen.

Ich weiß, dass du das wirst.« Ihr Glaube in ihn wärmte ihn nicht so sehr wie die leichte Berührung ihrer Lippen auf seinen. Sie fing seinen Mund ein und saugte an seiner Unterlippe. Knabberte daran.

Was tut sie da?

Er wusste, dass das nicht das war, was sie wirklich tun wollte. Zum Teufel, er wollte sie sicherlich nicht unter diesen Umständen, aber ...

An welchem Punkt hörte ein Mann auf, gegen das Unausweichliche anzukämpfen? Das würde passieren, und zwar vor Publikum.

Aber er konnte wenigstens sein Bestes tun, um sicherzugehen, dass sie so wenig wie möglich sahen.

Wes nahm Melanie in die Arme und zog sie eng an seine Brust. Er bewegte sie in die Mitte des Raumes, wo sie am weitesten von beiden Beobachtungsfenstern entfernt waren, in den tiefsten Schatten, da sie es hier drin nicht wagten, richtige Beleuchtung einzusetzen. Keine Glühbirnen, nicht einmal hinter Käfigen, damit sie nicht als Waffe benutzt wurden.

Der sanfte, phosphorartige Schimmer, der von den Wänden und dem Boden selbst kam, tauchte Melanie in einen überirdischen Schimmer. Er fuhr mit einem Fingerknöchel über ihre weiche Wange, wobei der Kontrast seiner rauen Arbeitshände an ihrer glatten, gebräunten Haut eine Erinnerung an ihre Unterschiede war. Sie nahm seinen Finger und saugte an der Spitze, um ihn an die Tatsache zu erinnern, wie perfekt sie füreinander waren.

Er lehnte sich an sie und fixierte ihren Unterkörper mit dem seinen, wobei seine dünnen Boxershorts seine Erektion nicht verbergen konnten. Unabhängig von den Umständen konnte er nicht anders, als Melanie zu begehren. Er konnte es gut für sie machen. Gut für sie beide. Er war es ihr schuldig, für den Fall, dass es ihre letzte Gelegenheit war.

Der Gedanke brachte ihn in Aktion. Er bedeckte ihre Lippen mit seinen, saugte an der unteren und fing das leise Keuchen ihres Atems ein.

Mit den Händen wanderte er über ihre Kurven, von ihrer Taille über ihre breiten Hüften, dann zur Form ihrer Oberschenkel. Der Saum ihres Papierkittels knisterte, als er ihn anhob. Seine Handflächen trafen auf die seidige Haut, als er sie entblößte, aber auf eine Art, dass es niemand wirklich sehen konnte.

Sie verstand sein Vorhaben und stützte sich mit den Händen auf seinen Schultern ab, damit sie ihre Beine heben und um seine Taille legen konnte.

Ihr Kuss wurde inniger, ihr Mund öffnete sich für seine Zunge. Er kostete sie und stieß seine Zunge für ein sinnliches Gleiten gegen die ihre hinein. Die erotische Natur des Kusses begeisterte ihn. Erregte ihn. Erregte seine ursprüngliche Seite.

Beiße sie.

Diesen Impuls verdrängte er. Er würde es als Mann machen, nicht als Bestie.

Seidige Haut traf auf seine Berührung, als er über ihren Körper strich und sie reizte, ohne sie wirklich zu entblößen. Es war eine qualvolle Form des Vorspiels. Er wollte auf die Knie fallen und sie kosten. Seine Zunge zwischen ihren samtigen Schamlippen vergraben und ihren süßen Honig schmecken. Aber sie wurden beobachtet.

War es falsch, Erregung in diesem Konzept zu finden?

Er flüsterte ihr zu: »Ich will dich so sehr, aber ich will

dir nicht wehtun.« Ein Mann seiner Größe musste Vorarbeit leisten.

Sie umfasste seine Hand und führte sie zwischen seine Beine. »Fass mich an.«

Geschmeidiger Honig traf auf seine Finger, als er sie streichelte. So heiß. So feucht.

Unwiderstehlich. Scheiß auf die, die zusahen. Das war vielleicht seine letzte Chance, ihre letzte Chance auf Vergnügen. Er fiel auf die Knie und verbarg seinen Kopf unter ihrem Kittel.

Sie spreizte ihre Oberschenkel für ihn, woraufhin ihn die volle Wucht ihres Dufts traf. Direkt in diesem Moment hätte er kommen können. Aber das tat er nicht. Er zog es vor, sich zurückzuhalten, den Schmerz der Abstinenz zu spüren, als er seine Zunge nach vorn schnellen ließ und ihre Süße kostete.

Pure verdammte Glückseligkeit. Er saugte fröhlich an ihrem Nektar.

Es schien, als wären manche nicht glücklich über sein Handeln. Er hörte leise die Beschwerde: »Ich dachte, er soll sie vögeln«, und: »Wenn du nicht zusehen kannst, dann geh.«

Es war ihm egal. Er verlor sich in dem Duft und der Hitze, die Melanie ausmachten. Sein. *Mein.*

Er streichelte mit der Zunge ihre samtigen Schamlippen, spreizte sie, sodass er mit der Zunge in sie eindringen und die Enge in ihrem Inneren spüren konnte. Sie hob ein Bein über seine Schulter, um ihm besseren Zugang zu ermöglichen, und er nutzte es, um mit der Zungenspitze über ihre Klitoris zu gleiten.

Ein Schaudern erschütterte ihren Körper und ein leises Keuchen seines Namens strich ihr über die Lippen. »Wes.«

Er streichelte sie schneller, zog immer wieder an ihrer Klitoris und spürte das Zittern ihres Körpers, während ihr Puls raste.

Als sie sich ihrem Höhepunkt näherte, stand er auf. Seine Erektion pulsierte in der Enge seiner Boxershorts. Zuerst hob er sie hoch und drückte sie an die Wand. Sie schlang ihre Beine um seine Taille. Er befreite sich, woraufhin sie zwischen sie griff, um ihn zu umfassen.

Angespannte Finger hielten seinen Schwanz. Der Drang, mit den Hüften zu stoßen und zu kommen, war stark. Aber er kannte einen besseren Ort, an dem er sich vergraben konnte.

Er hob ihren Kittel an und schob den Papierslip aus dem Weg. Da ihre Beine um seine Hüften gewickelt waren, konnte niemand sehen, wie die Spitze seiner Erektion ihre Muschi berührte. Er sah zu, wie sie seine Länge gierig in sich aufnahm. Er drang ein und sie nahm, wobei ihre Hitze ihn allumfassend drückte.

Sie hielt seinen Kopf fest und zog ihn für einen Kuss zu sich. Ihre Körper waren eng aneinandergepresst und alles von ihm wurde von ihrer einladenden Hitze umhüllt.

Reine Glückseligkeit. Er stöhnte gegen ihren Mund. Das hätte sich nicht so gut anfühlen sollen. Sie kamen gemeinsam, weil sie es mussten. Wie konnte er solches Vergnügen daran verspüren?

Nimm es. Denn wer wusste, wann er jemals wieder Vergnügen fühlen würde.

Er ließ seine Hüften kreisen, stieß in sie hinein und trieb die Spitze seines Schwanzes tiefer. So tief.

Sie umklammerte ihn, als würde ihn eine Faust festhalten, während er in sie hinein und wieder hinaus glitt, sie mit seiner Begierde antrieb und ihre Erregung zu einem Punkt trieb, an dem sie beide keuchten und vor Schweiß glänzten.

»Ich liebe dich«, flüsterte sie an seinem Mund, als ihr Körper sich anspannte.

»Das solltest du nicht«, war seine Antwort. Und dann konnte er nicht mehr sprechen, da er kam. Sie kam ebenfalls, mit einem schrillen Schrei und wogenden Wellen, wobei sie um ihn herum erschauderte und seine Lust zu einem bittersüßen Punkt hinauszog.

Er wollte es vielleicht nicht laut zugeben, aber er konnte es hier, in diesem Moment, in seinem Kopf tun.

Ich liebe dich auch, mein Engel. So sehr, dass es wehtat.

KAPITEL NEUNZEHN

Die Realität wollte eindringen. Melanie wollte es ihr nicht erlauben. Sie weigerte sich, an die Tatsache zu denken, dass sie sich vor Publikum geliebt hatten. Sie weigerte sich, daran zu denken, was als Nächstes passieren würde.

Sie umarmte Wes fest, als könnte sie die Abscheulichkeit fernhalten, indem sie sich festhielt.

Es funktionierte nicht. »Die Subjekte werden sich zu entgegengesetzten Seiten des Raumes bewegen«, befahl die Stimme eines Mannes.

»Dr. Philips kann mich am Arsch lecken, wenn er denkt, ich verlasse dich. Ich lasse dich nicht aus den Augen.« Wes stellte sie auf die Füße und strich ihr erbärmliches Exemplar eines Kleides glatt.

Die Worte wärmten sie, und doch konnte sie nicht umhin, sich zu fragen, wie Wes sein Versprechen halten wollte. »Was werden wir tun?«

»Aus diesem Laden ausbrechen.«

Toller Optimismus, bis auf ein klitzekleines Problem.

»Wie? Falls es dir nicht aufgefallen ist, wir sind in einem Raum eingesperrt.«

»Jup.«

»Und?«, drängte sie.

»Und ich werde uns rausholen.«

Ein schweres Seufzen kam ihr über die Lippen. »Wie?«

»Fordere mich heraus«, sagte er mit einem Grinsen, das nicht ganz zu dem kalten Funkeln in seinen Augen passte.

»Dich herausfordern?«, wiederholte sie.

»Ja, fordere mich heraus, uns hier rauszuholen. Ich bin ein Mercer. Es ist Teil meines Erbguts, es versuchen zu müssen, egal wie unmöglich es erscheint.«

»Und wie wird es die Tatsachen ändern, wenn ich dich herausfordere?«

»Weil ich ein Mercer bin. Ich werde einen Weg finden.«

»Genug Geplapper. Es gibt kein Entkommen. Ihr seid in einem versiegelten Raum. Ihr werdet euch trennen und auf entgegengesetzte Seiten gehen. Fügt euch oder ich werde Gas in das Zimmer strömen lassen.«

Wes drehte sich zu dem Fenster um – groß, aufrecht und gereizt. Gefahr vibrierte unter seiner Haut. »Sind Sie wirklich dumm genug, auch nur eine Minute zu denken, ich würde glauben, dass Sie uns vergasen? Einen Teufel werden Sie tun. Ich kenne Sie, Dr. Philips. Ich weiß, wie verzweifelt Sie wollen, dass Ihr kleines Projekt erfolgreich ist. Sie werden nichts tun, das Ihr Zuchtprojekt gefährden könnte. Denn wenn Sie das tun, wird mein Onkel Ihnen die Eier abreißen.«

Ein kleines Teufelchen ließ Melanie hinzufügen: »Und zum Abendessen servieren.«

Wes warf ihr einen Blick zu, während ein Lächeln seine Lippen umspielte. »Mit scharfer Soße.«

»Ihr verlasst diesen Raum nicht, bis ihr getrennt und gesichert seid. Je länger ihr euch weigert, desto länger bleibt ihr dort eingesperrt.« Dr. Philips nutzte für die Drohung seine strengste Stimme.

Wes blieb unbeeindruckt. »Sie wollen uns hierlassen? Klingt gut für mich.«

Tat es das? Sie erkannte seine Logik schnell. Wenn sie gemeinsam hier drin waren, konnte sie wenigstens so tun, als gäbe es ein wenig Hoffnung.

»Du bist stur.«

Wes neigte den Kopf. »Ich bin nur ein Mercer. Wenn Sie dann fertig sind, injizieren Sie sich ruhig noch mehr dieses dummen Mists. Mit ein wenig Glück werden Sie sich für einen Hund halten und entscheiden, dass Sie Ihre Zeit lieber mit dem Holen von Stöckchen verbringen.«

Diesmal lachte sie laut. Die Situation war furchtbar, ihr Leben war in Gefahr, aber wenigstens war Wes bei ihr.

Bei ihr. Er liebte sie. Das hatte er vielleicht nicht gesagt, aber er musste es tun. Warum sonst sollte er so um sie kämpfen?

Dr. Philips gab ein Geräusch von sich, das einem Knurren ähnelte. »Ihr werdet kein Essen, Wasser oder andere Annehmlichkeiten bekommen, bis ihr gehorcht.«

Wes tippte sich grinsend ans Kinn. »Kein Essen? Sind Sie sich da sicher?« Er schnupperte. Ein großes, langes Einatmen mit geschlossenen Augen, das in einem breiten, zahnreichen Lächeln gipfelte. »Ich rieche Feigling hinter dieser Scheibe. Es ist nicht meine bevorzugte Mahlzeit, aber ein Alligator muss fressen.«

»Du kannst nicht zu mir gelangen. Das ist kugelsicheres Glas.«

»Der Ausdruck *nicht können* hat mir noch nie sonderlich gefallen. Und eine Herausforderung konnte ich noch nie ablehnen.« Wes spannte die Arme an, woraufhin sich seine Haut kräuselte. »Bleib zurück, Engel. Ich glaube, es ist an der Zeit, dass wir diesen Laden sprengen.«

Es war höchste Zeit. Sie hätte vielleicht gefragt, wie er plante, an sie heranzukommen, aber ihr fiel auf, wie Wes sich zu verwandeln begann, wobei seine Kontrolle über die Veränderungen an seinem Körper erstaunlich war. Sein Oberkörper wurde breiter und Schuppen bildeten sich aus seiner Haut, deren Farbe außerhalb des Wassers dunkel und matt war. Die Haut, die sie vor Kurzem berührt und bewundert hatte, verwandelte sich in etwas anderes. Wes wurde zu einer gepanzerten Bestie, die daraufhin auf kräftigen Beinen auf die Scheibe zustürmte.

Knall. Er traf sie mit der Schulter voran, wobei das Fenster den Großteil des Aufpralls absorbierte. Großteil war hier das Schlüsselwort. Das Fenster vibrierte angesichts der Erschütterung und sie hörte ein leises Krachen unter der Beanspruchung.

»Du kommst nicht durch.«

Sicherlich hörte Wes das Zittern der Unsicherheit in diesen Worten. Sie tat es jedenfalls und hätte lachen können. Der Raum war bestimmt undurchdringlich – für normale Menschen. Selbst für die meisten Gestaltwandler wäre eine Flucht schwierig. Sie würde wetten, dass die Wände aus Beton bestanden. Die Türen aus verstärktem Stahl. Aber mit dem Bedürfnis nach einem Fenster, um zusehen zu können, hatten sie eine Schwachstelle geschaffen. Eine Schwachstelle, die nicht für einen großen, bösen Alligator mit schlechter Laune geschaffen war.

Peng. Diesmal hielt die Vibration länger an und es schien, als würde das Glas erbeben.

Wes zog sich zurück und lief erneut los, als es noch immer zitterte.

Der Arzt schrie: »Stopp!«

Als würde Wes zuhören. *Knall.* Er prallte erneut auf das Glas, welches diesmal mehr tat, als nur zu vibrieren. Es bekam einen Haarriss.

Der Arzt hörte zu schreien auf. Kein gutes Zeichen.

Wes machte ein paar Schritte vom Fenster weg, bereit für einen weiteren Ansturm. In der Stille hörte sie das Zischen entweichenden Gases. »Sie werden uns betäuben!«, warnte sie und nahm eine tiefe Lunge voll Sauerstoff, bevor dieser kontaminiert wurde.

Wes antwortete nicht. Die dunkle Bestie hatte keine Miene. Er stürmte erneut los und rammte das Fenster hart mit seiner Schulter. Der feine Riss verwandelte sich in ein Spinnennetz.

Ein Alarm ertönte. *Piep. Piep.* Das schrille Geräusch durchbohrte förmlich ihre Ohren. Aber sie störte sich nicht daran, denn es bedeutete, dass Dr. Philips Angst hatte.

Er sollte Angst haben. Große Angst, denn sie waren hinter ihm her.

Mit seinem nächsten Alligatoraufprall drang Wes durch. Die Härte seiner Schuppen bewahrte ihn davor, in Fetzen geschnitten zu werden. Seine Rüstung bedeutete ebenfalls, dass der Betäubungspfeil, den der Arzt auf ihn abfeuerte, einfach abprallte.

»Missstkerl.« Wes zischte das Wort, als er durch die Öffnung stürzte.

»Fass mich nicht an«, schrie der Arzt, und überraschenderweise äffte sie seine Worte nach.

»Bring ihn nicht um. Wir brauchen ihn lebendig, um den Aufzug benutzen zu können.«

»Ich werde ihn verschonen«, grummelte Wes, »um ihn nachher als Snack zu fressen.«

Die Nutzung ihrer Luft zum Reden bedeutete, dass ihre Lunge brannte. Das Gas wirbelte um Melanie herum, während sie darum kämpfte, nicht zu atmen. Sie lief zu der Öffnung in der Wand, die sie gerade erreichte, als Wes damit fertig wurde, die übrig gebliebenen scharfen Scherben zu entfernen.

Er sprang hindurch, bevor er sich umdrehte, um ihr eine Hand zu reichen. Sie nahm sie und ließ sich von ihm in den Kontrollraum ziehen. Sie ignorierte den zusammengesackten Körper auf dem Boden und schnappte nach Luft, da sie den beißenden Hauch des Betäubungsgases auf ihrer Zunge spürte.

Das Gas sickerte in den Raum, wo es die frische Luft verdrängte.

»Wir müssen raus«, keuchte sie.

Die Tür gab nicht nach, als Wes daran zog. Sie tippte auf sein Handgelenk, woraufhin er knurrte: »Was du nicht sagst«, bevor er den bewusstlosen Arzt packte und sich über eine Schulter warf. Melanie hielt das Armband und dann den Daumen des Mannes an den Scanner.

Die Tür öffnete sich und sie stolperten in den Flur, wohin ihnen das Gas zu folgen versuchte. Schnell zog sie die Tür zu, dann drehte sie sich angesichts des *Tap-Tap-Tap* von Füßen um.

Zwei menschliche Wachen liefen auf sie zu.

Ein Brüllen brach aus Wes heraus.

Die Wachen antworteten, indem sie auf die Knie gingen und feuerten.

Wes warf sich sofort vor Melanie. Die abgefeuerten Pfeile fielen harmlos zu Boden. Als Wes auf die Männer zuging, stellte Melanie fest, dass sie sich nicht die ganze Zeit hinter Wes verstecken konnte.

Ich bin kein Feigling. Aber sie könnte die Hilfe einer gewissen Katze gebrauchen.

Komm, Kätzchen. Kannst du rauskommen und spielen?

Seit dieser letzten Spritze in ihrer Zelle hatte sie gemerkt, wie ihre Sinne lebendig wurden. Sie konnte eine gewisse Vibration in ihrem Körper spüren, die sie wissen ließ, dass sie wieder normal wurde. Sie hatte es geschafft, sich ein paar Krallen wachsen zu lassen, aber war das alles?

Es war an der Zeit, zu sehen, ob sie sich verwandeln konnte.

Bereit?

Miau! Ihr Panther brach in einem überschwänglichen Rausch aus Fell und Reißzähnen heraus, wodurch die Reste ihres Papierkittels zerrissen wurden. Macht strömte durch ihre Gliedmaßen. Kraft ebenfalls. Durch das Anspannen ihrer Hinterbeine sprang sie den Flur entlang und knurrte die Menschen mit den weit aufgerissenen Augen an. Augen, die ausdruckslos starrten, sobald sie auf sie prallte.

Sie wollen mich gefangen halten, ja?

Grr!

Sie lief an den niedergerissenen Wachen vorbei, wobei ihre andere Hälfte sie daran erinnerte, dass der Alarm weitere Menschen mit ihren Waffen anlocken würde.

Quietschspielzeuge. Jippie.

Gefährlich, mahnte ihr logischeres Ich.

Ja, gefährlich mit ihren Waffen, die diese Dinger abfeuerten, durch die sie schlafen wollte. Wenigstens feuerten sie Pfeile und keine Kugeln. Aber das würde vielleicht nicht lange so bleiben, sobald der Feind bemerkte, dass sie und Wes auf freiem Fuß waren.

Die Aufzugtüren öffneten sich gerade, als sie kamen. Die Wachen mit richtigen Waffen hatten keine Chance. Sie hatten nicht einmal Zeit zu schreien, als sie auf den einen sprang und Wes in den anderen hineindonnerte. Die beiden arbeiteten zusammen – sie zerschlitzte ihren Feind zur Stille, während ihr Gefährte den schwächeren Körper zerdrückte.

Wir geben ein eindrucksvolles Paar ab. Kein Wunder, dass ihr Feind Parker wollte, dass sie sich paarten. Ihre Kinder wären fantastisch.

Als die Aufzugtüren sich schlossen und sie in dem Kasten hielten, der sich bewegte, blieb ihr Fell gesträubt. Die Wut ließ sie zucken. Jemand hatte versucht, sie wegzusperren. Dieser Mann, den sie einst als Gefährten gehabt hatte, hatte versucht, ihr Schaden zuzufügen.

Und sie haben meine Jungen genommen.

Sie plante, sie zurückzuholen.

Die Türen öffneten sich und überraschten diejenigen, die davor standen. Wes warf die Leiche des Menschen, den er trug, auf die Wachen, was die meisten von ihnen zu Boden stürzen ließ. Was den einen anging, der zur Seite auswich und es wagte, seine Waffe zu heben?

Mit einem Knurren sprang sie los und riss ihn nieder. Es war unschön, eine weitere Schicht Dreck in ihrem üppigen Fell, aber sie würde sich später putzen müssen. Sie waren noch nicht entkommen.

Kein Entkommen, bis wir die Jungen aufgespürt haben.

Ihr letzter Aufenthaltsort war im Obergeschoss. Allerdings schienen sie und der Alligator in der Hauptetage festzustecken. Die Aufzugtüren waren verschlossen und wollten sich nicht öffnen, egal wessen Handgelenk und Daumen Wes an den Scanner hielt.

Lass mich wieder raus.

Ihre Katze gab die Kontrolle auf und Melanie verwandelte sich zurück, wobei sie die schmerzhafte Verformung ihrer Knochen als Zeichen willkommen hieß, dass wenigstens ein Teil von ihr wieder normal war.

Wes blieb in seiner Hybridgestalt. Sie hätte nicht sagen können, wie er das anstellte. Sie hatte gehört, dass es zwar möglich war, eine halbe Verwandlung aufrechtzuerhalten, es aber nur wenige tatsächlich schafften. Die dafür nötige Willenskraft war für die meisten zu viel.

»Was sollen wir tun?« Sie befand sich wirklich an einem Scheideweg der Dilemmas. Sie musste ihre Jungs aufspüren, und doch ging sie, wenn sie blieb, das hohe Risiko ein, wieder gefangen zu werden. Vielleicht sogar getötet.

Auf der anderen Seite, wenn sie entkam, konnte sie Hilfe holen, aber würde sie rechtzeitig zurückkommen, um ihre Jungs zu retten?

Anstatt zu antworten, hob Wes den Kopf.

Einen Moment später hörte sie es auch. Das Krachen und Knallen von Schüssen.

»Was zur Hölle?«, murmelte sie, wobei sie ein paar Schritte auf die Fenster an der Vorderseite des Gebäudes zu machte.

Eine Explosion ließ den Boden unter ihren Füßen

erbeben. Die tönenden Alarme wurden daraufhin umso schriller.

Ein Blick durch die Fenster des Eingangsbereiches des Forschungsgebäudes zeigte Leute, die schreiend wegliefen, aber interessanter war der Rauch, der in der Ferne am Eingangstor aufstieg.

»Was ist da los?«, fragte sie.

Eine Computerstimme verkündete: »Sicherheits-durchbruch. Alle Mitarbeiter verlassen bitte ihre Arbeits-plätze. Sicherheitskräfte zum Tor. Das ist keine Übung.« *Piep. Piep.*

Es wäre faszinierend gewesen – in einem Film! Ein Teil dessen zu sein, das wie ein Guerilla-Krieg klang? Irgendwie verrückt, besonders als Wes sagte: »Bleib hier. Ich werde nachsehen.«

Wes stürmte durch das Glas, die eher dekorativen Fenster dieser Etage waren leichter zu durchbrechen als die mehrere Stockwerke darunter.

Sie dachte darüber nach, ihm zu folgen, und doch … Sie starrte die Decke an, wobei sie überlegte, ob ihre vermissten Jungs das Gebäude verlassen hatten. Ange-sichts dessen, wie schwierig es war, hinein- und hinauszu-kommen, könnten sie da ihren Rat beherzigt und sich dort versteckt haben, wo niemand sie finden konnte?

Wie könnte sie losziehen und nachsehen?

Die Aufzugtüren öffneten sich klingelnd, aber die Kabine schien leer zu sein. Sie sprang in den Fahrstuhl und schlug auf die Bedientafel, um ihn zu schließen. *Beweg dich, tu etwas.* Aber der Bildschirm leuchtete rot und verspottete sie mit dem Wort »Abriegelung«.

Aber es gab mehr als einen Weg nach oben. Sie spähte zur Decke. Sie war zwar schwierig zu erkennen, aber sie war da. Genau wie in jedem Film. Eine Luke. Sie brauchte ein paar Sprünge und musste dagegen schlagen, um sie zur Seite zu schieben, dann ein weiterer Sprung, um die Ränder zu umklammern und sich hindurch-zuziehen.

Sobald sie im Schacht war, blickte sie ganz nach oben. Eine in den Beton eingelassene Metallleiter bot ihr eine Möglichkeit zum Klettern.

Während sie den beängstigenden Aufstieg betrach-tete, hörte der schrille Alarm auf. In der neu gefundenen Stille klingelten ihre Ohren ein wenig mit dem Echo des durchdringenden Lärms. Sie umfasste das Metall mit den Fingern und kletterte hoch, wobei sie versuchte, das ferne Geräusch von Schüssen zu ignorieren. Was geschah drau-ßen? Waren es die Guten, die ihnen zur Rettung eilten?

Oder hatte Bittech die Aufmerksamkeit von Feinden erregt? Ihre Art hatte schon seit Langem Angst, von den Menschen entdeckt zu werden. Wenn sie wussten, dass Monster unter ihnen lebten, würden sie dann losziehen, um sich von der vermeintlichen Bedrohung zu befreien?

Sie wollte nicht einmal über eine Welt nachdenken, in der ihre Art möglicherweise gejagt wurde.

Niemals gejagt. Wir sind die dominante Spezies. Sie sind nur Beute.

Eine sehr einfache Tierreaktion, eine altmodische. Die heutigen Menschen hielten die Dinge nicht fair, indem sie nur mit ihrem Körper kämpften. Sie benutzten Messer, Speere und, das Tödlichste von allen, Schusswaffen.

Alle Fähigkeiten der Welt konnten nicht helfen, wenn jemand aus großer Distanz auf einen Gestalt-wandler schoss.

Hoffentlich war es eine Rettung. Dieser Albtraum musste enden. Sie musste ihre Babys finden.

Mit ihren Jungs vor Augen kletterte sie die Leiter hoch, wobei das Adrenalin, etwas zu tun, ihre Bewegungen antrieb. Erst oben wurde sie langsamer, da sie durch die geschlossenen Türen ratlos war. Was jetzt?

Mach sie auf. Setz ein paar Muskeln ein.

Besserwisserische Katze. Aber sie hatte recht. *Ich kann sie öffnen.* Zuvor hatte sie sie nicht aufhebeln können, da die Oberfläche nahtlos war, ohne etwas greifen zu können. Aber innerhalb des Schachts waren sie nicht so aufmerksam gewesen.

Die Spitzen ihrer Krallen ließen sich in die Fuge klemmen und sie nahm ein paar tiefe Atemzüge, bevor sie sich anstrengte. Es waren ein wenig Grunzen sowie ein paar gemurmelte interessante Formulierungen nötig – unter anderem: »Geh auf, du verdammtes Stück Schrott.« Schließlich öffneten sich die Türen, als sie davon sprach, sie mit einem Schneidbrenner zu bearbeiten und zu einer Pfütze schmelzen zu lassen. Eine offene Pforte bedeutete nicht, dass sie sofort hindurchstürzte. Leben zu wollen bedeutete, klug zu handeln.

Mit angehaltenem Atem stand sie auf einer Seite der offenen Tür und lauschte.

»Wer ist da?«, fragte eine Frauenstimme.

Konnte Melanie solches Glück haben? Sie konnte sich das tödliche Grinsen nicht verkneifen, als sie hinaustrat und die menschliche Krankenschwester sah, die sie als Erstes kennengelernt hatte. Die, die sie nicht mochte.

Was musste Schwester Zicke denken, als Melanie nackt aus dem Aufzug marschierte, den Körper mit Blut beschmiert. »Wo sind meine Kinder?«

Die Schwester erblasste, während sie zurückwich. »Ich weiß nicht, wo diese Ausgeburten der Hölle sind. Sie sind verschwunden.«

»Haben Sie meine Kinder ernsthaft als Ausgeburten der Hölle bezeichnet?« Melanie zog eine Augenbraue hoch und lächelte. »Danke. Aber ich glaube nicht, dass Komplimente Ihnen das Leben retten werden.«

»Kommen Sie mir nicht näher.« Die Schwester zog eine Spritze hervor. Eine winzige.

Melanie lachte. »Spielen wir doch Katz und Maus. Wollen Sie raten, was ich bin?«

Selbst in ihrer menschlichen Gestalt konnte Melanie sich schnell bewegen. Sie wusste außerdem, wie man schmutzig kämpfte. Ein schneller linker Haken, der auf ihren Kiefer traf. Das Packen eines herumfuchtelnden Armes. Das Drehen eines Handgelenks, damit eine gewisse Spritze zu Boden fiel. Weiteres Drehen, damit die Frau auf die Knie fiel.

»Ich werde noch einmal fragen.« Sie übte ein wenig mehr Druck aus, obwohl die Krankenschwester wimmerte. »Wo sind meine Kinder?«

»Ich habe es Ihnen gesagt. Ich weiß es nicht.«

»Dann sind Sie für mich nicht von Nutzen.« Im Moment. Melanie nahm die weggeworfene Spritze und pikste die Schwester damit, was sie sofort einschlafen ließ. Sie zu töten war noch keine Option. Sie bräuchte möglicherweise das aktive Armband und den Daumen der Frau, um rauszukommen. Mit ihren Jungs.

Sobald sie sie fand.

KAPITEL ZWANZIG

Als er aus dem medizinischen Gebäude eilte, fand Wes sich von Lärm umgeben wieder, deplatziertem Lärm, den er nicht sofort verarbeiten konnte.

Unter dem schrillen Heulen der Sirene konnte er das Knallen von Schüssen hören, als Waffen abgefeuert wurden. In der Ferne stieg Rauch in dünnen Schwaden auf. Rufe, Schreie und sogar das Brüllen und Knurren von Tieren erfüllte die Luft. Noch surrealer war der Golfwagen, der vorbeiraste, während sich zwei Wachmänner verzweifelt daran festhielten. Ihnen auf den Fersen? Ein galoppierender Elch.

Er blinzelte. Ja, immer noch ein Elch mit einem verdammt großen Geweih, das den kleiner werdenden Wagen verfolgte.

Als er den Eisbären und das Rentier sah, konnte ihn nichts mehr überraschen.

Halluzinierte er von den Drogen, die ihm im Beobachtungsraum verabreicht worden waren? Das würde vielleicht den Wahnsinn um ihn herum erklären.

Ein kehliges Brüllen ließ ihn nach links blicken. Er

war nicht überrascht, einen großen Braunbären zu sehen, der einen der schuppigen Jäger angriff. Es schien, als wären die Kreaturen auf freiem Fuß. Er bemerkte mehr als eine Monstrosität, die im Himmel flatterte.

Was war mit seinem Bruder? War Brandon unter ihnen? Seit seiner Gefangennahme hatte er seinen Bruder weder gesehen noch gehört. Was bedeutete das?

Das brutale Knurren des Kodiakbären und der Echse riss ihn zurück in die Gegenwart. Er sollte wirklich helfen, auch wenn es schien, als käme der Bär mehr als zurecht. Er tänzelte außer Reichweite der Klauen, die ihn vergiften könnten. Er mied die vor Sabber triefenden Zähne. Außerdem hatte der Kodiakbär Hilfe in Form eines riesigen Wolfes, der an den Fersen des Dinomannes knabberte.

Was sollte er tun? Er hatte Melanie im Gebäude zurückgelassen, aber er hatte keine Zeit gehabt, um zu überprüfen, ob es sicher war. Wes musste darauf vertrauen, dass Melanie auf sich selbst aufpassen konnte, während sie auf seine Rückkehr wartete. Eine Rückkehr, die verzögert wurde, als ein schwarzer Panther vom Dach eines schlingernden Geländewagens sprang, um knurrend vor ihm zu landen.

Wes kannte nur eine Katzenfamilie in der Gegend. Er zwang sich dazu, seine hybride Alligatormann-Gestalt aufzugeben, und stand vor Daryl, die Hände vor seinen Kronjuwelen, da es nie klug war, Dinge vor wütenden Katzen baumeln zu lassen.

Einen Moment lang ging Daryl vor ihm auf und ab, wobei er seine Oberlippe zurückzog, um ein zorniges Geräusch von sich zu geben. Das tat er ein paarmal, bevor er sich in seine menschliche Gestalt verwandelte, eine menschliche Gestalt, die der eines wütenden Latino-

Mannes ähnelte, der ihm ohne Vorwarnung ins Gesicht schlug.

»Arschloch! Wo zum Teufel ist meine Schwester?«

Schlag ihn zurück, riet sein Alligator, als Wes seinen Kiefer bewegte. Melanies Bruder konnte ernsthaft zuschlagen. Aber er würde es nicht erwidern. Das würde Melanie nicht gefallen, und das war ihm wichtig. »Melanie ist immer noch im Gebäude. Ich wollte sie nicht rausbringen, bis ich wusste, was vor sich geht.«

»Die Vergeltung ist gekommen«, antwortete Daryl mit ein wenig Stolz.

»Sind das deine Freunde?«, fragte er, wobei er mit einem Daumen auf den Eisbären zeigte, der einem Grizzly einen Klaps gab, der dem Fellknäuel daraufhin einen Kopfstoß verpasste, bis sie beide ihre Gestalt wechselten und einander Nase an Nase anfunkelten. Nur um eine Sekunde später zu lachen.

Die Kameradschaft guter Freunde. Abgesehen von Brandon hatte Wes das bereits vor Jahren aufgegeben, aber er vermisste es.

»Sie sind Freunde. Verbündete. Nenn sie, wie du willst. Sie sind Teil des Rettungsteams.«

»Woher wusstest du, wo du hinmusst?« Es war möglich, dass ihnen jemand aus Bitten Point gefolgt war, aber dennoch unwahrscheinlich. Andrew und Parker hatten zu viele Vorsichtsmaßnahmen getroffen, Vorsichtsmaßnahmen, die unbegründet erschienen, wenn man das offene Paradieren von Gestaltwandlern inner- und außerhalb des Geländes bedachte. »Hat meine Schwester es rausgeschafft, um es dir zu sagen?«, fragte Wes.

Seit seiner Gefangennahme hatte er nicht mit Brandon gesprochen. Soweit er wusste konnte sein Bruder es mit ihrer Schwester hinausgeschafft haben.

»Deine Schwester? Sie ist auch hier?« Daryl konnte die aufrichtige Überraschung nicht aus seinem Tonfall heraushalten.

Ein Teil der Hoffnung verließ ihn. »Wenn Brandon und Sue-Ellen nicht rausgekommen sind, um es dir zu sagen, wie hast du uns dann gefunden?«

»Meine dämliche kleine Schwester hat einen Peilsender geschluckt, bevor sie ihren dummen Hintern davongeschwungen hat.«

»Melanie wollte ihre Jungs retten.«

»Sie hätte mir sagen sollen, was sie geplant hat, dann hätten wir besser vorbereitet sein können«, grummelte Daryl.

Als ob. Dafür war Melanie zu stur und mutig. »Du hast lange genug gebraucht, um sie zu retten«, merkte Wes an.

Die Miene des anderen Mannes wurde finster. »Ich wäre früher hier gewesen, aber Caleb und die anderen haben mich auf Verstärkung warten lassen.«

Wes deutete auf das umherlaufende Rentier mit einem schreienden Wachmann auf seinem Geweih und den Elch, der mit offensichtlichem Abscheu zusah, und sagte: »Interessante Hilfe.«

»Ich weiß. Nicht meine Freunde. Scheinbar kannte Caleb ein paar Kerle, überwiegend ehemalige Militärangehörige, aus Kodiak Point.«

Wes konnte seine Überraschung nicht verbergen. »Oben in Alaska? Und sie sind den ganzen Weg hierhergekommen?«

»Sie plus alle körperlich Gesunden aus unserer Stadt. Und ein paar andere. Sobald sie gehört haben, was passiert, konnte es niemand ignorieren.«

Zu wissen, dass Daryl mit genügend Hilfe gekommen war, um diesen Ort wirklich dichtzumachen, erleichterte Wes' Herz, und doch quälte ihn gleichzeitig etwas. Wes hatte Melanie mehr als nur ein paar Minuten allein gelassen. Wer zur Hölle wusste, in welche Schwierigkeiten sie geraten war?

»Ich muss Melanie finden.«

»Ich werde mit dir kommen.«

Zumindest war das der Plan, als Daryl begann, mit ihm zurück zum Gebäude zu laufen, bis sie von dem Geräusch eines über ihnen fliegenden Hubschraubers abgelenkt wurden.

Das Nachrichtenlogo an der Seite brachte ihn fast zum Stolpern. Wes rappelte sich auf und stürmte in das Gebäude, wobei er sich fragte, ob jemand an Bord seinen nackten Hintern beim Sprinten gefilmt hatte.

Was taten sie hier? Der Angriff war noch nicht lange genug her, als dass jemand den Rauch oder die filmreife Schießerei hätte melden können. Hatte ihnen jemand einen Tipp gegeben?

Das könnte hässlich werden, und zwar hässlich auf die *Alles hinter sich lassen und irgendwo neu anfangen* Art. Eine weitere Sache, um die er sich Sorgen machen musste.

Ich werde mir später die Nachrichten ansehen müssen. Nachdem er Melanie gefunden hatte, die natürlich nicht dort geblieben war, wo er sie zurückgelassen hatte.

Es war nicht schwer, ihrem Duft zu folgen. Er führte direkt in Schwierigkeiten. Er starrte den langen Schacht des Aufzugs hinauf und seufzte.

Warum konnte der Mist nie im Sumpf passieren? Dort konnte er fantastisch schwimmen. Blitzschnell durch das Moor huschen. Heimlich angreifen. Aber klettern? Das war etwas für die Leichtfüßigen.

Aber es brauchte nur ein gebrülltes »Fass meine Mama nicht an!«, damit er sich in Bewegung setzte.

Ich komme. Über zigtausende Sprossen. *Grr.*

KAPITEL EINUNDZWANZIG

Die Etage der Kinderkrippe dämpfte die Kampfgeräusche, die von draußen kamen, aber sie hörte sie trotzdem. Die Versuchung, durch ein Fenster zu spähen, war groß, aber nicht so groß wie Melanies Mutterinstinkt, ihre Babys zu finden.

Auf nackten Füßen stapfte Melanie durch die leeren Flure und hielt Ausschau nach einem Geräusch oder einem Hinweis auf ihren Aufenthaltsort. Die Stille in der Luft fühlte sich unnatürlich an.

Ihre Katze ging in ihr auf und ab, und das Gefühl der Gefahr sträubte ihr Fell. *Vertraue der Stille nicht*, riet ihre Katze.

Diesbezüglich musste sie sich keine Sorgen machen. Das ganze Stockwerk hatte etwas an sich, das sie wissen ließ, dass nicht alles so friedlich war, wie es schien. Es war mehr als nur ein Bauchgefühl. Sie konnte es spüren, denn Gebäude, Orte, sie absorbierten Dinge und verströmten sie dann. In diesem Moment verströmte diese verdorbene Kinderkrippe die Ruhe, bevor irgendwelcher Mist passierte.

Das Klügste wäre es zu verschwinden, und zwar jetzt. Wes zu finden. Hilfe zu finden. Irgendetwas zu tun. Diese Etage schien verlassen zu sein, kein Pieps von ihren Jungs oder irgendetwas anderem Lebendigen, nichts außer diesem durchdringenden Gefühl der Gefahr.

Ich kann nicht gehen. Was ist, wenn meine Jungs noch hier sind? Bei ihrer Größe konnten sie sich überall verstecken. Sie musste es wissen. Mehr als einmal hätte sie fast ihr Fell verloren, als sie scheinbar einfach verschwunden waren.

So wie das eine Mal, als einer von ihnen sie von einem Regalbrett im Schrank hinter der Bettwäsche aus angesehen hatte. Dieser Schreck hatte sie eines ihrer Leben gekostet.

Der freche kleine Dämon, der aus dem Wäschekorb unter der schmutzigen Wäsche aufsprang, brachte sie zum Schreien – und sie verlor ein weiteres.

Eine gute Unterhaltung für ihre Jungs und jetzt, da sie in Gefahr waren, eine feingeschliffene Fähigkeit, die hoffentlich dazu beitrug, dass sie nicht in gefährliche Hände gerieten.

Wie sollte sie sie finden? Melanie hatte keine Zeit für eine gründliche Suche. Aber wie sollte sie sie sonst finden, wenn sie beim Gehen nicht umhinkonnte, den bitteren Ammoniak in der rezirkulierten Luft zu schmecken? Sein strenger Geruch machte alle anderen Düfte zunichte.

Scheiß auf den Duft. Wenn sie die Jungs weder sehen noch anfassen konnte, was blieb dann noch übrig?

Mal sehen, ob ihr zuhört, Babys. »Piept mal, piept mal«, sang sie, das universelle Lied aus ihrer Kindheit, wenn sie Verstecken spielten. »Kommt raus. Kommt raus, wo immer ihr seid.« *Kommt raus, denn Mama ist hier und ich werde euch beschützen.*

Sie sang erneut, um ihre Kinder wissen zu lassen, dass sie angekommen war, für den Fall, dass sie sich noch in diesem Stockwerk befanden.

Guter Plan, und wir werden auch alle Feinde wissen lassen, dass wir hier sind, damit wir uns um sie kümmern können. Grr.

Sie korrigierte den blutrünstigen Plan nicht. Jeder, der sich zwischen sie und ihre Jungs stellte, wollte es nicht anders. Allerdings bezweifelte sie, dass sie wirklich viel Aktion sehen würde. Bei ihrem letzten Aufenthalt in der Kinderkrippe hatte sie keine regulären Wachen gesehen, nur die eine Krankenschwester, und diese Zicke schnarchte gerade an der Rezeption.

Hinter der Schwesternstation konnte sie einen Blick auf den langen Flur werfen, der von Türen und Fenstern gesäumt war. Es schien, als wären alle Zimmer offen. Wie seltsam. Bisher waren sie immer verschlossen gewesen, wenn sie versucht hatte hineinzukommen.

Da sie davon ausging, dass ihre Jungs entweder aus dem Spielzimmer oder aus dem Barackenraum mit den Betten verschwunden waren, ging sie zuerst in das nächstgelegene Zimmer.

Die Tür des Spielzimmers lockte mit ihrer weiten Öffnung. Als sie an der Wand entlangschlich, blieb sie einen Moment stehen, um zu lauschen, bevor sie einen Blick hineinwarf und feststellte, dass es aussah, als wäre ein Tornado durch den Raum gezogen.

Ein Tornado oder eine Echse? Trotz des antiseptischen Geruchs in der Luft blieben Spuren dieses Psychoreptils zurück, ebenso wie seine Taten. Tische waren vom Boden gerissen und umgeworfen worden. Stühle wurden gegen die Wände geschleudert, einige zertrümmert. Um die Lüftungsgitter herum wiesen der Fußboden und der Putz an den Wänden Spuren von Beschädigungen auf. Sie fragte sich, ob die klaffenden Löcher Teil der Suche nach Rory und Tatum waren. Wie verrückt hatten Andrew und seine Leute gesucht? Und wie waren ihre Jungs verschwunden?

Dass sie ihre Söhne nicht in dem Zimmer sah, bedeutete nicht, dass sie sofort verschwand. Sie beschloss, sich die aufgerissenen Öffnungen genauer anzusehen, nur für den Fall, dass sie ihre Babys darin versteckt fand. Tatum hatte es einmal auf den Dachboden geschafft und seine Beine durch den Lüftungsschacht im Badezimmer gesteckt.

Andrew war alles andere als beeindruckt gewesen, da er gerade unter der Dusche gestanden und wie ein Mädchen geschrien hatte. Ein Schrei, den Tatum leider immer wieder imitierte.

Schluchz. Bitte lass es meinen Babys gut gehen. Sie vermisste sie so sehr. Sie fürchtete so sehr um ihre Sicherheit. Das beste Zeichen? Es war kein Blut zu sehen.

Neben dem Riss im Fußboden ließ sie sich auf die Knie fallen und spähte in den hohlen und schmalen Raum. Auf keinen Fall hatten sich Rory oder Tatum dort hineingezwängt. Nicht nur der Lüftungsschacht war viel zu klein, auch der Bereich um die Rohre war viel zu klein, um sich hindurchzubewegen, es sei denn, sie waren so groß wie ein Hamster.

Als sie weiterging, stellte sie fest, dass auch die Wände keine Hinweise lieferten, denn die Stahlplatte darunter war eine solide Barriere.

Wo sind sie also?

Sie trat in die Mitte des Raumes und atmete tief ein.

Wieder einmal überwältigte sie dieser dämliche Ammoniakgeruch, der alle Essenzen außer der wirklich starken des Echsendings namens Fang auslöschte. Hatten sie diesen verrückten Mistkerl auf ihre Babys losgelassen? Hatte er sie gefunden und verletzt?

Das hat er besser nicht getan.

Die Erinnerung daran, dass sie nicht da war, um sie zu beschützen, machte sie wütend. Krallen sprangen ihr aus den Fingern und die Haare sträubten sich auf ihrem ganzen Körper.

Das ist Andrews Schuld. Seine und Parkers. Sie haben mir meine Babys weggenommen. Dafür würde sie sie umbringen.

Sie trat zurück in den Flur, wobei sie zuerst hinausspähte, um sicherzugehen, dass die Luft weiterhin rein war.

Außerhalb des Gebäudes war das Krachen und Knallen der Schüsse so gut wie verstummt und sie hörte auch nicht länger das brutale Bellen und Brüllen der Tiere, die in den Krieg gezogen waren. Allerdings hörte sie das Dröhnen eines sich nähernden Hubschraubers.

Ich muss mich beeilen.

Nach ein paar Schritten war sie an der klaffenden Tür zum Schlafsaal angekommen. Ihr Herz stotterte beim Anblick der zerwühlten Betten. Hier drin konnte sie ihre Söhne riechen. Ihren Kleine-Jungen-Duft wahrnehmen.

Keine der Zerstörungen aus dem Spielzimmer hatte es bis hierher geschafft. Ein Gang durch das Zimmer ergab keine Hinweise oder andere Ausgänge. Wenn ihre Jungs hier waren, hätte sie nicht sagen können wo. Ein Blick unter die Betten offenbarte niemanden.

»Wo seid ihr?«, murmelte sie.

»Genau hier.«

Bei diesen Worten wirbelte sie herum und ein tödliches Lächeln umspielte ihre Lippen, als sie erkannte, wer in der Tür stand. »Andrew. Genau der Mann, den ich sehen wollte.« Den sie tot sehen wollte, aber das fügte sie nicht hinzu. Er würde es noch früh genug lernen.

»Suchst du die Bälger?«

»Wo hast du meine Söhne hingebracht?« Ein grummelndes Knurren unterstrich ihre Frage.

Seine Miene wurde finster, gereizt. »Nirgendwo. Sie sind verschwunden. Und das aus einem verschlossenen Zimmer.«

»Sie sind entkommen.« Sie konnte sich die kurze Euphorie nicht verkneifen. Wenn sie jetzt nur sicher sein könnte, dass sie diesem Ort vollständig entkommen waren, denn sie konnte es kaum erwarten zu verschwinden.

Aber zuerst musste sie dafür sorgen, dass der Mann vor ihr nicht lange genug lebte, um ihren Jungs je wieder etwas anzutun.

»Willst du weglaufen und es für mich sportlich machen?«, fragte sie mit schwingenden Hüften, als sie auf Andrew zuging. Sie hatte es satt, auf sein kleines Ego einzugehen – und sie meinte klein. Ihre Katze lauerte auf eine Gelegenheit, um anzugreifen.

»Wir werden sehen, wer hier wegläuft. Ich bin jetzt ein anderer Mann.« Während er sprach, veränderte sich seine Stimme. Sie wurde tiefer. Ihm wuchsen Haare, drahtige braune und schwarze Strähnen, und doch behielt er seine menschliche Gestalt. Er behielt auch sein Gesicht, wenn auch haariger, aber seine Augen leuchteten in einem dunklen Orange und glühten von innen heraus, voller Wahnsinn und Gewalt. »Ich habe es so satt, dass die Leute denken, sie seien größer und besser als ich.

Besonders du. Bei dir habe ich mich immer klein gefühlt.«

»Du konntest nie begreifen, dass es nicht um die Größe geht. Du hättest nur an dich selbst glauben müssen, Andrew. Erhobenen Hauptes dastehen.«

»Ich stehe jetzt erhobenen Hauptes da.« Und das tat er tatsächlich, denn sein Körper drückte sich nach oben und wurde dicker. Wie tat er das? Tiere waren durch die Größe ihres Wirtes eingeschränkt. Große Männer verwandelten sich in große Kreaturen. Auch als Menschen waren sie schwere Männer. Aber trotzdem galten bestimmte Gesetze.

Sie schienen nur nicht auf Andrew zuzutreffen. Er war etwa zweieinhalb Meter groß. Sein Körper behielt seine menschliche Gestalt, trotz seiner verrückten Größe und seines Fells.

Sie sollte auch die riesigen Klauen erwähnen. Während über seinen Schultern ... Sie schnappte nach Luft. »Flügel?«

Aber Andrew schien nicht daran interessiert zu sein, auf ihre Überraschung zu reagieren. Mit einem Brüllen ursprünglicher Wut stürzte er sich auf sie. Sie sprang aus dem Weg und verwandelte sich in der Luft, eine Fähigkeit, die sie als Kind von ihrem älteren Bruder gelernt hatte, der dazu entschlossen gewesen war, ihr beizubringen, sich selbst zu schützen. Daryl hatte mit ihr geübt, indem er sie in den Teich hinter ihrem Haus warf. Sie lernte schnell, sich in der Luft zu drehen und mit vier Pfoten auf dem einen Felsen zu landen, der aus der Wasseroberfläche ragte. Sie hasste es, wenn ihre Füße nass wurden.

Außerdem hasste sie Dinge, die sie fressen wollten. Als Andrew vorbeischoss, landete sie hinter ihm und schlug mit ihrer Pfote zu, die eigenen Krallen ausgefahren.

Treffer! Aus den Schnitten sickerte dunkelrotes Blut heraus. Ein Sieg, den sie nicht genießen konnte, denn Andrew hatte sich bereits umgedreht. Er schnaubte wie ein Stier und seine Augen schienen noch dunkler zu werden. Er kam wieder auf sie zu.

Als Katze konnte Melanie mit Leichtigkeit springen und ausweichen, aber Andrew hatte eine große Reichweite. Die Spitze eines scharfen Nagels erwischte sie und sie schrie angesichts des aufflackernden Schmerzes an ihrer Hüfte.

In diesem Moment flog eine Decke vom Bett, und aus einer ausgehöhlten Stelle in der Matratze kam ein kleiner Körper mit ausgebreiteten Armen und Beinen herausgeflogen.

»Fass meine Mama nicht an!«, brüllte Rory.

Er landete auf Papa-Bär und klammerte sich wie ein Affe an ihn, während er mit seinen kleinen Fäusten auf ihn einschlug. So herzzerreißend mutig, so bedauerlich klein. Andrew pflückte ihren Sohn sofort ab und hielt ihn von sich, während er mit seinen kurzen Gliedmaßen trat und schlug.

Ein tiefes, bedrohliches Grollen drang aus ihr heraus, die Absicht war klar – *Tu meinem Baby nicht weh.*

Andrew brüllte und schüttelte Rory.

Oh, verdammt, nein. Sie wollte sich auf Andrew stürzen und ihn in Stücke reißen, aber sie musste vorsichtig vorgehen. Der Mann hielt das Leben ihres Jungen in seiner Pfote.

Mit langsamen, schleichenden Schritten kam sie auf die beiden zu, den Blick unbeirrt auf sie gerichtet. Andrew, der im Mittelpunkt der Aufmerksamkeit stand, verzog seine missgestalteten Züge zu einer Parodie eines Grinsens. Er zog Rory an sich und atmete tief ein. Dann leckte er sich über die Lippen.

Eine entsetzliche Drohung, die ihr Sohn verstand. Er hing wie ein gescholtener Hund in Andrews Griff. Schlaff. Mit gesenktem Kopf.

Mein armes Baby. Mama ist hier. Ich werde nicht zulassen, dass er dir wehtut.

Sie erhaschte durch das dichte, dunkle Haar einen Blick auf die Augen ihres Sohnes. Der Schalk schimmerte darin, und er zwinkerte.

Was. Zur. Hölle? Sie konnte nicht einmal schreien: *Tu es nicht.* Es blieb keine Zeit. Rory verwandelte sich von der gespielten Angst in eine tollwütige Katze. Er drehte sich in der Luft, wobei er die Hand, die ihn fest-hielt, als Drehpunkt nutzte. Er schaffte es, seine kleinen Beine um Andrews Hals zu wickeln und gleichzeitig zu einem Biss anzusetzen.

Bei jedem anderen wäre das fantastisch gewesen, aber nicht bei einem zweieinhalb Meter großen, mutierten Irren.

Andrew drehte durch, riss ihren Sohn weg und schüt-telte ihn. Kräftig.

Er schüttelte ihr Kind. Schüttelte. Ihn.

Ich werde dich schütteln. Sobald sie ihn im Maul hatte. Sie würde ihn herumschleudern wie eine Stoff-puppe, weil er es gewagt hatte.

Grr. Ihr Brüllen vibrierte in der Luft und forderte den Bären vor ihr heraus, der es wagte, ihr Junges zu bedrohen.

»Beweg dich nicht«, grunzte das Andrew-Ding. »Oder das Balg stirbt.«

Bei dieser Drohung tauchte Tatum auf und stand auf

dem Bett zu Andrews Linken. Rory hob den Kopf, seine Augen noch immer nicht eingeschüchtert. Im Zwillingstandem antworteten ihre Babys auf Andrews Drohung. »Aber hast du uns nicht lieb, Daddy?«

Die Jungen wussten es nicht, und Melanie hatte nicht vor, ihnen die Wahrheit zu verheimlichen. Sie verwandelte sich zurück in ihre menschliche Gestalt. »Andrew ist nicht euer Daddy.«

»Dann müssen wir auch nicht mehr nett sein«, verkündete Tatum, während er sich auf Andrews Beine stürzte.

»Ich hasse ihn«, verkündete Rory, der plötzlich ausholte und mit seinen zwei kleinen Füßen auf Andrews nicht gerade beeindruckende Kronjuwelen traf.

Andrew, der auf einem Bein taumelte und das Gleichgewicht verlor, stürzte, und sie konnte nur fasziniert zusehen, wie sich ihre geliebten Zwillinge, die sich aufgrund ihres jungen Alters eigentlich noch nicht sollten verwandeln können, in etwas Katzenartiges verwandelten, das dennoch schuppig war.

Oh je.

Ihre Schreckenszwillinge knabberten an dem Monster, ihr Handeln von ihren Instinkten gesteuert.

Aber Andrew war noch nicht fertig mit den Überraschungen. Mit gewaltigem Gebrüll schleuderte er ihre kleinen Körper von sich und stand auf. Und er wuchs. Wurde noch größer. Seine Augen färbten sich komplett rot und er schnaubte. »Fleisch.«

Ähm, nein.

Zeit, von hier zu verschwinden.

KAPITEL ZWEIUNDZWANZIG

Als er aus dem Aufzugsschacht auftauchte, war nur ein kurzer Blick nötig, um zu sehen, dass niemand in Sicht war. Wes sprintete sofort in den Flur. Wie frustrierend, während des scheinbar endlosen Aufstiegs die Anzeichen eines Kampfes zu hören und doch so weit weg zu sein.

Aber er war angekommen, und als er am Schwesternzimmer vorbei auf den Korridor zustürmte, blieb er abrupt stehen, als er eine nackte und blutverschmierte Melanie sah, die den Flur hinauflief, einen schuppigen Jungen auf der Hüfte und einen auf allen vieren rennend, wobei seine gelben Augen leuchteten.

Hinter ihnen galoppierte ein Monster. Heilige Scheiße, was war das?

Teils Bär, teils Fledermaus, teils Wahnsinn. Wer oder was es auch war, Wes musste es aufhalten.

»Erschieße es!«, schrie sie.

Als hätte er, so nackt wie er war, eine Waffe irgendwo versteckt. »Geht in den Aufzugsschacht. Ich werde es verlangsamen.« Denn ein Ding dieser Größe zu töten könnte eine Herausforderung sein.

Herausforderung? Seine innere Bestie wurde wach. *Wir sind stärker als Andrew.*

Das war Andrew? Woher wusste seine Bestie das?

Als Melanie an ihm vorbeiraste, bestätigte sie es. »Andrew hat irgendein Medikament genommen. Was auch immer es ist, es macht ihn schwer zu verletzen. Und riesig.«

Großartig. Eine wirklich große Herausforderung für diesen Alligator.

Bereit?

Dumme Frage. Der Alligator drängte sich vor und stieß Wes aus dem Weg, da er diesen Kampf wollte, da er sich in diesem Kampf des Willens und der Stärke messen wollte.

Beim Anblick seines Alligators, der größer zu sein schien, als selbst Wes ihn in Erinnerung hatte, wurde das angreifende Monster langsamer und blieb stehen. An der Kreuzung zwischen Flur und Empfangsbereich ging Andrew auf und ab, den Kopf gesenkt, während er langsam seine Kreise zog und mit zuckender Nase die Luft prüfte. *Schnief. Schnaub. Grunz.*

Wes wusste nicht, was das Monster tat, aber er wollte es auch nicht verschrecken, also bewegte er sich nicht von seinem Platz vor dem Aufzugsschacht. Melanie brauchte Zeit, um sich mit ihren Jungs in Sicherheit zu bringen. Diese Zeit würde sie bekommen.

Und vielleicht einen neuen Teppichvorleger.

Seine geschlitzten Augen verfolgten den Mutantenbären, als dieser näher kam. Die Reichweite dieser Pfoten war wahnsinnig, und die Klauen an den Spitzen machten sie noch tödlicher.

Die ledernen Flügel an seinem Rücken flatterten,

aber angesichts ihrer geringen Größe bezweifelte Wes, dass sie ihm wirklich etwas nützten.

Er hörte aufgeregte Schreie aus dem Schacht in seinem Rücken. Das Echo bewegte sich von einem niedrigen Ort nach oben. Melanie und die Jungs kamen gut voran.

Sie sind in Sicherheit.

Zeit für ihn, sich um Andrew zu kümmern und dann zu ihnen zu stoßen.

Wes öffnete sein Maul einladend weit. Dann klappte er es klackend zu. Schnapp. Die Botschaft war klar. *Komm und hol mich, Arschloch.*

Andrew stürzte sich auf ihn, aber Wes war darauf vorbereitet. Er trippelte zur Seite und wirbelte herum, wobei er mit seinem Kiefer in eine haarige Hinterbacke zwickte. Ein lautes Brüllen ertönte, als er zubiss.

Wes wich aus, als Andrew herumwirbelte und mit einer Faust nach unten schlug. Knall. Knall. Linke Faust, rechte Faust. Beide ließen Fliesen zerspringen.

Bevor Andrew sich aufrichten konnte, schoss Wes heran und griff nach Andrews Handgelenk. Er umschloss es mit den Zähnen und versuchte, angesichts des Haarballens in seinem Maul nicht zu würgen. Igitt.

Eine normale Kreatur wäre ausgeflippt und hätte versucht, sich loszureißen. Normal war das Schlüsselwort. Andrew war weit über diesen Punkt hinaus, und er erwies sich als wahnsinnig stark. Das Andrew-Monster hob den Arm und ließ Wes daran baumeln. Er schüttelte ihn sogar.

So leicht wirst du mich nicht los. Wes hielt sich fest, auch als er gegen die Wand neben dem Aufzugsschacht geschlagen wurde.

Das tat weh.

Also biss er fester zu, spürte, wie Sehnen und Fleisch zerrissen und das bittere Blut seines Feindes seine Zunge benetzte. Ekelhaft und definitiv nicht der leckere Geschmack von etwas frisch Gejagtem. Das Blut schmeckte falsch, was der Grund war, warum Wes schließlich seinen Griff aufgab. Er wollte die Verdorbenheit aus seinem Mund spucken. Er musste sich von dem widerlichen Geschmack befreien, der seine Zunge betäubte.

Andrew nahm das als Zeichen, dass er gewonnen hatte. Der mutierte Irre schlug sich auf die Brust und brüllte. Begeistert von seiner vermeintlichen Überlegenheit blickte Andrew nicht nach unten. Er sah nicht, wie Melanie aus dem Aufzugsschacht griff und sein Bein packte, um daran zu zerren.

Sie hatte nicht genügend Gewicht, um es zu schaffen, und bevor Andrew reagieren konnte, schoss Wes so schnell er konnte nach vorn.

Klatsch. Er stieß gegen Andrews haarige Beine, das Taumeln verwandelte sich in Torkeln, und dann half ihnen die Schwerkraft.

Andrew fiel den Schacht hinunter, wobei er brüllte, mit den verkrüppelten Flügeln flatterte und mit Armen und Beinen strampelte. Nichts davon half.

Platsch.

Das Geräusch von Andrews Körper, der auf dem Dach des Fahrstuhls aufschlug, ließ den ganzen Schacht erbeben.

Apropos beben, er konnte sehen, dass Melanies Arme zitterten, wo sie sich am Rand der Türen festhielt. Schnell wechselte Wes die Gestalt, entschlossen, sie zu packen. Mit einer schnellen Rolle auf dem Boden hielt er ihre Handgelenke fest, bevor sie in den Aufzugsschacht stürzen konnte.

Ihre Blicke trafen sich.

»Hi«, sagte sie.

Freude darüber, dass sie in Sicherheit war, durchströmte ihn, aber das Einzige, was er sagen konnte, war: »Du hättest mit deinen Jungs fliehen sollen.«

»Daryl hat sie.«

»Und er hat dich zurückkommen lassen?«

»Zu seiner Verteidigung: Ich habe ihm nicht gesagt, dass ich es tue. Sie waren alle irgendwie abgelenkt durch den Hubschrauber draußen, der sie gefilmt hat.«

Mist. Der Nachrichtenhubschrauber. Nicht gut. Ganz und gar nicht gut. »Wir müssen hier weg, bevor die Nachrichtenvideos auf Sendung gehen.«

»Worauf wartest du dann noch?« Sie grinste.

»Darauf, dass du deinen süßen Arsch aus dem Weg schaffst.«

Letzten Endes half er ihr mit diesem Arsch, denn ihr Adrenalinspiegel hatte während des Kampfes seinen Höhepunkt erreicht. Sie klammerte sich an ihn, Arme und Beine um seinen Körper geschlungen, während er hinunterkletterte.

Als er sich dem Boden näherte, konnten sie nicht umhin, den Körper auf dem Aufzug zu bemerken, der jetzt wieder geschrumpft war und rosafarbene Haut hatte. Der Körper war auch nicht ganz tot. Der Brustkorb hob und senkte sich, und ein keuchendes Röcheln pfiff durch Andrews Lippen.

Als Melanie und Wes auf das Dach der Fahrstuhlkabine sprangen, öffnete Andrew blutunterlaufene Augen. »Verdammtes Miststück. Ich hätte dich umbringen sollen, als ich die Chance dazu hatte.«

»Dazu hättest du Eier gebraucht.« Melanie warf einen Blick auf Andrews Leistengegend. »Und wir wissen beide, wie sehr es dir in dieser Hinsicht mangelt.«

»Mein Vater wird dich dafür umbringen.«

»Dein Vater wurde seit Tagen nicht mehr gesehen«, erinnerte Wes ihn. »Er wusste, dass das Ende naht, und ist abgehauen.«

»Lügner.«

»Das spielt doch keine Rolle, oder?« Wes ging auf ein Knie. »Du wirst in wenigen Minuten tot sein. Du hast verloren.«

Ein Glucksen rasselte aus Andrews gebrochenem Körper. »Habe ich wirklich verloren? Mein Vermächtnis wird in meinen Schöpfungen weiterleben. Selbst du kannst dem Makel nicht entkommen, Alligator. Er fließt jetzt in deinen Adern und in denen deiner Söhne.«

Wes nahm an, dass Andrew mit Melanie sprach, aber warum brach der Mann nicht den Blickkontakt zu ihm ab?

»Dämlicher verdammter Alligator. Du hast es immer noch nicht kapiert, oder?« Andrews Versuch eines weiteren Glucksens verwandelte sich in ein feuchtes Husten. Blut rann ihm über die Lippen. »Die Jungs sind von dir. Und du hast es nicht einmal gewusst.«

Mit diesem letzten Schocker starb Andrew, seine Augen starrten blind nach oben.

Auch Wes starb in diesem Moment vielleicht ein wenig.

Heilige Scheiße, ich bin Vater.

Schnapp. Sein Kinn schlug auf dem Dach des Fahrstuhls auf, als er nach vorn sackte.

KAPITEL DREIUNDZWANZIG

Was stimmt nicht mit Wes? Ein Anflug von Panik überkam Melanie, als Wes kurz nach der Nachricht, dass er tatsächlich der Vater der Zwillinge war, nach vorn kippte.

Meine und Wes'. Warum habe ich das nicht geahnt? Andererseits, warum hätte Melanie sie jemals für etwas anderes halten sollen als für Andrews Kinder, angesichts des ausgeklügelten Schwindels, den ihr angeblicher Ehemann all die Jahre begangen hatte.

Wenn Andrew nicht bereits tot wäre, würde sie ihn erneut umbringen.

Oder vielleicht sollte sie ihm dankbar sein. Wenigstens mussten ihre Söhne nicht in dem Glauben aufwachsen, ihr Vater sei ein psychotischer Mörder. Jetzt konnten sie einen Vater haben, der nur ein psychotischer Alligator war.

Die verblüffende Realität würde aber noch warten müssen. Irgendetwas plagte Wes. Er hatte sich noch nicht bewegt, seit er mit dem Gesicht voran aufgeschlagen war.

Bitte lass es ihm gut gehen. Sie sank neben ihn auf

ihre nackten Knie und drehte ihn um, um ihn auf Verletzungen zu untersuchen. Sie sah keine offensichtlichen Wunden, nur ein paar Prellungen und Kratzer. Hatte ihn jemand vergiftet? Diese verrückten Ärzte waren ziemlich großzügig im Umgang mit Drogen und Nadeln.

Sie umfasste seine Wangen, beruhigt durch die Tatsache, dass er wenigstens noch atmete. »Wes! Wes!«

Als sie seinen Namen rief, flatterten seine Augen auf, die von lächerlich langen Wimpern wunderschön umrahmt wurden. »Mein Engel? Bist du das wirklich? Bin ich im Himmel?«

»Nein, du Idiot. Du bist immer noch im Aufzug und hast mir einen Schreck eingejagt. Was ist los mit dir?« Hoffentlich war es nichts Schwerwiegendes. Sie glaubte nicht, dass sie es verkraften würde, Wes noch einmal zu verlieren.

»Ich bin Vater«, murmelte er ungläubig.

Sie blinzelte bei seinen Worten. »Ja. Du bist Vater. Von Schreckenszwillingen, möchte ich hinzufügen. Aber ich habe dich gefragt, was mit dir los ist.«

Er wiederholte sich. »Scheiße, ich bin Vater.« Mit diesen Worten schloss er wieder die Augen.

Er flippt aus, weil er Vater ist? Sie starrte ihn mit offenem Mund an. Außerdem verpasste sie ihm eine Ohrfeige.

Daraufhin war er hellwach und funkelte sie an. »Warum hast du das getan?«

»Du bist Vater. Finde dich damit ab. Es gibt keinen Grund, wie eine Prinzessin in Ohnmacht zu fallen.«

»Ich falle nicht in Ohnmacht. Ich ruhe nur meine Augen aus und verarbeite die Ereignisse.«

»Dann verarbeite sie später. Warst du nicht derjenige, der gesagt hat, dass wir von hier verschwinden müssen?

Ich rechne damit, dass die Polizei jeden Moment auftauchen wird. Ich weiß nicht, wie es dir geht, aber ich würde lieber nicht erklären, warum ich nackt und blutverschmiert bin.«

»Diese Sache können wir auf keinen Fall verheimlichen«, sagte er, während er sich aufrappelte. »Wenn sie auch nur die Hälfte von dem aufgenommen haben, was passiert ist, wird es Fragen geben. Und zwar viele.«

Sie konnte nicht anders, als ihm zuzustimmen. »Die Katze ist aus dem Sack und ich glaube nicht, dass wir sie wieder reinstopfen können. Aber das heißt nicht, dass wir hierbleiben und darauf warten sollten, bis die Kacke am Dampfen ist. Ich will nicht wieder in einen Käfig gesteckt werden.«

»Gutes Argument. Lass uns hier abhauen.«

Sie hätte prusten können, als er plötzlich von Mr. Schlappnudel zu Mr. Entscheidungsfreudig wurde. Wes schob Andrews Leiche zur Seite, weg von der Öffnung. Er sprang als Erster hinunter, sah sich um, erklärte: »Die Luft ist rein«, und hob dann die Arme für sie.

Unnötig. Sie hätte auch alleine hinunterspringen können, aber sie wusste die Geste zu schätzen.

Mit seinen schwieligen Händen umfasste er ihre Taille, als sie durch die Öffnung hinunterhüpfte. Er ließ sie langsam hinab und ihren Körper während des Abstiegs an seinem reiben. Sie konnte sich einen Schauder der Begierde nicht verkneifen. Es ging nichts über die Berührung von Haut zu Haut, um sie daran zu erinnern, dass sie lebte.

Wes drückte sie an sich und vergrub sein Gesicht in ihrem zerzausten Haar. »Ist es falsch, dich für immer halten und beschützen zu wollen?«

Es war nicht falsch, und es tat allerlei verrückte

Dinge mit ihrem Herzen. Sie umarmte ihn. »Lass uns planen, uns später wieder so zu umarmen. Nackt. Wenn du brav bist«, neckte sie ihn, und das galt, wenn sie hier rauskamen. Ihr Versprechen sollte der Ansporn sein, den er brauchte, um sie in Sicherheit zu bringen, denn selbst wenn Andrew tot war, waren sie noch nicht über den Berg und sicher im Sumpf.

Als sie aus dem Aufzug trat, bemerkte sie einen großen Geländewagen vor dem Gebäude. Ihr Bruder lehnte daran, trug nur eine Trainingshose und unterhielt sich mit einem anderen großen Mann, der ebenfalls nur eine Hose trug. Da sie als Gestaltwandlerin aufge-wachsen war, wusste sie, dass sie nicht auf all die nackte Haut starren sollte, und die beiden waren genauso höflich. Sie trat hinaus und fing das T-Shirt auf, das er ihr zuwarf.

»Wo sind die Jungs?«, fragte sie, während sie sich den Stoff über den Kopf zog.

»In Sicherheit, dank ihres großartigen Onkels.« Daryl knurrte. »Was ist mit *bleib hier, rühr dich nicht vom Fleck* passiert? Ich habe mich nur für eine verdammte Sekunde umgedreht und schon warst du weg.«

»Wes hat mich gebraucht.«

»Habe ich nicht«, widersprach Wes. »Ich hatte alles perfekt unter Kontrolle.«

»Was auch immer.«

Daryl klatschte in die Hände. »Streitet euch später darüber und steigt in den Wagen. Wir kriegen gleich Besuch. Jemand hat die Medien, die Bullen und alle anderen, die in den verdammten Zirkus einsteigen wollen, gerufen.«

»Ich kann nicht ohne meine Schwester oder meinen

Bruder gehen«, verkündete Wes, der sich eine graue Trainingshose anzog.

»Wo sind sie?«

Gerade als Wes auf das Gebäude zeigte, in dem Parker wohnte, erschütterte eine Explosion den Boden unter seinen Füßen und die Fenster flogen heraus. Sofort folgten Rauch und weitere Explosionen, als ein Gebäude nach dem anderen in sich zusammenfiel.

»Bewegt euch!«, schrie Daryl und schob sie in Richtung des Wagens.

Sie verstand seine Eile. Wenn jemand Bomben gezündet hatte, um Beweise zu vernichten, würde das medizinische Institut wahrscheinlich als Nächstes dran glauben müssen.

Sie rutschte auf den Rücksitz des Fahrzeugs und kam nicht weit, bevor kleine Hände, die aus übergroßen Hemden ragten, nach ihr griffen.

»Mama!«, schrien die Zwillinge, die sie in ihrem Überschwang erdrückten. Sie liebte es und drückte sie zurück.

Meine Jungs. Sie sind in Sicherheit. Tränen brannten ihr in den Augen.

»Rutsch rüber, mein Engel. Mach Platz.« Wes kletterte zu ihnen auf den Rücksitz und kaum hatte er die Tür geschlossen, raste der Geländewagen davon, Daryl auf dem Beifahrersitz und ein Fremder am Steuer. Gerade noch rechtzeitig. Die größte Explosion von allen brachte die ganze Welt zum Vibrieren und irgendetwas schlug so hart auf das Dach des Wagens, dass es eine Delle hinterließ.

»Verdammt, das war knapp«, rief Daryl.

»Jup«, sagte der Mann hinter dem Lenkrad.

»Wer bist du?«, fragte Wes und schnappte sich das T-

Shirt, das Daryl ihm aus der Tasche reichte, die er vorn bei sich hatte.

»Unser Fahrer ist Boris«, sagte ihr Bruder. »Der Typ mit dem großen Geweih.« Daraufhin grunzte Boris.

»Danke, dass du gekommen bist.«

Melanie hätte bei dem höflichen Wortwechsel schreien können. »Sag später Danke. Ich will wissen, was vor sich geht.«

»Was vor sich geht, ist das Ende der Gestaltwandler-Zivilisation, wie wir sie kennen«, erklärte Daryl.

»Was meinst du mit Ende?«, fragte sie und Daryl zögerte, als er Wes einen Blick zuwarf.

Ihr Bruder seufzte. »Willst du es erklären oder soll ich es tun?«

»Ich werde es tun.« Wes drehte den Kopf zu ihr. »Weißt du noch, mein Engel, wie wir im Fahrstuhl-schacht darüber gesprochen haben, dass die Katze aus dem Sack ist? Wenn Daryl sagt, dass es das Ende ist, dann meint er damit, dass unser altes Leben vorbei ist. Wir können nicht mehr zurück nach Bitten Point, mein Engel. Keiner von uns. Was da hinten gerade passiert ist? Das lässt sich weder unter den Teppich kehren noch ignorie-ren. Die Leute haben uns gefilmt. Zum Teufel, wir werden vermutlich gerade verfolgt.«

Die Warnung führte dazu, dass sie die Zwillinge fester umarmte. »Also, was denkst du, was passieren wird? Werden wir gejagt werden?« Würde man sie wie Tiere, nicht wie Menschen behandeln?

Mit düsterer Miene zuckte Wes die Achseln. »Viel-leicht. Kommt darauf an, was die Presse über unsere Exis-tenz schreibt.«

»Wo sollen wir denn hin?«

Ihre Jungs antworteten: »Auf ein Abenteuer.«

Ihr Optimismus rückte einige Dinge ins rechte Licht.

Ich bin am Leben. Sie sind am Leben. Sie waren vielleicht nicht hundertprozentig normal, aber sie waren ihre Babys. *Meine und Wes'.*

An einem Tag voller Gefahren, Überraschungen und Tod stellte sich heraus, dass die Jungs keinen Daddy verloren hatten. Sie hatten vielleicht einen echten gewonnen.

Wenn ein gewisser Alligator zu der Herausforderung bereit war.

Sie konnte erst mit Wes sprechen, als die Jungs erschöpft von ihrem Martyrium in einem Motelbett lagen. Sie schlüpfte durch die Verbindungstür und schloss sie leise, um einen frisch geduschten Wes vor dem Fernseher zu finden. Sein Gesicht war grimmig.

»Wie schlimm ist es?«, fragte sie.

»Sieh es dir an.« Er deutete auf den Bildschirm und sie konnte nicht anders, als bei den gezeigten Bildern zusammenzuzucken. Tiere, die sich gegenseitig zerfleischten. Männer, die auf Bestien schossen. Männer, die sich in Tiere verwandelten. Dann wieder zurück. Sie konnte nur in fassungsloser Stille zusehen.

Sogar über das Dröhnen der Rotorblätter hinweg konnte sie Schreie, Gewehrschüsse und das Knurren der Tiere hören. Es klang wie ein echter Krieg. Und in gewisser Weise war es das auch. Ein Krieg, um sich von der Tyrannei einiger weniger zu befreien, die meinten, den Status quo ändern zu müssen. Aber was würden die Menschen sehen? Denken?

Sie werden uns als Monster sehen. Schauder.

Als spürte er ihre Aufregung, legte Wes einen Arm um sie und drückte sie fest an sich. »Das lässt sich jetzt nicht mehr in den Sack zurückstopfen. Die Gestaltwandler wurden offenbart, ob sie wollen oder nicht.«

»Ist für heute Abend alles in Ordnung?«

»Mehr als in Ordnung. Ich habe noch niemanden gehört, der die Verbindung zu Bitten Point hergestellt hat. Einige von denen, die nicht aus der Stadt weggegangen sind, sagen, dass niemand vorbeigekommen ist. Was auch immer Parker und Andrew getan haben, um das Unternehmen zu gründen, es hat keine Spuren hinterlassen, und dein Bruder und die anderen haben vor dem Angriff dafür gesorgt, dass die Nummernschilder unkenntlich gemacht wurden.«

»Heißt das, dass wir wieder nach Hause gehen können?«

»Vielleicht. Morgen früh werde ich mehr wissen. Dann können wir entscheiden.«

Sie fuhr mit einem Finger über seine Brust. »Wir?«

Er ergriff ihren Finger und hielt ihn fest. »Mein Engel, ich –«

Der dumme Mann dachte, er würde reden, und das nicht, um die richtigen Dinge zu sagen, wenn man seinen ernsten Gesichtsausdruck bedachte. Sie würde nicht zulassen, dass er das, was sie hatten, ruinierte, nicht dieses Mal.

Sie legte ihren Finger auf seine Lippen. »Pst.« Sie tauschte den Finger gegen ihre Lippen aus und presste sie gegen seine.

Er hielt sich zunächst steif, aber sie kannte seine Schwachstellen. *Ich bin seine Schwachstelle.*

Sie murmelte: »Küss mich. Mach Liebe mit mir. Berühre mich, Wes. Ich will mich lebendig fühlen.«

Welcher Mann könnte dieser Bitte widerstehen? Wes versuchte es gar nicht erst. Mit einem ergebenen Stöhnen ließ er sie auf das Bett fallen und seine Lippen übernahmen die aggressive Kontrolle über ihren Mund. Er befahl ihren Lippen, sich zu öffnen. Er duellierte sich mit ihrer Zunge um die Herrschaft.

Wie sehr sie diese Seite von ihm liebte. Ganz Mann. *Ganz mein.*

Es war an der Zeit, dass sie ihm zeigte, dass er nicht der Einzige war, der das Bedürfnis hatte, Dinge zu kosten. Sie drückte ihn auf den Rücken und setzte sich rittlings auf ihn.

Er umfasste ihre Taille mit seinen großen Händen und betrachtete sie unter schweren Lidern hervor. »Du bist so schön«, murmelte er.

»Und du stehst offensichtlich immer noch unter dem Einfluss von Drogen. Meine Haare sind durcheinander, ich trage ein Männer-T-Shirt und ich habe es seit Tagen nicht geschafft, wichtige Stellen zu rasieren.«

Seine Lippen zuckten. »Und trotzdem hast du noch nie so sexy ausgesehen.«

Er zog sie zu einem Kuss herunter, einer langsamen, sinnlichen, neckischen Umarmung, bei der sich ihre Finger in seine Brust gruben und ihr Schritt heiß wurde. Sie wand sich auf ihm und spürte die harte Erektion unter dem Stoff seiner Hose.

Sie stieß sich von ihm ab, setzte sich auf und griff nach dem Saum ihres Hemdes. Sie zog es sich über den Kopf, entblößte sich für seinen Blick und fragte sich, ob er sich darum scheren würde, dass ihre Brüste ein wenig schwerer herunterhingen und dass ihre Kurven etwas betonter waren.

»Verdammt, mein Engel«, hauchte er. Die Ehrfurcht in seinem Tonfall war deutlich zu hören, aber noch deutlicher wurde sie durch den dicker werdenden und pulsierenden Schwanz unter ihr.

Ihm gefällt, was er sieht.

Es ging nichts über die Bewunderung eines Mannes, um in einer Frau den Wunsch auszulösen, stolz zu sein und zu schnurren. Sie wölbte den Rücken. »Willst du kosten?«

Einen Arm um ihre Taille gelegt, setzte er sich auf und lehnte sie gleichzeitig nach hinten, um den richtigen Winkel zu finden, damit er eine Brustwarze in seinen Mund nehmen konnte.

Gütiger Himmel. Das Ziehen seines Mundes an ihrer Brustwarze veranlasste sie dazu, ihre Muschi anzuspannen. Es fühlte sich so verdammt gut an. Er saugte ihren Nippel in seinen Mund und wirbelte mit seiner Zunge darum herum.

Sie hätte vielleicht gewimmert, als er sie losließ, aber dann stöhnte sie auf, als er die andere Brustwarze mit seinen Lippen umfasste und ihr die gleiche quälende Aufmerksamkeit schenkte.

Ja!

Er verbrachte einige Minuten damit, mit ihren Brüsten zu spielen und sie abwechselnd zu reizen, bis sie keuchte und sich auf ihm wand.

Aber er war nicht der Einzige, der spielen wollte.

Sie stieß ihn wieder nach unten und befahl ihm: »Leg deine Hände hinter den Kopf.« Jetzt war sie dran, etwas zu lecken.

Sie ging auf die Knie, kroch rückwärts und ließ ihre Lippen die straffe Haut seiner Brust kitzeln, wanderte tiefer und tiefer, bis sie den Bund seiner Hose erreichte. Mit den Zähnen griff sie den Stoff und zog. Sie zog und blieb an seinem harten Schwanz hängen.

Grrr. Ja, sie knurrte vor Ungeduld, als sie mit den Fingern den Stoff über seine Erektion ziehen musste. Sobald er frei war, wippte sein Schwanz in eine aufrechte Position, lang, dick und ach so verlockend.

Sie packte ihn, woraufhin er zischend einatmete. Sie warf ihm einen warnenden Blick zu. »Bewege diese Hände nicht.«

Er knurrte zurück.

Ihr Lachen ließ seinen Schwanz vibrieren, als sie ihn in den Mund nahm. Mmm. Der salzige Tropfen an der Spitze aromatisierte den großen Bissen. Sie liebte das Gefühl von ihm in ihrem Mund. Sie ließ ihre Lippen an ihm auf und ab wandern, kostete jeden Zentimeter und liebte es, wie er bei ihrem Saugen pulsierte. Sie liebte es, wie sein Atem durch ihre Bewegungen stockte.

Aber so sehr sie auch alles von ihm kosten wollte, brauchte sie ihn heute Abend in sich. Sie brauchte diese enge Verbindung, die sie mit Wes jedes Mal spürte, wenn sich ihre Körper so intim vereinigten.

Es brauchte nur ein paar Handgriffe, um sie über seinem Schwanz zu positionieren. Sie ließ sich langsam auf ihn sinken und warf den Kopf zurück, während sie ihn tief und tiefer in sich aufnahm, bis er ganz in ihr vergraben war.

Langsam kreiste sie ihre Hüften, rieb sich an ihm und drückte, bis seine Spitze die perfekte Stelle in ihrem Inneren traf.

Er half ihr, den Rhythmus zu finden, seine Hände auf ihren Hüften, die sich so angenehm auf ihrer Haut anfühlten. Gemeinsam bewegten sie sich und ihre Lust zog sich immer enger zusammen, bis sie mit einem Schrei, den sie unterdrücken musste, und einem Biss auf ihre Lippe kam. Die Lust durchströmte sie und ließ sie schlaff werden, so schlaff, dass sie auf seiner Brust zusammensackte.

Aber Wes hielt sich zurück. Er kam nicht. Er drehte sie, bis sie unter ihm lag, flach auf dem Bauch. Er zog ihren Hintern in die Luft, entblößte sie für seinen Blick. Sie klammerte sich an die Bettdecke, als er langsam von hinten in sie eindrang.

Ein Zentimeter. Noch ein Zentimeter. Ein langsames, quälendes Eindringen. Sie hätte schreien können, als sich ihre immer noch pulsierende Muschi dehnte, um ihn erneut aufzunehmen. Erst als er gänzlich in ihr vergraben war, hörte er auf, so verdammt sanft zu sein.

Er zog sich zurück. Stieß zu. Immer wieder stieß er in ihre einladende Hitze, kitzelte die Reste ihres Orgasmus heraus und brachte ihn dann wieder zum Höhepunkt, als er unter sie griff und ihre Klitoris rieb, während er zustieß.

Sie vergrub ihr Gesicht in einem Kissen, als er sie in einen zweiten Orgasmus fickte, einen stärkeren, der sie in den Stoff schreien und dann fast wimmern ließ, als die Lust beinahe zu viel wurde.

Gerade als sie dachte, sie könnte an einem nicht enden wollenden Orgasmus sterben, der ihre Muschi beben und pulsieren ließ, kam er.

Er kam mit ihrem Namen auf seinen Lippen. »Melanie.« Er kam mit einem geknurrten: »Mein.«

Er kam und brach dann auf ihr zusammen, genau wie ein Mann. Ihr Mann, ein Mann, um den sie ihre Gliedmaßen schlang, um zu kuscheln. Ein kurzes Kuscheln, bevor das Mami-Gen einsetzte.

»Zieh dir was an.«

»Was?«, murmelte er.

»Wenigstens eine Hose«, ermahnte sie ihn, als sie sich

vom Bett rollte. Sie zog sich ihr T-Shirt über und spürte ihren Slip auf. Wann hatte sie den verloren? Und wie war er auf der Lampe gelandet?

Sie entfernte sich vom Bett, um die Verbindungstür ein paar Zentimeter zu öffnen und hindurchzuspähen. Sie schliefen immer noch tief und fest. Gut. Sie ließ die Tür einen Spalt offen, als sie zu Wes zurückkehrte, der in Jogginghose und mit verwirrter Miene auf der Bettkante saß.

»Geh wieder unter die Decke und rutsch rüber«, befahl sie.

»Was jetzt?«

Sie lächelte. »Zeit zum Kuscheln.«

Und zum Schlafen, denn die Ereignisse des Tages holten sie schließlich ein und in den Armen des Mannes, den sie liebte, fand sie Frieden.

KAPITEL VIERUNDZWANZIG

Aufwachen, Dumpfbacke. Jemand ist im Zimmer.

Er bemühte sich, die Augen geschlossen zu halten, obwohl jeder Nerv kribbelte, als er das leise Tapsen der Füße hörte, das gedämpfte Kichern, den süßen Duft der Unschuld roch. Es waren die Jungs. Aber warum waren sie wach? Es war mitten in der Nacht.

Bevor er sie fragen konnte, warum sie wach waren, musste er die Luft anhalten und hoffen, dass die kleinen Hände und Knie, die über seinen Körper krabbelten, die wichtigsten Stellen verschonten. Es war knapp, aber seine Kronjuwelen überlebten ein paar warme Körper, die sich zwischen ihn und Melanie schoben. Die Zwillinge kuschelten sich an, und ein paar Minuten später verriet ihm die Gleichmäßigkeit ihrer Atemzüge, dass sie schliefen. Sie schliefen mit absolutem Vertrauen neben ihm.

Allein die Vorstellung ließ ihn vor Schreck erstarren. Was tat man, wenn kleine Leute in das Bett eindrangen?

Nicht einfach irgendwelche Leute.

Das sind meine Söhne.

Seine Söhne.

Wenigstens fiel er dieses Mal über die Erkenntnis nicht in Ohnmacht, aber es machte ihn unruhig. Es erinnerte ihn auch daran, wie unzureichend er als Vater war. Er war nicht nur nicht für diese Kinder da gewesen – und nein, er gab sich keinen Freibrief für die List ihrer Zeugung; er hätte es wissen müssen –, sondern er hatte auch eine Rolle bei ihrer Gefangennahme, bei Melanies Gefangennahme und bei der ganzen Scheiße, die mit Bittech passiert war, gespielt – er war der Letzte, dem sie vertrauen sollten, um neben ihm zu schlafen.

Ich habe ihnen nichts als Ärger eingebracht. Und das würde er auch weiterhin tun, denn das war der Weg der Mercers.

Die ganze Selbstgeißelung kam sofort zurück, trotz Melanies süßer Worte und noch süßerer Liebkosungen.

Er hatte die Frau in diesem Bett nicht verdient, und erst recht nicht diese fantastischen kleinen Jungs.

Was sollte er tun? Was konnte er tun?

Ich brauche eine Zigarette.

Er erhob sich aus dem Bett, zog sich ein Hemd an und schnappte sich vom Tisch neben der Tür die Packung Zigaretten, die er ergattert hatte. Er machte sich auf den Weg nach draußen, weg vom Motel selbst, hin zu den dunkleren Schatten am Rande des Parkplatzes.

Boris hatte sie ein paar Stunden gefahren, bis er den Abstand für ausreichend erachtet hatte, um für die Nacht anzuhalten, und, wie der griesgrämige Elch sagte: »Uns neu zu gruppieren und unseren nächsten Schritt am Morgen zu planen.« Wahrscheinlich würden sie sich alle eine neue Identität und ein neues Zuhause suchen müssen, bis sie sicher wussten, was ihre Enttarnung bedeutete.

Die Frage war, was sollte er tun? Als Wes das letzte

Mal das Richtige getan hatte, hatte er die Person verletzt, die er auf der Welt am meisten liebte.

Klick. Die winzige Flamme erleuchtete die Dunkelheit in Orange, bevor sie das Ende seiner Zigarette in Brand setzte. Der erste Zug des Rauchs schabte förmlich an seiner Lunge und er hustete. Und hustete. Der Gestank des Nikotins widerte ihn an.

»Dreckiges, gottverdammtes Ding.« Er warf die Kippe auf den Boden. Aber das war nicht genug. Er warf die ganze Packung hinterher und trat darauf herum. Er zermalmte sie in den verdammten Dreck.

»Wird auch Zeit, dass du aufhörst.«

Als er die Stimme seines Bruders hörte, hob er den Kopf. »Brandon?«

Scheiß auf seine zerfetzte Männerkarte. Wes warf die Arme um seinen Bruder und umarmte ihn. Er umarmte ihn so verdammt fest, dass er ihm vielleicht eine oder zwei Rippen anknackste.

»Ich nehme an, du freust dich, mich zu sehen«, grummelte sein Bruder.

Als er ihn losließ, nahm Wes sich einen Moment, um auf den Boden zu spucken – der verdammte Aschenbechergeschmack in seinem Mund hielt an –, und gab lässig zu: »Vielleicht ein bisschen.«

Brandon lachte. »Ich bin auch froh, dich zu sehen, großer Bruder. Obwohl es nicht leicht war, euch zu folgen.«

»Du bist uns gefolgt?«

»Am Himmel.« Sein Bruder blickte nach oben. »Was ziemlich ausgefeilte Flugkünste erfordert hat, wenn man bedenkt, dass diese verdammten Hubschrauber viel Wind machen.«

Wes streckte die Hand aus und tippte auf das Band

um den Hals seines Bruders. »Ich dachte, das Ding würde dich davon abhalten, über den Zaun zu kommen.«

»Die Leute, die das Gelände angegriffen haben, haben den Strommechanismus ausgeschaltet.«

»Und sie haben dich befreit.«

Brandon schüttelte den Kopf. »Ich weiß nicht, wer mich oder die anderen befreit hat. Ich bin in einem Käfig aufgewacht und habe gesehen, wie andere Gefangene zu einem geheimen Ausgang gelaufen sind. Es stellte sich heraus, dass einer am anderen Ende versteckt war.«

»Was ist mit Sue-Ellen? Konntest du ihr zur Flucht verhelfen, bevor sie dich geschnappt haben?« *Bitte lass sie nicht in dem Gebäude gewesen sein, als es in die Luft geflogen ist.*

»Ich weiß nicht, was mit ihr passiert ist.« Brandon schüttelte den Kopf. »Genau wie dich haben mich die Wichser mit Pfeilen betäubt, bevor ich eine Chance hatte, vom Dach zu kommen. Später, als ich aus den unteren Stockwerken herauskam, fand ich mich in einem Kriegsgebiet wieder. Waffen. Und Kämpfe. Ich bin in die Luft gestiegen, um zu sehen, was da los ist, und da habe ich gesehen, wie du da hineingeraten bist. Dann flog alles zur Hölle. Ich dachte mir, es wäre das Beste, dir zu folgen. Glaubst du, Susu ist bei der Explosion gestorben?«

Verdammt, er hoffte es nicht. Es schmerzte Wes, zu wissen, dass er gegangen war, ohne nach seiner Schwester zu suchen. Aber was hatte er für eine Wahl gehabt? Wenn er gefangen genommen oder festgehalten worden wäre, hätte das niemandem geholfen. Das machte die Schuldgefühle nicht besser.

»Ich hätte zurückbleiben und nach ihr suchen sollen.«

Brandon stieß Wes so heftig, dass er gegen einen Baum taumelte.

»Was sollte das, verdammt noch mal?«, schnauzte er.

»Komm von deinem verdammten Märtyrertrip runter. Das ist nicht deine Schuld. Sue-Ellen. Ich. Du bist nicht für uns verantwortlich.«

»Ihr seid meine Familie«, murmelte Wes mit zusammengebissenen Zähnen.

»Ja, das sind wir, aber das bedeutet nicht, dass du alles für uns aufgeben musst.«

Aber verstanden sie denn nicht, dass er das tun würde? Er liebte sie, verdammt noch mal. Die blöden Pollen in der Luft ließen seine Augen tränen und er senkte den Kopf.

Das Rascheln von Flügeln ließ ihn aufblicken. »Wohin gehst du?«

Ein trauriges Lächeln umspielte die Lippen seines Bruders, als er ein paar Meter über dem Boden schwebte. »Irgendwohin, wo du nicht in Gefahr bist.«

»Was redest du da? Wir sollten zusammenhalten.«

»Da liegst du falsch. Die Welt weiß jetzt, dass es Monster gibt. Die Menschen kennen unser Geheimnis. Was glaubst du, wie sicher du bist, wenn du bei mir bleibst?« Brandon deutete auf seinen Körper. »Das ist es, was ich jetzt bin. Ich kann mich nicht in der Masse verstecken, wie du es kannst. Deshalb ist es das Beste, wenn ich gehe.«

Ein Teil von Wes verstand, warum Brandon es tat, aber das bedeutete nicht, dass es ihm gefiel.

Komisch, hast du nicht daran gedacht, dasselbe zu tun? Die Leute zu verlassen, die dir wichtig sind, weil du denkst, dass sie ohne dich besser dran wären?

»Wie werde ich wissen, ob es dir gut geht?«, fragte Wes.

»Ich werde den Trick anwenden, den Onkel Sammy beim Schmuggeln von verbotener Ware angewendet hat. Ich werde Annoncen in den Kleinanzeigen aufgeben. Alleinstehender Echsenmann will seinem Weichei von Bruder versichern, dass es ihm gut geht.«

Wes konnte sich ein Schnauben nicht verkneifen. »Du bist ein Arschloch.«

»Ich hab dich auch lieb, großer Bruder. Bleib cool.«

Mit einem letzten Abschiedsgruß stieg sein Bruder auf, schlug mit den großen Flügeln und war ein weiterer Schatten am Himmel, den Wes bald aus den Augen verlor.

Eine weitere Person, der er nicht helfen konnte. Aber sein kleiner Bruder schien fest entschlossen zu sein, es allein zu schaffen. Es würde nicht einfach sein, so wie das Leben von nun an für alle Gestaltwandler nicht einfach sein würde. Das Geheimnis war raus. Das, wovor sie sich alle immer gefürchtet hatten, war eingetreten. Ein prägender verdammter Moment im Leben eines jeden Gestaltwandlers.

Aber nicht so prägend wie das Wissen, dass Melanies Jungs seine waren.

Ich bin verdammt noch mal Vater. Und das machte ihm eine Scheißangst.

Was wusste er schon vom Vatersein? Was konnte er den Kindern bieten? Wäre es nicht grausamer, sie mit dem Namen Mercer zu beschmutzen?

Melanie war wieder Single. Sie könnte wieder heiraten, dieses Mal einen netten Kerl, der –

Oh, verdammt.

Wem wollte er etwas vormachen? *Ich habe sie einmal*

*verlassen. Das hat mich fast umgebracht. Ich werde weder
sie noch meine Söhne noch einmal verlassen.*

Und jeder, der es wagte, sich ihm in den Weg zu stellen, bekäme eine gute alte Alligator-Begrüßung.

Schnapp.

KAPITEL FÜNFUNDZWANZIG

Melanie stand am Motelfenster und drückte das Telefon an ihr Ohr. »Warum seufzt du schon wieder?«, fragte ihre Mutter.

Warum nicht? Aufzuwachen und festzustellen, dass die Jungs im Bett lagen und Wes verschwunden war, sorgte für ein Gefühl der Leere in ihr.

Er ist weg. Das, was sie am meisten befürchtet hatte, als sie Wes wieder in ihr Herz ließ.

Melanie wusste, dass ihre Mutter nicht schlafen würde, nicht nach allem, was passiert war, und so rief sie sie an, obwohl sie auch nur ein paar Türen weiter hätte gehen können. Manche Leute waren vielleicht zurückgeblieben, aber Daryl hatte dafür gesorgt, dass ihre Mutter das nicht tat.

»Kann ein Mädchen nicht einfach seufzen?«, antwortete sie schließlich auf die Frage ihrer Mutter.

»Nein!«, erwiderte ihre Mutter.

»Ich denke, ich habe ein Recht darauf. Ich meine, mein ganzes Leben wurde gerade auf den Kopf gestellt und jetzt muss ich mir über ein paar Dinge klar werden.«

»Zum Beispiel?«

»Zum Beispiel, was ich tun soll, nachdem Parker uns der Welt offenbart hat? Soll ich das Risiko eingehen und nach Bitten Point zurückkehren? Woanders hingehen? Wenn ich bleibe, was passiert dann mit dem Haus, jetzt, da Andrew weg ist? Ich meine, laut ihm waren wir nicht mehr rechtmäßig verheiratet, wer bekommt es also, nun, da er tot ist?« Wollte sie überhaupt etwas mit Dingen zu tun haben, die mit diesem Wahnsinnigen in Verbindung standen?

»Dein Onkel Rodriguez wird sich der Sache annehmen. Mach dir darüber keine Sorgen«, erklärte ihre Mutter. Ihr Onkel hatte ein Händchen dafür, die Bücher zu ordnen. »Warum sagst du nicht einfach, was du wirklich meinst, nämlich, was du mit der Tatsache anfangen sollst, dass Wes der Vater der Jungs ist?«

Ah ja, die schockierende Enthüllung von Andrew, kurz bevor er der Welt einen Gefallen tat und starb. »Na und? Ich weiß, was er tun wird.« Sie konnte es in seinen Augen sehen. *Er hat mich wieder verlassen.*

»Also lass ihn nicht. Dein Wes hat genau wie Caleb die hartnäckige Vorstellung in seinem Kopf, dass du ohne ihn besser dran bist. Ist das nicht der Grund, warum er dich überhaupt erst verlassen hat?« Ihre Mutter nahm kein Blatt vor den Mund.

»Er hat mich abserviert, weil er ein Idiot war.« Der dachte, er sei nicht gut genug für sie. Komisch, denn sie hatte immer gedacht, er sei zu gut, um wahr zu sein.

Glaubte er immer noch, dass sie etwas Besseres verdient hatte? Verdammt, das hatte sie. Sie hatte etwas Besseres verdient als die ungerechte Behandlung von Andrew. Sie hatte etwas von dem Mann verdient, der

Sperma gespendet hatte, um ihre fantastischen Schreckenszwillinge zu zeugen.

Sie hatte etwas von dem Mann verdient, der ihr das Gefühl gab, wieder lebendig zu sein, und dann davonlief, sobald er konnte.

Klar.

Sie hat ihn einmal davonlaufen lassen, und sieh einer an, was passiert war.

Jag ihm nach.

Ja.

Halt ihn fest.

Ja.

Pinkel ihn an, um ihn als unser zu markieren.

Ähm, sie dachte eher an einen Knutschfleck, aber ja!

Zeit, meinen Mann aufzuspüren.

Sie riss die Tür zum Motelzimmer auf, bereit, Wes zu jagen, wenn er nicht zu weit gegangen war, nur um abrupt stehen zu bleiben.

Wes stand vor der Moteltür, die Überraschung stand ihm ins Gesicht geschrieben. »Was glaubst du, wo du hingehst?«

Sie zog eine Augenbraue hoch. »Ich wollte dich holen, bevor du wieder wegläufst.«

Wes öffnete den Mund, aber bevor er etwas sagen konnte, hielt sie eine Hand hoch. »Wage es nicht, ein Wort zu sagen. Ich habe dir vor Jahren das Reden überlassen, als du entschieden hast, was das Beste für unsere Beziehung ist. Und schau, was passiert ist.«

»Du hast einen Psychopathen geheiratet, der dich für medizinische Experimente benutzt hat.«

»Das habe ich. Und es ist alles deine Schuld.«

Ein Lächeln umspielte seine Lippen bei dieser

Anschuldigung. »Das ist es wohl. Was schlägst du mir also vor?«

»Zuerst einmal solltest du um Vergebung bitten, weil du ein Arsch warst.«

Er sank auf die Knie, wie ein Bittsteller vor ihr. »Mein Engel, dich zu verlieren war das Dümmste, was ich je getan habe.«

Jetzt war sie an der Reihe, ihn mit offenem Mund anzustarren.

Er zwinkerte. »Und ich bin immer noch ein dummer alter Alligator, aber wenn ich bei einer Sache klug bin, dann in dem Wissen, dass du das verdammt Beste bist, was mir je passiert ist. Ich weiß, dass ich mich noch viel entschuldigen muss. Und es wird nicht leicht sein nach allem, was passiert ist und so. Aber ich habe vor, zu dir zu halten, egal was passiert. Ich will eine Chance, dich zu lieben. Dich zu beschützen. Dich und unsere Söhne. Ich will versuchen, der Mann zu sein, von dem du dachtest, dass ich er sein könnte.«

»Oh, Wes.« Tränen stiegen ihr in die Augen und ihre Kehle fühlte sich eng an. »Du warst immer der Mann, den ich wollte. Der, den ich liebe.« Sie warf sich in seine Arme und drückte ihn fest an sich. »Verlass mich nie wieder.«

»Niemals«, versprach er inbrünstig.

Aber er erstarrte, als eine kleine Stimme fragte: »Bist du mein Daddy?«

Dieses Mal fiel Wes nicht mit dem Gesicht voran zu Boden. Er wurde nicht einmal blass. Er löste sich von Melanie und drehte sich zu den kleinen Jungen um, die Seite an Seite in der Tür standen. Mit ernsten Blicken musterten sie den Mann, der die Hälfte der Gene in ihren Körpern beigesteuert hatte.

Wes sank auf seine Knie. Er breitete seine Arme weit aus. »Ich bin euer Daddy. Und ich schwöre, dass niemand«, seine Stimme wurde leiser, »euch oder eurer Mutter jemals wieder etwas antun wird.«

Die Jungs brauchten nur eine halbe Sekunde, um zu reagieren. Ihre Schreckenszwillinge stürzten sich auf Wes und er wich weder zurück noch stieß er sie weg. Er zog sie in eine Umarmung, die sogar die ihres Schlangenfreundes Constantine übertraf. Wes hielt seine Söhne in den Armen, und verdammt, sie konnte nicht anders, als zu schluchzen – Tränen der Freude –, als sie die Feuchtigkeit in seinen Augen bemerkte.

Was auch immer die Zukunft brachte, sie würden die Herausforderung gemeinsam meistern. Als Familie. Eine Mercer-Familie, die der Welt zeigen würde, wozu sie wirklich fähig war.

Schnapp und brüll. Für immer.

EPILOG

Der Hohe Rat der Gestaltwandler ernannte einen Sprecher, der mit der Nachricht von ihrer Existenz umgehen sollte. Man konnte raten, wer für diese Rolle ausgewählt wurde.

Der Mistkerl, der sie absichtlich dazu gebracht hatte, ihr Geheimnis zu enthüllen, betrat die Bühne mit einem breiten Grinsen. Er war nicht allein. Die Frage, wo Sue-Ellen war, wurde beantwortet. Mit gesenktem Blick und vor sich verschränkten Händen stand seine kleine Schwester da, noch immer in den Fängen ihres verrückten Onkels.

Aber die Tatsache, dass sie lebte, war nicht das Schockierendste an der Pressekonferenz. Parkers Worte wurden auf allen Nachrichtensendern gespielt und wiederholt. Die Leute rezitierten sie auf der Straße. Alle sprachen über die Enthüllung.

»Mein Name ist Theodore Parker und ich bin hier, um Ihnen zu sagen, dass tatsächlich Gestaltwandler unter Ihnen leben. Aber entgegen dem, was Sie vielleicht gesehen haben oder denken, müssen Sie keine Angst haben. Wir sind genau wie alle anderen.«

So ein Quatsch.

»Unsere Art ist, abgesehen von ein paar Ausnahmen, denen meine Firma helfen wollte, friedlich.«

Was für eine Lüge.

»Wir«, Parker zog Sue-Ellen mit einem wohlwollenden Lächeln an sich, »freuen uns darauf, Sie über uns zu informieren.« Ha. Parker wollte höchstens sich selbst darüber informieren, was nötig wäre, um diejenigen zu kontrollieren, die die Gesetze machten.

Als einer seines inneren Kaders wusste Brandon, worauf Parker wirklich aus war. Er hatte seine Absichten ziemlich deutlich gemacht. Der heimliche Anführer des HRG zu sein war ihm nicht gut genug. Er wollte mehr Macht. Wollte einen Platz im Rampenlicht. Also drängte er alle seiner Art aus dem verdammten Versteck in die Öffentlichkeit.

Wahnsinniger! Trotz Parkers Bekanntgabe, und das in einer Livesendung mit einem vertrauenswürdigen Nachrichtensprecher, konnten die Menschen die anderen Videos nicht vergessen. Die Videos, die ihre wildere Seite zeigten. Die Clips von der Schlacht bei Bittech lösten eine Flut von Problemen aus.

Die Menschheit fühlte sich bedroht. Die Menschen fühlten sich hintergangen.

Die Andersartigen wurden gejagt. Die Gesetze wurden verschärft, um dieser unerwarteten Entwicklung Rechnung zu tragen. Anschuldigungen begannen. Unschuldige starben, als sich Nachbarn gegen Nachbarn wandten.

Alle von Brandons Art, Familie und Freunde, mussten in den Untergrund gehen und sich besondere

Mühe geben, um normal zu erscheinen. Um *menschlich* zu erscheinen.

Nicht jeder konnte es vortäuschen. Brandon konnte es sicher nicht, nicht nach dem, was Bittech ihm angetan hatte.

Die Welt veränderte sich, doch Brandon war es egal, was als Nächstes geschah. Die Tatsache, dass er lebte, ohne Ketten und in der Lage, die Welt zu durchstreifen, half ihm nicht.

Es machte ihn nicht wieder normal. Wenn die Menschen ihn sahen, sahen sie das Monster.

Sie schrien.

Er wurde genervt.

Friss sie.

Zu oft sagte er seinem inneren Ich – das jetzt wesentlich kälter und zynischer war –, dass es sich verdammt noch mal beruhigen sollte. Keine Menschen fressen.

Aber sie verlockten ihn, besonders wenn sie nach Schokolade rochen. Er hatte immer noch eine Schwäche für Süßes.

Als er auf einem Dach hockte, eine lebendige Echse, die diese neue Stadt beobachtete, einen weiteren Ort, an dem er sich nicht einfügen konnte, fragte er sich, warum er es überhaupt versuchte.

Vielleicht sollte er es aufgeben, Antworten oder Hilfe für sein monströses Dilemma zu finden. Er sollte den Versuch, wieder normal zu werden, vergessen und sich damit abfinden, dass dieses neue Aussehen ihn für immer begleiten würde. Wenn er in der Wildnis verschmolz und von der Natur lebte, konnte er vielleicht die Sehnsucht stoppen. Vielleicht würde er mit der Zeit vergessen, was es bedeutete, ein Mensch zu sein.

Ein leises Geräusch hinter ihm machte ihn darauf aufmerksam, dass er sich das Dach mit jemandem teilte. Er wirbelte herum und konnte nicht anders, als zu starren.

Eine Frau von schlanker Gestalt, mit langem Haar in der Farbe des Mondlichts und Augen, die noch seltsamer waren als seine eigenen, stand da. Sie neigte den Kopf zur Seite und musterte ihn.

Das Interessanteste war, dass sie nicht weglief. Sie schrie nicht. Mit einem tiefen Atemzug warf sie den Kopf zurück, um ihren Hals zu entblößen.

Töte sie jetzt, bevor sie um Hilfe ruft.

Nein. Er würde sie nicht töten, auch wenn alle seine Sinne ihn anschrien, dass sie gefährlich war. Inwiefern gefährlich? Alles, was er sehen konnte, war ihre zerbrechliche Schönheit –

Der Aufprall schleuderte ihn auf den Boden. Ihm blieb die Luft weg, als ihre geschmeidige Gestalt mit mehr Kraft und Gewicht als erwartet auf ihm landete. Eine starke Hand mit schillernden Klauen grub sich in seine Kehle. Ihre Augen starrten auf ihn herab, die Pupillen waren geschlitzt und brannten mit grünem Feuer. Ihr fast schneeweißes Haar hob sich und tanzte um ihren Kopf.

»Was treibt sich da in meiner Stadt herum? Ein Mann, der weder markiert noch beansprucht ist«, flüsterte sie und beugte sich tief hinunter. »Ich sollte dich sofort nehmen.«

Vielleicht sollte sie das. Ein gewisser Teil von ihm dachte das jedenfalls, und es half nicht, dass sie sich auf ihm wand.

Die Finger um seine Kehle drückten zu, doch keine Panik durchströmte ihn. Wenn es ihm bestimmt war zu sterben, dann sollte es so sein. Er war es leid, sich zu verstecken.

Ihre Lippen kamen ihm verheerend nahe, die Hitze ihres Atems wärmte seine Haut. »Wie bist du hergekommen? Sag mir deinen Namen.«

Einen Namen? Der, mit dem er auf die Welt gekommen war, schien nicht mehr zu passen. Er war mehr als nur ein einfacher Brandon und gleichzeitig weniger als der naive Mann, der er einst gewesen war.

»Mein Name ist ...« Ace? Nein, Ace würde er auch nicht benutzen. Das war Andrews unhöfliches Unwort. Was blieb also übrig?

»Ich bin niemand, und ich komme aus ...« *Verbreite deinen Makel nicht in einer bereits verwüsteten Stadt.* »Nirgendwo. Wer bist du? Was bist du?« Denn sie roch wie er, aber ... anders.

»Was meinst du damit, was ich bin?« Sie runzelte die Stirn. »Ich bin dasselbe wie du.« Sie zog die Schultern zurück, neigte auf kaiserliche Weise den Kopf und für einen Moment schimmerten schattenhafte Flügel silbern auf ihrem Rücken. »Wir sind Drachen.«

UM HERAUSZUFINDEN, *was mit Ace/Brandon geschieht, lesen Sie »Das Geheimnis von Dragon Point«.*

CPSIA information can be obtained
at www.ICGtesting.com
Printed in the USA
LVHW090347101022
730321LV00004B/451

9 781773 843551